Rudi Kost

Dillinger hat Schwein

Rudi Kost

Dillinger hat Schwein

Ein Baden-Württemberg-Krimi

Silberburg-Verlag

Rudi Kost, 1949 in Stuttgart geboren, ist gelernter Journalist und arbeitet seit langem als freier Autor und Herausgeber. Er hat Hörfunkfeatures und Hörspiele geschrieben, PC-Fachbücher, Reiseführer und vieles mehr. Er lebt bei Schwäbisch Hall, wo auch seine Krimiserie um den Versicherungsvertreter Dillinger spielt.

1. Auflage 2016

Schönbuchstraße 48, D-72074 Tübingen.

Umschlaggestaltung: Christoph Wöhler, Tübingen.
Coverfoto: © rotofrank - iStockphoto.
Druck: CPI books, Leck.
Printed in Germany.

ISBN 978-3-8425-1459-1

Ich war schon wach, als Bierbaum anrief. Ein böser Traum hatte mich aufgeschreckt. Ich hatte einen Schweinebraten in der Röhre, saß voller Vorfreude da und kaute an einem Riesling aus dem Remstal. In den köstlichen Duft, der aus der Küche kam, mischten sich deutliche Röstnoten. Sehr deutliche. Eigentlich roch es … Als ich die Tür des Backofens aufriss, stand ich fassungslos vor einem verkohlten Schweinebraten.

Verkohlt! Und das mir!

Mehr Albtraum geht nicht, dachte ich.

Ich sollte mich getäuscht haben.

Im Rückblick betrachtet, war es, als ob mir mein Unterbewusstsein eine Botschaft schicken wollte. Nur verstand ich sie nicht.

Jedenfalls konnten mich an diesem Morgen weitere Hiobsbotschaften nicht erschrecken. Ich verstand nicht genau, was Bierbaum von mir wollte, aber er klang verstört, und da ich den Bauern als besonnenen Mann kannte, der nicht zu übermäßigen Gefühlsausbrüchen neigte, musste es wohl etwas Ernstes sein. Ich hatte nicht nachgefragt. War eine gute Gelegenheit, meinen gelben Porsche mal wieder ohne schlechtes Gewissen spazieren zu fahren, es ging ja schließlich zu einem Geschäftstermin.

Vielleicht lenkte mich die Fahrt auch von meinem Albtraum ab. Verkohlter Schweinebraten!

Ich ging zu meiner Garage. Das massive Stahltor hatte ein Sicherheitsschloss, das nicht zu knacken war. Angeblich. Der Beweis stand noch aus. Jedenfalls war es ein Versprechen, für das man ganz schön löhnen musste. Ich hatte das bereitwillig getan. Man konnte nicht vorsichtig genug sein in diesen Zeiten.

Mit Stolz und Zärtlichkeit blickte ich auf mein Gefährt. Es hatte mir all die Jahre treu gedient, wir hatten viel durchgemacht miteinander. Ich wusste, wo die Narben waren, die das Leben geschlagen hatte, auch wenn viele von ihnen nicht mehr zu sehen waren. Verfolgungsjagden. Ein herabstürzender Ast. Beziehungen hatten auf seinen Ledersitzen hoffnungsvoll begonnen und oft genug auch dort als Dramen geendet. Immer waren wir gerade noch mal davongekommen, wir beide. Mir war, als blickten mich die runden Augen schelmisch an.

Nein, ich würde meinen Porsche nie aufgeben, niemals. Wir beide gehörten einfach zusammen. Und sollte ihn einmal die Kraft verlassen, dann würde ich ihn eben schieben.

Der Wagen war genauso ein Oldtimer wie ich selbst.

Ich überlegte. Gab es unterwegs Tankstellen? Ein paar fielen mir ein, aber ich war schon längere Zeit nicht mehr dort gewesen. Vielleicht hatten auch sie mittlerweile ihre Zapfsäulen stillgelegt wie so viele andere und führten nur noch Austauschbatterien für die E-Autos.

Vorsichtshalber füllte ich nach und lud einige leere Kanister in meinen Wagen. Man musste jede Gelegenheit nutzen, die sich ergab. Ich bunkerte ziemlich viel Sprit in der Garage, deshalb war sie auch so gut gesichert. Das war zwar verboten, aber es war so viel verboten mittlerweile, dass man kaum mehr mitkam. Und solange mir mein Benzinlager nicht um die Ohren flog, war mir das egal.

Ich fuhr den Wagen aus der Garage, schloss wieder sorgfältig ab und wappnete mich gegen das, was auf mich zukommen mochte.

Wir Benzinschlucker waren nicht mehr wohlgelitten in diesen Tagen. Den Stinkefinger bekam ich oft zu sehen, wüste Beschimpfungen waren an der Tagesordnung. »Dreckschleuder« gehörte noch zu den liebenswürdigen Bezeichnungen. Einmal hatte man mich sogar mit Tomaten beworfen, was immerhin ein interessantes Farbmuster auf meinem gelben Auto ergab. Wie von Jackson Pollock, nur nicht ganz so wertvoll.

An diesem Morgen passierte nichts. Ich fuhr die Crailsheimer Straße hoch, unbeachtet von den Menschen, die verschlafen zur Arbeit trotteten. Nur eine junge Frau, das sah ich im Rückspiegel, drehte sich um und sah mir nach, und gar nicht mal unfreundlich, wie mir schien. Das war ja fast wie früher, wenn ich durch die Stadt blubberte. Ich sollte sofort umkehren und mir ihre Telefonnummer geben lassen. Ich verzichtete darauf, um mir eine Enttäuschung zu ersparen. Vielleicht war das ja gar kein bewundernder Blick gewesen, sondern nur ein verblüffter. Dass es so was noch gab!

Es war noch früh am Morgen, ein Spätsommertag, der sich noch nicht entschieden hatte, was er werden wollte. Ich reihte mich in den Strom der Fahrzeuge ein.

Ich bin ja nicht so für Reglementierungen gleich welcher Art, aber die strikten Lärmbegrenzungen für die herunterladbaren Motorengeräusche fanden meine volle Zustimmung. Davor hatte man sich wie bei der Formel 1 gefühlt (ohne Boxenluder), denn der Renner war natürlich alles von Ferrari an aufwärts. Außerdem hörte man mich jetzt wieder besser unter all den nahezu lautlos dahingleitenden E-Autos. Ich war der lärmende Prolet.

Dafür hatte ich ordentlich Power unter der Haube. Die zwangsweise Entdeckung der Langsamkeit, die mit der flächendeckenden Einführung der E-Autos einherging, machte nicht nur Freude. Ich sah das an den verkniffenen Gesichtern der Fahrer, die ich einen nach dem andern zügig überholte, ohne meinen Wagen quälen zu müssen.

Ich war eine Provokation, und ich genoss das.

Heute war ein wunderschöner Tag, beschloss ich, egal was er noch bringen mochte. Mein altes Auto und ich. Unterwegs durchs Land. Ich legte Deep Purple ein, »Highway Star«, danach »Born to be wild« von Steppenwolf, drehte laut, trat aufs Gas und gab meiner *killing machine* Gummi. Die volle Dröhnung.

Die Felder rauschten an mir vorbei. Der Schattenwurf der Windräder, die dicht an dicht standen, malte bizarre Bilder auf die Landschaft. Die Mühlen waren schon lange kein Aufreger mehr. Irgendwoher musste der viele Strom ja kommen für all die E-Autos, die E-Bikes und die E-Sonstwas, und auch die ständig laufenden Zwangsbelüftungssysteme der zwangsgedämmten Häuser brauchten Saft. Dieser Tage erst hatte ich ein Schreiben meines Stromlieferanten erhalten, in dem er sich auf die Schultern klopfte, weil der Ausbau der regenerativen Energien so gewaltige Fortschritte mache. Deswegen müsste nun leider, leider der Strompreis erhöht werden.

Diese Windräder waren kein schöner Anblick, beileibe nicht. Aber mir war das egal. Bei mir kam der Strom ja aus der Steckdose.

Man gewöhnt sich an vieles, wenn man keine Wahl hat. An manches auch nicht.

In Braunsbach ging es hinauf auf die Hochebene. Die beiden Spitzkehren nahm ich mit gemäßigtem Reifenkreischen und zischte dann hinüber nach Zottishofen.

Bierbaum hatte mich wohl herfahren hören, er kam aus dem Haus, als ich ausstieg. Er sagte kein Wort, sondern starrte mich an.

»Ich hätte dich kaum erkannt«, sagte er schließlich.

»Neue Zeiten erfordern neue Maßnahmen«, antwortete ich.

Er machte eine Kopfbewegung. Wir stiegen in seinen 300-PS-Schlepper und zogen los. Herrlich, dieser nostalgische Duft nach Schmieröl und Diesel! An einem E-Traktor waren die Ingenieure bisher noch gescheitert. Ihre Prototypen zogen allenfalls einen Handkarren, aber keinen voll beladenen Hänger.

Bierbaums Schweine, Sorte Schwäbisch-Hällisches Landschwein, unverwechselbar mit ihren schwarzen Köpfen und Schenkeln, hatten am Waldrand ein großes Freigehege zur Verfügung. Der Herbst stand bevor, die Schweine sollten sich an den Eicheln laben, die bald herabfallen würden. Eichelmastschwein, was ganz besonders Leckeres. Kenner zahlten Unsummen dafür.

Ich sah sofort, was los war.

Die Weide war von einem mannshohen Stahlzaun aus Doppelstabmatten umgeben, mit Nato-Stacheldraht obendrauf. Jemand hatte sich richtig viel Arbeit gemacht und ein Loch in den Zaun geschnitten. Die Weide war leer.

»Eine Tierbefreiungsaktion?«, fragte ich.

Wieder diese stumme Kopfbewegung. Ich schlüpfte hinter ihm durch das Loch.

Die Sau war in Kreuzigungspose an eine dicke Eiche genagelt, man hatte sogar einen Querbalken für die Vorderläufe angebracht. Man hatte ihr die Kehle durchgeschnitten, ihr den Bauch aufgeschlitzt und sie ausgeweidet. Die Eingeweide lagen auf einem Haufen zu ihren Füßen. Ich befühlte sie. Sie waren kalt. Die Untat war also schon ein paar Stunden her.

»Das war die Susi«, sagte Bierbaum.

»Deine Schweine haben Namen?«

»Natürlich. Hunde haben Namen, Kühe haben Namen, warum nicht auch Schweine? Meine Tiere sind meine Freunde.«

»Und wenn du eine Sau schlachtest? Dann tötest du einen Freund.«

»Meine Schweine haben ein schönes Leben und sterben einen schnellen und gnädigen Tod. Einen besseren jedenfalls als die Antilope, die von einem Löwen gejagt wird. Oder die Maus, mit der die Katze lange spielt, ehe sie sie auffrisst. So ist die Natur. Fressen und gefressen werden. Die Bestimmung meiner Schweine ist es, im Kochtopf zu landen.«

»Das sieht man heutigentags aber anders.«

Bierbaum grunzte nur abfällig.

Ich deutete auf die gekreuzigte Sau. »Da waren Profis am Werk. Saubere Metzgersarbeit.«

Bierbaum nickte. »Wenigstens hat Susi nicht leiden müssen, wie's aussieht.«

Ich nahm einen herumliegenden Ast und stocherte in den Eingeweiden herum. »Alles da. Bis auf das Herz.«

»Ist mir auch schon aufgefallen.«

»Feinschmecker waren das nicht«, sinnierte ich. »Die Nieren haben sie dagelassen.« Ah, Saure Nierle!

Ich überlegte. »Vielleicht ein Ritualmord?«

Bierbaum starrte mich baff an. »Wie kommst du denn darauf?«

»Bei den Opferungen der Mayas war das noch zuckende Herz ein Leckerbissen. Aber ich glaube, die haben Jungfrauen bevorzugt. War ja auch eine Hochkultur.«

»Widerlich. Apropos: Mich wundert, dass du den Anblick meiner Susi so gelassen hinnimmst. Andere wären kotzend davongerannt.«

»Ich habe schon bei mehr als einer Hausschlachtung mitgemacht. Zu den Zeiten, als das noch erlaubt war. Apropos: Kann man die Sau noch essen?«

»Natürlich. Aber verkaufen kann ich sie nicht mehr. Offiziell wenigstens nicht.«

»Einverstanden. Ich nehme die Hälfte. Man kann doch solche Leckerbissen nicht verkommen lassen.«

»Weil du's bist. Ich lasse sie noch ein paar Tage abhängen«, sagte Bierbaum. Dann schüttelte er bekümmert den Kopf. »Wer macht denn so was? Das war doch meine Susi!«

»Eine normale Tierbefreiung war das nicht, das steht fest. Ich glaube, da will jemand ein Zeichen setzen.«

»Mit meiner Susi?«

»Wahrscheinlich mit einer Sau ganz allgemein. Ihr Tierzüchter steht ja schwer unter Beschuss.«

Bierbaum explodierte. »Das brauchst du mir nicht zu sagen, das erlebe ich jeden Tag! Irgendwann tut's mal einen Schlag. Ich lass mich nicht dauernd beschimpfen. Was glauben die denn, wer ich bin?«

»Einer, der Tiere tötet, damit sie gegessen werden. Ein Tiermörder.«

»Vegane Arschgeigen!«

»Warum brüllst du mich so an? Ich habe das nicht erfunden. Wie auch immer, deine Schweine sind weg. Hast du die Polizei schon verständigt?«

»Warum sollte ich? Die das gemacht haben, erwischt man doch nicht.«

»Mir geht es weniger um die Täter als um die Opfer. Deine Versicherung wird auf einer Untersuchung durch die Polizei bestehen.«

»Du bist die Versicherung.«

»Ich bin nur der Vertreter der Versicherung.«

»Ich will das nicht. Gibt nur Ärger.«

»Mit der Versicherung gibt es immer Ärger.«

»Und das sagst du!«

»Klar. Schließlich bin ich die Ver… Ach, was red ich!«

»Ich fange meine Schweine schon wieder ein.«

»Und wenn nicht?«

»Zahlst du. Deine Versicherung.«

»Das ist der Punkt. Deine Schweine sind besser versichert als seinerzeit die Beine von Ronaldo. Glaubst du, die Versicherung schreibt dir mir nichts, dir nichts einen

Scheck aus nur wegen deiner blauen Augen? Da geht es um eine Riesensumme.«

»Meine Augen sind grau.«

»Lenk nicht ab, Bierbaum!«

»Es wird Fragen geben.«

»Unvermeidlich.«

»Fragen verlangen Antworten.«

»Das ist der Sinn der Sache.«

»Manche Antworten sind vielleicht gar nicht gut.«

»Was willst du damit sagen?«

»Wie heißt es so schön: Man soll keine schlafenden Hunde wecken.«

»Was läuft da, Bierbaum?«

»Du stellst zu viele Fragen, Dillinger.«

Kopfschüttelnd wählte ich die Nummer von Kommissar Keller in Schwäbisch Hall. »Ich habe ein Tötungsdelikt zu melden zum Nachteil einer gewissen Susi.«

»Nachname?«

»Weiß ich nicht. Sau wahrscheinlich.«

»Willst du mich verscheißern?«

Ich erzählte.

»Was?«, rief Keller entsetzt. »Eine Schwäbisch-Hällische? Einfach so abgestochen? Das ist ja ein Verbrechen!«

»Sag ich doch.«

»Mann, Mann, was für Zeiten! Aber warum rufst du mich an?«

»Weil du für Kapitalverbrechen zuständig bist.«

»Dillinger, du lebst hinterm Mond. Kapitalverbrechen ist kein juristisch definierter Begriff. Wir reden von Tötungsdelikten.«

»Dann reden wir von dem gleichen.«

»Ich bin zuständig für Straftatbestände gegen das Leben von Menschen.«

»Können wir das nicht allgemeiner fassen: gegen Lebewesen? Auch eine Sau ist ja so was wie ein Mensch und unser Freund, den wir ehren und schätzen. Die Susi hat ja sogar einen Namen.«

»Ich schätze eine Sau sehr, wenn sie als Schnitzel auf meinem Teller liegt.«

»Keller, du hast die Zeichen der Zeit nicht begriffen. Tiere essen ist verpönt.«

»Mir wurst, mich geht deine Sau nichts an. Das ist allenfalls Sachbeschädigung.«

»Sachbeschädigung? Bei einem getöteten Tier? In diesen Zeiten?«

»Sie arbeiten dran, glaub mir.«

»Übrigens käme auch noch Diebstahl hinzu. Die anderen Schweine sind ja weg. Wir brauchen ein offizielles Dokument.«

»Der Bauer braucht das für die Versicherung, stimmt's?«

»Auch wir haben unsere Vorschriften, nicht nur so Sesselfurzer wie du.«

»Bist du sicher, dass der Bauer nichts damit zu tun hat?«

»Nein.«

»So ist das also! Ich schicke die Spusi raus.«

»Nur, weil du zu faul bist, deinen fetten Hintern zu heben, wird der feige Mord an der armen Susi also ewig ungesühnt bleiben.«

»Wieso? Du bist doch da.«

»Ich soll mich nicht in polizeiliche Ermittlungen einmischen, sagst du immer.«

»Diesmal darfst du. Mit meinem offiziellen Segen.«

»Ehrlich? Mensch, Keller, ich bin gerührt! Du machst mich zum glücklichsten Mann der Welt.«

Keller knurrte.

»Übrigens, um ein Thema aufzugreifen, das du vorhin angeschnitten hast: Ich habe mir die Hälfte der Sau gesichert. Aber lange kann sie nicht mehr so hängen bleiben, es wird bald warm. Mach der Spusi Beine!«

»Du wirst dich gedulden müssen. Du weißt, die Jungs kommen von weit her und haben auch noch anderes zu tun.«

»Die Hälfte meiner Hälfte für dich.«

»Die Spusi ist praktisch schon unterwegs.«

»Da gibt es noch einen Grund, weshalb du hier sein solltest. Die Spusi wird die Susi ja vielleicht mitnehmen, als Beweismittel oder so, und dann ist die Susi sozusagen dem natürlichen Kreislauf entzogen.«

»Der Gruber von der Spusi ist ein vernünftiger Mann, mit dem kann man reden. Ich brauche noch ein Viertel.«

»Unmöglich. Dann bleibt für mich nichts mehr.«

»Das Leben kann so ungerecht sein.«

»In dem Fall ziehe ich die Anzeige zurück. Diesen Anruf hat es nie gegeben.«

»Zu spät. Anrufe bei der Polizei werden protokolliert.«

»Aber doch nicht auf deinem Privathandy!«

»Wir wollen jetzt nicht über unwichtige Details diskutieren. Vorschlag: Wir dritteln deine Hälfte. Ich kriege auf alle Fälle das Filet.«

»Das ist Erpressung!«

»Was hast du gesagt? Die Verbindung ist gerade schlecht. Dillinger, hörst du mich? Hörst du mich?«

Dann wurde aufgelegt.

Ich sagte zu Bierbaum: »Die Kriminaltechnik ist im Anmarsch. Die untersuchen das, machen ein schönes Protokoll, und dann sehen wir weiter. Aber ohne Protokoll läuft gar nichts, auch wenn es dir nicht gefällt.«

Bierbaum hätte mir eigentlich dankbar sein müssen, schließlich ging es um eine beträchtliche Summe, aber so schaute er nicht gerade drein.

Dann verfinsterte sich sein Gesicht noch mehr. »Der hat mir gerade noch gefehlt«, murmelte er.

Durch das Loch im Zaun trat ein Mann, weder alt noch jung, weder dick noch dünn, aber entschlossenen Schrittes und mit freudig erregter Miene. Bei Fuß trottete ein Hund.

Es war ein großer Hund mit einem wunderbaren, seidig glänzenden kastanienbraunen Fell ohne jede Spur von Schwarz. Ein schönes Tier, das musste sogar ich zugeben, und mein Verhältnis zu Hunden war eher distanziert. Keine Ahnung, welche Rasse das war, und es interessierte mich auch nicht wirklich.

»Bierbaum, jetzt habe ich Sie endlich, diesmal entkommen Sie mir nicht«, rief der Mann. Dann sah er mich an: »Und mit wem habe ich das Vergnügen?«

Bierbaum knurrte. »Das ist Dillinger, mein Versicherungsvertreter. Und das ist der Herr Scheuerle, Bescheuertle, unsere Oberpetze vom Dienst.«

»Bierbaum, wenn Sie glauben, Sie könnten mich provozieren, haben Sie sich geschnitten!« Der Mann warf sich in die magere Brust. »Ich bin der amtlich bestellte kommunale Aufseher über die Einhaltung der Richtlinien zum Artenschutz, nur damit Sie es wissen.«

Der Mensch war mir auf Anhieb zutiefst unsympathisch. »Auch ein Job«, sagte ich.

»Einer muss es ja tun. Einer muss ja auf die Einhaltung der Regeln achten, Sie sehen ja, was sonst passiert. Jetzt sind Sie dran, Bierbaum! Auf frischer Tat ertappt! Eine illegale Schlachtung! Sie wissen genau, dass Sie jede Schlachtung von mir genehmigen lassen müssen!«

»Scheuerle, Bescheuertle! Hast du keine Augen im Kopf? Mir haben sie die Schweine geklaut und meine Susi massakriert!«

»Das ist nur eine Schutzbehauptung. Sie wollen damit die Quote unterlaufen.«

»So? Und wo sind meine Tiere dann?«

»Das weiß ich nicht. Wahrscheinlich haben Sie sie versteckt. Aber ich werde sie finden, verlassen Sie sich drauf.«

»Viel Glück! Dann hättest du wenigstens einmal in deinem Leben etwas Sinnvolles getan.«

Der Bierbaum, der auf mich sonst so besonnen wirkte, war dabei, sich ganz heftig in Rage zu reden. Ich konnte es ihm nicht verdenken. Diese Kontrolleure waren eine Landplage und verhasst wie nur was. Es hatte schon Anschläge auf sie gegeben, die nur deshalb keinen Schaden angerichtet hatten, weil sie stümperhaft geplant waren. Ob aus Absicht oder Unvermögen, blieb unklar.

Der Hund knurrte.

»Brav, Bello, brav!«, sagte Scheuerle. »Ja, du bist ein guter Hund. Was man von dem Herrn Bierbaum nicht sagen kann.«

»Ich bin ja auch kein Hund«, entgegnete Bierbaum, der jetzt auch knurrte.

»Das ist sogar ein ganz Böser. Weißt du, Bello, der isst Tiere, die er vorher getötet hat. Ist das nicht widerlich? Wenn es nach mir gegangen wäre, ich hätte das Schlachten von Tieren zum Zwecke des Essens sofort verboten. Und zwar grundsätzlich. Auf der ganzen Linie.«

»So hattet ihr das ja auch vorgesehen. Nur habt ihr in eurem Übereifer übersehen, dass es so was wie gefährdete Rassen gibt, und die muss man schützen, das ist Gesetz. Und was für den Gartenschläfer und das Blaukehlchen gilt, das gilt eben auch für das Limpurger Rind und das Schwäbisch-Hällische Landschwein. Das war ein schönes Eigentor!«

Scheuerle guckte giftig. »Wir haben eine Schlacht verloren, aber nicht den Krieg. Wir finden auch da eine Lösung, verlassen Sie sich drauf. Und bis dahin haben Sie sich an die Auflagen zu halten, und das heißt strenge Bestandskontrolle, Nachzucht nur zum Erhalt der Rasse, kein unkontrolliertes Schlachten, und das wissen Sie genau.«

Natürlich wusste das Bierbaum. Jeder wusste das, und niemand hatte, nachdem der erste Schock abgeklungen war, etwas gegen das Verbot der Massentierhaltung einzuwenden gehabt. Jeder, der sehenden Auges durchs Leben ging, wusste um die schrecklichen Zustände in den Ställen und den Schlachthöfen.

Damit war es nun vorbei, und zum ersten Mal seit urdenklichen Zeiten gab es wieder richtig gutes, handgestreicheltes Fleisch. Es war zwar so kostbar wie Kaviar, aber mal ehrlich: Auf Kaviar konnte man schon hin und wieder verzichten, doch auf einen saftigen Krustenbraten?

Und da lag das Problem. Fleisch war knapp, und was knapp war, war teuer und weckte Begehrlichkeiten ganz eigener Art.

Deshalb waren Bierbaums Schweine versichert. Deshalb war ich hier. Deshalb gab es Leute wie Scheuerle, die auf die Einhaltung der Richtlinien zu achten hatten.

Der baute sich jetzt vor Bierbaum auf, hatte die Hände hinter dem Rücken verschränkt und wippte auf den Fußballen. Die volle Autorität der Amtsperson.

Sein Hund knurrte.

»Sie sind ein renitenter Bursche, Bierbaum«, sagte Scheuerle. »Ich hatte Sie schon immer im Verdacht, dass Sie krumme Geschäfte betreiben, und jetzt habe ich den Beweis. Jede Wette, Sie haben Ihre Schweine selber laufen lassen.«

»Für wie blöd hältst du mich eigentlich? Was glaubst du, welcher Verlust das für mich ist? Das waren zwölf Muttersauen, mit eigener Hand aufgezogen, gesund und bestens genährt. Und vierundzwanzig Jungschweine. Die wären in vier Wochen schlachtreif gewesen.«

»Genau das ist der Punkt. Dass man die Vielfalt unserer Natur schützen muss, ist ja kein Thema, und ich will gerne zugeben, dass darunter auch Ihre Schweine fallen. Aber das bedeutet eben gerade nicht, dass man sie tötet. Das ist ethisch und moralisch völlig unakzeptabel.«

»Wer Tierrassen erhalten will, muss sie essen. Die besten Ferkel kommen in die Zucht, und was mache ich mit dem Rest? Vor allem mit den Jungs?«

»Ich bin dabei, etwas zu organisieren. Einen Gnadenhof.«

»Gnadenhof?«

»Einen Gnadenhof, wo die Tiere ihren Lebensabend verbringen dürfen. Was bei Pferden geht, muss auch bei Schweinen gehen.«

»Traumtänzer! Jede von meinen Sauen wirft im Durchschnitt zehn Ferkel. Jeweils zwei brauche ich für den Erhalt der Rasse. Bleiben sechsundneunzig übrig. Nur von meinen zwölf Sauen. Dann ist bald das ganze Land ein einziger Gnadenhof.«

Scheuerle schaute etwas verdattert, aber so schnell gab er nicht klein bei.

»Auch für dieses Problem werden wir eine Lösung finden«, sagte er.

»Natürlich. Ihr findet für jedes Problem eine Lösung. Und die besteht dann in einem Haufen neuer, unsinniger Vorschriften, für die man einen Haufen neuer Leute braucht, die die Vorschriften überwachen. Noch mehr solche Blockwarte wie du, Scheuerle! Noch mehr aufgeblasene Grasdackel!«

Er spuckte vor ihm auf den Boden.

Der Hund knurrte.

Scheuerle brauste auf. »Ich muss doch sehr bitten! Das ist Beamtenbeleidigung!«

»Du bist ja gar kein Beamter.«

»So gut wie! Ich vertrete die Staatsgewalt.«

»Ein schöner Staat, der die Gewalt solchen Pimpfen wie dir überträgt.«

Scheuerle lief puterrot an und brüllte: »Sie können mich nicht produz... provozieren, Sie nicht! Das wird Ihnen noch leidtun!«

Der Hund knurrte.

Scheuerle atmete tief durch. »Brav, Bello, brav! Du hast recht, der Herr Bierbaum ist ein ganz Böser, aber er tut dir nichts, ich bin ja bei dir.« Er baute sich mit erhobenem Zeigefinger vor Bierbaum auf. »Sie werden es auch noch kapieren, Bierbaum. Entscheidend ist, dass sich das Bewusstsein ändert, und daran mangelt es Ihnen ganz entschieden. Sie sabotieren die Bewegung, wo es nur geht. Aber damit kommen Sie bei mir nicht durch. Ich werde jedenfalls Ihre Schweine genau im Blick behalten.«

»Sag meinen Schweinen einen schönen Gruß, wenn du sie triffst. Die sind nämlich verschwunden, schon gemerkt?«

Der Hund knurrte etwas lauter.

»Können Sie Ihren Köter nicht an die Leine nehmen?«, fragte ich. »Freilaufende Hunde machen mich nervös. Kindheitstrauma.«

»Bello tut niemandem was. Der ist gut erzogen. Der weiß, was sich gehört.« Wenigstens hielt er seinen Bello nun am Halsband fest. »Und Sie? Dillinger war der Name, nicht wahr? Ich hoffe, auch Sie wissen, was sich gehört in diesen Zeiten. Haben Sie Ihre Fleischsucht schon überwunden?«

»Ich arbeite daran«, sagte ich diplomatisch.

»Gesinnungsschnüffler!«, giftete Bierbaum.

»Sie wissen, dass es Desensibilisierungsprogramme gibt? Noch sind sie freiwillig und werden von der Krankenkasse bezahlt. Wir setzen ja auf die Vernunft der Bürger.«

Der Hund knurrte wieder, und es klang bedrohlich. Mir war etwas mulmig. Gut erzogen, den Spruch kannte ich. Aber er wollte nichts von mir, sein Blick war auf Susi gerichtet.

»Der riecht sein Frühstück«, sagte ich.

»Bello ist selbstverständlich ein vollständig veganer Hund, und er hat die Umstellung problemlos gemeistert, gell, Bello? Schauen Sie nur, wie sein Fell glänzt. Auch ein ehemaliger Jagdhund erkennt die Zeichen der Zeit und weiß, was gut für ihn ist.«

Der vegane Hund starrte die gekreuzigte Sau an wie eine außerirdische Erscheinung. Mit einem Ruck riss er sich los, hechtete auf Susi zu, sprang an ihr hoch, schlug seine Zähne in das Fleisch, zog und zerrte, bis er ein großes Stück im Maul hielt, und wie der Blitz rannte er davon.

Scheuerle sah ihm fassungslos hinterher. »Das hat er noch nie gemacht! Bello, komm sofort zurück, hörst du, sofort!«

Der vegane Hund hatte sich mit seiner Beute tief ins Unterholz verzogen. Bello! Den Namen hatte er noch nie leiden können, weshalb es ihm leichtfiel, die Rufe seines Herrchens zu überhören. Krethi und Plethi hieß Bello. Fiel diesen blöden Menschen nichts Besseres ein? So was wie Edler von Hinterkratzhausen?

Bello! Ging's noch?

Er besah sich das Stück Fleisch, das er geraubt hatte. Ein Bauchlappen, ordentlich durchwachsen, wie es sich gehörte. Leider nur ein kleines Stück, mehr war in der Kürze der Zeit nicht zu packen gewesen.

Wie lange hatte er auf eine solche Gelegenheit warten müssen!

Mal ehrlich, »Cabrigourmet Wuff« sah zwar aus wie eine Wurst, aber schmeckte genau nach dem, was drin war: Weizen- und Lupineneiweiß, Reis, Erbsen, Karotten, Tofu. Also nach gar nichts. Das war zwar sicher gut gemeint von seinem Herrchen, aber so etwas setzte man nicht einmal seinem Hund vor. Äh, nein, das war jetzt irgendwie falsch gedacht. Wahrscheinlich kam das von der Nährhefe in »Cabrigourmet Wuff«.

Der vegane Hund hätte sich am liebsten mit der Gier des Ausgehungerten auf seine Beute gestürzt, doch er beherrschte sich. Er wollte jeden Moment genießen. Ausführlich beschnupperte er das Stück. Das war nicht nur der wohlvertraute Duft eines gut genährten Schweines, da schwang noch etwas anderes mit, auf das er im Moment nicht kam.

Vorsichtig biss er ein erstes kleines Stückchen ab und kaute ganz langsam.

Wahnsinn!

Er erinnerte sich noch gut an die Zeiten, als solche Genüsse alltäglich gewesen waren.

Er wusste nicht, warum sich das geändert hatte, er wusste nur: Ein veganes Schweineohr (Weizenstärke, Glyzerin, Pflanzenfaser, Lezithin, natürliches Geschmacksmittel) machte einen Hund nicht satt. Und zufrieden schon gar nicht. Natürlich hatte er auch das gefressen, es war ihm ja nichts anderes übrig geblieben. Als Hund war man leider seinem Herrchen hilflos ausgeliefert.

Und dann war es um seine Beherrschung geschehen. Mit zwei Bissen verschlang der vegane Hund seine Beute und leckte sich die Lefzen.

Jetzt wusste er auch, an was ihn dieser Duft noch erinnert hatte. Es war der Duft von Freiheit und Abenteuer.

Ein freudiges Jaulen entrang sich seiner Kehle.

Er nahm Witterung auf. Irgendwo in diesem Wald musste doch ein Hase aufzutreiben sein. Oder wenigstens eine kleine Ratte als Snack zwischendurch.

Der nun nicht mehr ganz so vegane Hund trabte los.

Scheuerle starrte erschüttert zu dem Wald hinüber, in dem sein Hund verschwunden war.

»Bello, komm zurück!«, rief er. »Gute Leckerli!«

Bierbaum grinste. »Der hat sich sein Leckerli schon selber geholt. Das wird teuer für dich, Scheuerle. Den Schaden musst du mir ersetzen.«

»Das ist ganz allein Ihre Schuld, Bierbaum. Sie haben ihn mit Ihrer Sau in Versuchung geführt. Ohne Sie und Ihresgleichen wäre die Bewegung schon viel weiter. Aber das wird Konsequenzen haben, das schwöre ich Ihnen.«

»Ach ja, dein veganer Hund.«

Bierbaum ging zu seinem Traktor und kramte darin herum. Mit einem Gewehr im Anschlag kam er wieder zurück.

Scheuerle wurde kreidebleich. »Bierbaum, das können Sie doch nicht machen.«

Bierbaum lud durch und hob den Lauf ein wenig in die Höhe. Er zeigte genau auf Scheuerle.

Scheuerle hob die Hände. »Nicht, Bierbaum! Machen Sie sich nicht unglücklich! Man kann doch über alles reden!«

»Was hat er denn, unser Aufseher?«, fragte Bierbaum grinsend. »Geht dem kleinen Scheißer vielleicht der Arsch auf Grundeis? Keine Sorge, Scheuerle, an dir mach ich mir nicht die Finger schmutzig. Das Gewehr ist für deinen Bello. Streunende Hunde sind für den Abschuss freigegeben, das solltest doch gerade du wissen. Wer weiß, was dein Hund den armen Tieren in Feld und Wald antut, und das können wir ja nicht zulassen, oder? Also schleich dich, Scheuerle, und such deinen Köter. Und bete, dass du ihn vor mir findest.«

Man musste es Scheuerle lassen. Er brachte einen Abgang mit Würde zuwege.

Fast.

Als er den Waldrand erreicht hatte, drehte er sich noch einmal um, drohte Bierbaum mit der Faust und schrie: »Bauernlümmel!«

In diesem Moment fielen im Wald schnell hintereinander zwei Schüsse. Dann war ein langgezogenes Jaulen zu hören.

Scheuerle begann zu rennen. »Bello!«, rief er. »Bello, guter Hund, braver Hund, komm zurück zu Herrchen!«

Bierbaum schaute ihm nach und schüttelte den Kopf. »Was für Zeiten, Dillinger! Wie hat es nur so weit kommen können?«

Ja, wie nur? Folgendes war geschehen. Beim Aussitzen eines Problems war die Kanzlerin sanft entschlafen. Das wurde lange Zeit gar nicht bemerkt, weil man wähnte, sie sei in tiefem Nachdenken begriffen. Seit jüngstem erlaubte sich die Chefin das hin und wieder. Nun ja, von einem gewissen Alter an sah man manche Schrullen nach.

Und nun? Kein Kronprinz weit und breit, eine Prinzessin schon gar nicht, alle weggebissen. In der Not fragte man sogar bei der Ursula an, doch die würdevolle, immer noch ausnehmend attraktive, immer noch blonde ältere Dame winkte ab. Sie war damit ausgelastet, die Namen ihrer 49 Enkel auswendig zu lernen.

Die FDP hatte sich ja schon längst aufgelöst, angeblich nachdem der Rainer der Kanzlerin ein Dirndl geschenkt hatte mit den Worten: »Obenrum passt's, dafür lege ich meine Hand ins Feuer.« Die SPD war vollauf damit beschäftigt, im Monatsrhythmus ihren Kanzlerkandidaten zu demontieren, und hatte für so etwas wie Wahlkampf nun wirklich keine Zeit. Und die Linken waren zu einer ständigen Krisensitzung am gläsernen Sarkophag vom Oskar versammelt und warteten auf die göttliche Eingebung. Ja, auf die göttliche, so weit war es gekommen.

So fuhren denn die Bunten, die Nachfolgeorganisation der zahnlos gewordenen Grünen, einen problemlosen Sieg ein. Sie holten ein paar alte Träume aus der Mottenkiste. Die Claudia wurde Bundespräsidentin (eigentlich war ja der Joschka vorgesehen gewesen, aber der war etwas wunderlich geworden und erzählte nur noch Schnurren aus seiner Frankfurter Straßenkampfzeit), das Benzin kostete fünf Euro (na ja, seinerzeit war von fünf Mark die Rede gewesen, aber man musste ja auch die Inflation berücksichtigen).

Und außerdem wurde der Veggie Day eingeführt.

Das gab dann aber ziemlich lange Gesichter, als sich herausstellte, dass mit Veggie nicht vegetarisch gemeint war, sondern natürlich vegan. Und Day meinte nicht irgendeinen Tag der Woche, sondern jeden.

Vegetarisch, damit hätte man sich mit einiger Schummelei abfinden können (»Ich esse kein Fleisch, nur Wurst«). Aber vegan? Die ganz gnadenlose Variante, der Verzicht auf jegliche tierische Produkte, auf dem Teller und überhaupt? Weder Milch noch Joghurt noch Käse. Keine Lederjacke. Kein Wollpullover. Keine Daunendecke. Kein Frühstücksei, nicht mal bio.

Deutschland, Veggieland.

Eigentlich war der Veggie Day sowieso anders gedacht gewesen. Die Renate hatte die Claudia nur ärgern wollen. Der dezente Hinweis auf eine mögliche Form der Diät war als Scherz gemeint gewesen. Aber das war nicht der erste Scherz der Geschichte, der zu einem fürchterlichen Missverständnis führte.

Wir lernen daraus, dass weltgeschichtlich bedeutsame Ereignisse nicht unbedingt das Ergebnis tiefschürfender, hin- und hergewälzter Überlegungen sind, sondern einer momentanen Laune entspringen. Krach mit dem Partner. Schon lange kein Sex mehr. Ein verklemmter Furz. Schweißfüße.

Veggie Day? Es hob ein großes Murren an. Das war gemein. Wie kam denn so was? Wie kann man denn die Wähler so überrumpeln? Steht alles im Wahlprogramm, sagten sie. So, tatsächlich? Das war nicht nur gemein, das war unfair. Seit wann setzte denn eine Partei nach der Wahl das um, was sie vor der Wahl versprochen hatte? Auf die Idee muss erst mal einer kommen! Es ging sogar die Rede von

Wahlbetrug. War aber nichts zu machen. Stand alles im Wahlprogramm.

Und während sich das Land allmählich aus der Schockstarre löste, wurden die ersten neuen Vorschriften erlassen. Man sprach von der Wende, von der Umstellung. Auch das böse Wort von der Umerziehung geisterte umher.

Was der Veggie Day noch alles nach sich ziehen würde, konnte niemand ahnen.

Wir sahen Scheuerle hinterher, wie er im Wald verschwand. Seine Körpersprache signalisierte, dass er nicht viel Hoffnung hatte, seinen Bello bald wiederzusehen.

»Was waren das für Schüsse?«, fragte ich.

Bierbaum zuckte mit den Schultern. »Keine Ahnung. Ein Jäger wahrscheinlich.«

»Am helllichten Morgen?«

»Wildschweine erwischst du immer. Hier knallt's dauernd, und das sind nicht nur Leute mit Jagdschein, glaub's mir.«

»Nennt man das nicht Wilderei?«

»Ich nenne es Bestandskontrolle. Das war auch so eine Schnapsidee. Jagdverbot aus ethischen Gründen, aber hallo! Die Wildschweine und Rehe haben keine natürlichen Feinde und genug zu fressen auf den Feldern, die vermehren sich wie sonst was. Sind eine echte Landplage geworden.«

»Das haben sie ja wieder revidiert. Jetzt haben wir die Abschussquoten.«

»Viel zu gering! Die Wildsäue fressen immer noch ganze Äcker leer. Und kontrollieren kannst du die Quote sowieso nicht, es sei denn, du schaust in die Kochtöpfe und fängst an zu zählen. Frag lieber nicht, wie oft es bei uns Wildschweinbraten gibt. Unter uns, die Wildschweine sind ein einträgliches Nebengeschäft. Die Leute kriegen das Fleisch, nach dem sie gieren, und uns füllt's die Kasse.«

»Und wenn sie dich erwischen?«

»Wer denn? Vielleicht der Scheuerle, dieser Wicht?«

»Von Landwirtschaft und Viehzucht hat er wohl nicht viel Ahnung.«

»Nicht die geringste. Hat auch sein Gutes.«

Ich sah ihn fragend an.

»Es ist ja allgemein bekannt, dass Muttersauen schon mal ein paar ihrer Ferkel erdrücken, wenn sie sich hinlegen«, erläuterte er.

»In engen Ställen, die es nicht mehr gibt, aber doch nicht in der freien Natur.«

»Das weiß der doch nicht. Deshalb ist es kein Problem, ein paar Ferkel zu verstecken, wenn er zur Bestandskontrolle kommt.«

»Ts, ts, ts«, machte ich. »Du legst ja den armen Scheuerle aufs Kreuz.«

»Kann ich was dafür, wenn sie sich solche Pfeifen als Kontrolleure aussuchen? Da ging's ja nicht um Sachverstand, sondern nur darum, wer sich davor schon um die Bewegung verdient gemacht hat. Die Bewegung! Wenn ich das schon höre, kriege ich so einen Hals! Ich hoffe nur, dass mir sein Köter vor die Flinte läuft.«

»Der Hund kann doch nichts dafür. Gönn ihm seine Freiheit. Der ist sowieso bald wieder zurück bei seinem veganen Besitzer. Du weißt doch, Hunde brauchen die Nähe zu ihrem Herrchen.«

»Und wenn er mir das Wild reißt?«

»Komm schon, ist doch genügend da für alle.«

Bierbaum brummte.

Ich sah schwarz für den armen Bello. Jemand sollte ihn warnen.

»Viel mehr Gedanken mache ich mir um deine Schweine«, sagte ich. »Irgendwas kommt mir seltsam vor.«

»Die Tierbefreiungen nehmen neuerdings wieder rapide zu. Erst vor ein paar Tagen haben sie bei Jechtinger drüben in Jungholzhausen eine Herde Limpurger frei gelassen.«

»Tatsächlich? Habe ich gar nicht mitbekommen.«

»Wird auch nicht groß drüber geredet. Von wegen Nachahmungstätern und so.«

»Sind sie wieder eingefangen?«

»Keine Ahnung.«

Ich schaute auf meine Armbanduhr. Solarbetrieben, andere waren ja aus Umweltgründen verboten worden. Seitdem hatte ich das Gefühl, dass die Zeit viel schneller verging.

»Wird ja noch eine Weile dauern, bis die Spusi kommt. Dann fahr ich mal schnell zu Jechtinger rüber und schau mir das an.«

»Und ich? Soll ich hier Wurzeln schlagen?«

»Genau das. Sonst kriegt deine Susi Beine. Und das wollen wir doch nicht. Schließlich gehört die Susi zur Hälfte mir.«

»Wir haben noch nicht über den Preis geredet.«

»Mach eine Ansage.«

Was er sagte, erschütterte mich.

»Hast du sie nicht mehr alle?«, rief ich empört.

»Angebot und Nachfrage. Wildschwein kannst du von mir billig haben, aber meine Susi hat ihren Preis. Ist schließlich eine Hällische. Im Laden zahlst du das Doppelte.«

»Du nutzt die Notlage anderer Menschen schamlos aus! Das ist Wucher!«

»Das ist Marktwirtschaft. Ich glaube, man nennt das auch Neoliberalismus.«

»Und wie war das noch mit den Bauern und den Kartoffeln?«

»Die Zeiten sind schon lange vorbei. Auch wir Bauern können rechnen. Wir führen hocheffiziente Wirtschaftsbetriebe, wir reden von Eigenkapitalquote und Cashflow. Was ist jetzt mit der Susi? Ich krieg sie auch anderswo los, ohne Probleme.«

Zähneknirschend schlug ich ein. Er hatte ja so recht. Trotzdem.

»Bauernlümmel!«, sagte ich.

Er grinste.

Jechtinger bewirtschaftete einen Aussiedlerhof, der etwas einsam bei Jungholzhausen abseits der Kreisstraße stand. Als ich klingelte, tat sich erst mal lange Zeit nichts. Ich hörte Schritte, und endlich wurde die Tür geöffnet.

Jechtinger hatte ein Gewehr in der Hand. Die Waffe zeigte zwar auf den Boden, aber er hatte den Finger am Abzug.

Ich hob die Hände und sagte: »Fürchten Sie einen Indianerüberfall? He, ich gehöre zu den Guten!«

Rasch packte er die Waffe am Lauf und stellte sie mit dem Schaft auf den Boden. Wie einen Spazierstock.

»Ich war gerade dabei, die Waffe zu reinigen.«

Und dann nahm er sie mit, wenn es an der Tür klingelte? Er log, ohne rot zu werden.

Ich hatte schon gehört, dass Jechtinger von der robusten Sorte war. Mit ihm war nicht gut Kirschen essen, wenn ihm etwas nicht passte. Einmal hatte er einen Kontrolleur von der Landwirtschaftskammer mit dem Gewehr vom Hof gejagt, weil er seinen Nährstoffvergleich schlampig geführt hatte und deshalb im Verdacht stand, zu viel Kunstdünger und Gülle ausgebracht zu haben.

Es war wahrscheinlich das Gewehr, das er auch jetzt bei sich hatte.

Jechtinger schaute mich misstrauisch an. »Kennen wir uns?«

»Wir sind uns schon ein paar Mal über den Weg gelaufen.« Ich stellte mich vor.

»Ich hätte Sie jetzt nicht erkannt«, meinte er.

»Wie ich gehört habe, sind Ihnen ein paar Rinder entlaufen«, sagte ich.

Er schnaubte. »Entlaufen! Freigelassen hat man sie, meine ganze Herde Limpurger!«

Das Limpurger Weiderind war eine alte, äußerst schmackhafte Rasse aus der Region, die schon mal vom Aussterben bedroht gewesen war und die man mühsam wieder hochgepäppelt hatte. Ihr Schicksal hätte sich fast wiederholt.

»Haben Sie sie wieder einfangen können?«, fragte ich.

»Alle bis auf eine.«

»Wie ist es passiert?«

»Wie sie's immer machen. Loch in den Zaun, Klaps auf den Hintern, und weg sind sie. Wenn erst mal eine losrennt, rennen die anderen hinterher.«

»Irgendeine Ahnung, wer das getan haben könnte?«

»Die üblichen Verdächtigen. Aber beweisen kann man nichts.«

»Sie hätten Überwachungskameras aufstellen sollen.«

»Hinterher ist man klüger. Aber wie soll ich die bezahlen?«

»Sparen Sie schon mal. Bald werden die Versicherungen das vorschreiben.«

Er spuckte aus. Das schien heute Morgen ein weitverbreitetes Mittel der Kommunikation zu sein.

»Was interessiert Sie das überhaupt? Das ist doch nicht Ihr Fall!«

»Ich weiß. Ihre kostbaren Rindviecher sind bei der Konkurrenz versichert.«

»Ich wollte halt mal …«

»Sie brauchen mir nichts zu erklären. Wir leben in einer freien Gesellschaft. Wenigstens in dieser Hinsicht noch. Sie dürfen sich Ihre Geschäftspartner aussuchen. Ich habe kein Problem damit.«

»Die Konkurrenz war halt billiger. Bei gleicher Deckungssumme. Ich muss auch schauen, wo ich bleibe. Die Zeiten sind hart für uns Viehzüchter.«

»Hat er sich denn schon blicken lassen, der Kollege von der Konkurrenz?«

»Ich erreiche den nicht mal!«

»Es geht halt nichts über Dillingers spezielle Kundenbetreuung.«

»Dabei rennen mir die anderen Bauern schon die Bude ein wegen der Schäden, die meine Kühe angerichtet haben sollen. Und besonders die Rosie!«

»So eine abkömmliche Kuh kann ein schönes Geschäft sein. Vor allem für den Besitzer, wenn sie verschwunden bleibt. Viel Fleisch, das man unter der Hand verkaufen kann, und noch die Entschädigung von der Versicherung.«

»Wollen Sie damit andeuten, dass ich …«

»Ich will gar nichts andeuten, und es geht mich auch nichts an. Das ist Sache der Konkurrenz. Ich mache mir nur so meine Gedanken. Zum Beispiel, dass solche Tierbefreiungsaktionen anscheinend wieder zunehmen.«

»Stimmt, eine Zeitlang war's ruhig. Aber letzte Woche ging es Schlag auf Schlag. In Söllbot, in Altenberg, auch in Hörlebach. Immer eine ganze Herde Rinder.«

»Ach?«

»Auch nicht Ihre Fälle?«

»Der Kuchen ist groß genug für viele Esser.«

»Sofern in diesem Kuchen garantiert keine Eier und keine Milch und sonst was Tierisches ist«, sagte Jechtinger und spuckte wieder aus.

Das schien eine dumme Angewohnheit von ihm zu sein. Oder ein politisches Statement?

»Ich höre da nicht gerade große Begeisterung für unsere schöne neue Welt heraus«, sagte ich.

»Ach, wissen Sie, eigentlich bin ich für die Umstellung ganz dankbar. Es gibt keine Massentierhaltung mehr und meine Kühe können so aufwachsen, wie Tiere aufwachsen sollten.«

»Das wäre auch vor der Umstellung möglich gewesen.«

»Sicher. Nur bringt das keine Masse. Und ich muss ja auch von was leben. Wären Sie bereit gewesen, den hohen Preis zu zahlen, den ich nun mal hätte verlangen müssen, damit ich auf meine Kosten komme?«

»Ich schon. Lieber nur einmal im Monat ein Stück Fleisch, dafür eines, das wirklich schmeckt und bei dem ich kein schlechtes Gewissen zu haben brauche.«

»Den meisten ist das scheißegal. Jeder hat wissen können, wie es in den Betrieben und den Schlachthöfen zugeht, aber das hat niemanden interessiert. Hauptsache billig, das ist das Einzige, worüber man sich einen Kopf gemacht hat. Na, das ist ja jetzt vorbei, die Gemüsefresser sollen mich in Ruhe lassen, die haben ihr Ziel erreicht.«

»Noch lange nicht«, sagte ich. »Erst, wenn solche Leute wie Sie verschwunden sind. Leute, die Tiere schlachten.«

Er spuckte mir haargenau neben die linke Fußspitze.

»Da können die lange drauf warten. Wir Hohenloher Bauern können ganz schön stur sein. Und ziemlich wütend werden, wenn man uns auf den Sack geht.«

»Hat sich irgendeine Gruppe zu der Tierbefreiung bekannt?«

Er schüttelte den Kopf. »Das machen die schon lange nicht mehr. Die wissen, dass sie sonst eine Mistgabel in den Hintern kriegen. Feiglinge!«

»Was sagen die Behörden?«

»Nichts. Die nehmen die Sache zu Protokoll und das dann zu den Akten, wo es verstauben wird. Wird Zeit, dass wir unsere Angelegenheiten selber in die Hand nehmen.«

»Und die Kontrolleure?«

»Wiegen erst einmal bedenklich den Kopf, weil sie dahinter eine Schweinerei meinerseits wittern, wie Sie ja auch, und sind dann voller Häme. Selber schuld, weil ich die Zeichen der Zeit nicht erkannt habe und so. Idioten!«

»Gab's großen Schaden?«

»Schon. Die Viecher haben sich natürlich mit Wonne über die angrenzenden Felder hergemacht. Aber was soll's, dafür hast du ja die Versicherung. Viel schlimmer ist der ganze Ärger, bis du die Kühe wieder eingefangen hast, die rennen immer in alle Richtungen davon. Wenigstens haben die Kollegen ihre gesamten Herden wieder zurückbekommen. Meine Rosie streunt noch irgendwo draußen herum. Aber um die mache ich mir keine Sorgen. Der wird's bestimmt bald langweilig, und dann kommt sie von selbst zurück.«

Rosie, die Streunerin, fühlte sich prachtvoll. Es fehlte ihr an nichts. So viel leckeres Grünzeug!

Gemächlich trottete sie über die Felder. Anfangs war ihr schon etwas mulmig gewesen, vor allem, als der Hunger immer stärker wurde. Sie sehnte sich nach einer Wiese, auf der sie sich richtig sattfressen konnte. Aber komischerweise fand sie auf ihrer Wanderung kaum welche.

Dafür anderes. Gemüse. Davon hatte sie gehört. Das war wohl das, was auf den Feldern wuchs, durch die sie streifte. Grün war ja das meiste, wie das Gras, das sie gewohnt war.

Gemüse. Angeblich sollte man das essen können. Sie war vorsichtig. Nicht, dass es dann in einem ihrer vier Mägen quer lag.

Sie schnupperte, leckte behutsam über das Grünzeug, nahm probehalber einen Happen. Hm. Essbar. Aber natürlich kein Vergleich mit einer saftigen Wiese mit Blumen und Kräutern.

Sie wagte sich weiter vor und rupfte mit ihrer rauhen Zunge ein ganzes Büschel aus. Wirklich nicht übel. Sie schluckte hinunter. Mal sehen, wie der Geschmack war, wenn es ihr zum Wiederkäuen wieder hochkam.

Rosie lernte rasch zu unterscheiden, was zu ihren Füßen wuchs, und entwickelte ihre Vorlieben. Salat: Nun ja, schmeckte nach nichts, war aber wenigstens knackig. Tomaten: Wozu diese roten Dinger da waren, wusste sie nicht, sie spuckte sie gleich wieder aus, die schmeckten auch nach nichts, aber das Grüne drum herum war würzig. Blumenkohl: Okay, aber man bekam Blähungen davon, und sie musste noch mehr furzen also sonst. Immerhin pupste sie an normalen Tagen dreihundert Liter Methan in die Luft. Frisches Weißkraut hingegen war ein Gedicht, sie war geradezu süchtig danach.

Manches blieb ihr auch verborgen. Dass die gefiederten Blätter, die sie besonders schätzte, noch eine Wurzel hatte, die man Karotte nannte, wusste sie nicht. Sie war ja nur eine Kuh.

Alles in allem war sie mehr als zufrieden. Das war doch etwas anderes als immer nur Gras und Heu, von der Silage ganz zu schweigen. Dieses Sauerkraut hatte sie gefressen. Also, sie hatte es wohl oder übel fressen müssen, wenn es nichts anderes gab, aber es konnte keine Rede davon sein, dass es ihr auch geschmeckt hätte.

Rosie, die Streunerin, zweifache Mutter, bald dreifache, war auf den Geschmack gekommen und sah keinerlei Veranlassung, in ihren heimischen Stall zurückzukehren.

Sie hatte nur lernen müssen, sich vor den Menschen in Acht zu nehmen. Die waren komisch geworden, diese Menschen. Bisher war sie gehätschelt und betätschelt worden, man hatte ihr gut zugeredet und liebevoll das Euter massiert, sie kannte das gar nicht anders. Rosie hier und Rosie da. Wenn sie jetzt einem Menschen begegnete, rannte der armefuchtelnd auf sie zu und schrie: »Wirst du wohl verschwinden? Du frisst mir mein ganzen Essen weg!«

Nun, dazu war Essen doch schließlich da, dass es gefressen wurde, oder?

Einmal sah sie, wie mehrere Autos angefahren kamen. Männer stiegen aus, nahmen Stöcke zur Hand, besprachen etwas und gingen dann in verschiedene Richtungen davon.

Neugierig kam sie näher, um zu beobachten, was die Männer taten. Gemütlich ließ sie sich auf einer Motorhaube nieder. Die Motorhaube war nicht so stabil, wie sie aussah. Es knackte fürchterlich.

Das Geräusch veranlasste einen der Männer, sich umzudrehen. »Da ist sie!«, rief er.

»Verdammte Scheiße, dieses Mistvieh hat sich auf mein Auto gesetzt!«, schrie ein anderer und kam auf sie zugerannt, den Stock drohend erhoben.

Rosie erhob sich und stapfte langsam davon. Die Männer rannten ihr hinterher. Sie hörte die Stimme des Mannes, der bisher für ihr Futter gesorgt hatte.

»Rosie, bleib stehen, wir gehen nach Hause«, sagte er.

Rosie blieb stehen und drehte sich um.

»Rosie kommt nicht mehr nach Hause. Rosie gefällt es hier«, sagte sie.

Aber die Männer verstanden sie offenbar nicht, sie kamen weiter auf sie zu und schauten nicht sehr freundlich.

Besonders einer schimpfte vor sich hin: »Jechtinger, den Schaden wirst du mir bezahlen! Bis auf den letzten Cent! Und wenn wir diese dumme Kuh diesmal nicht erwischen, knall ich sie ab!«

Rosie wusste nicht, was abknallen war, aber es klang nicht gut. Zur Vorsicht fiel sie in einen leichten Trab und hatte den Abstand zu den Männern schnell vergrößert.

Vor ihr tauchte eine Gruppe anderer Männer auf. Sie breiteten die Arme aus, fuchtelten mit ihren Stecken und wollten sie aufhalten.

Rosie senkte den Kopf, holte tief Luft und galoppierte auf die Männer zu. Schreiend sprangen diese zur Seite. Rosie war so, als hätte sie einen der Männer gestreift, und tatsächlich, was auf einem ihrer Hörner glänzte, sah aus wie Blut.

Praktisch, solche Hörner.

Damit erlangte Rosie, ohne dass sie davon wusste, eine gewisse Berühmtheit als Problemkuh.

Auf Bierbaums Wiese war mittlerweile die Spurensicherung zugange. Ziemlich lustlos, wie mir schien. Neben Bierbaum stand ein Mann beschäftigungslos in der Gegend herum. Das musste wohl Gruber sein, der Chef. Der Mann, dem ich ein Drittel meiner Hälfte opfern musste.

Ich ging zu ihm hinüber und wollte mich vorstellen.

»Ich bin …«

»Ich weiß, wer Sie sind, Keller hat mich informiert«, unterbrach er mich.

Er war ein wohlgenährter Mann, in dessen Ranzen bestimmt viele Schweinebraten steckten, samt Schwarte.

»Wie weit sind Sie?«, fragte ich.

»Mit der Sau sind wir fürs Erste fertig, die kann abtransportiert werden.«

Bierbaum nickte befriedigt. »Kann mir mal jemand helfen?«, fragte er.

Niemand fühlte sich angesprochen, alle schauten sehr beschäftigt, bis Huber ein Machtwort sprach und zwei der Kriminaltechniker abkommandierte. Während sie die Sau vom Baum holten und zu Bierbaums Pick-up trugen, gegen den er seinen Traktor getauscht hatte, nahm Gruber mich auf die Seite. »Wie ist Ihr Verhältnis zu dem Bauern?«

»Ich Versicherung, er Kunde. Er Verlust, wir zahlen. Auf Deutsch: Wenn die Schweine nicht mehr auftauchen, kostet das die Versicherung eine Menge Geld. Deshalb brauche ich Sie ja hier.«

»Der Fall ist jetzt aktenkundig, aber mehr wird nicht passieren, das sage ich Ihnen gleich. Wir haben genügend anderes zu tun.«

»Habe ich nicht anders erwartet.«

»Solche Fälle haben bei uns die niedrigste Priorität. Anweisung von ganz oben.«

»Nachtigall, ick hör dir trapsen.«

»Wo trapst sie denn?«

»Nachdem die Politik mit einem generellen Schlachtverbot gescheitert ist, überlässt sie die Sache jetzt dem freien Spiel des Marktes.«

»Was wollen Sie damit sagen?«

»Bei jeder dieser Tierbefreiungsaktionen entsteht Schaden. Die Gemüsefelder werden niedergetrampelt und teilweise abgefressen. Oder es verschwindet gleich eine ganze Herde wie hier.«

»Ein gigantischer Schaden.«

»Astronomisch. Aber die Versicherung zahlt natürlich.«

»Dazu ist eine Versicherung da.«

»Allerdings hat die Versicherung die Möglichkeit, nach einem Schadensfall die Prämie zu erhöhen. Das kennen Sie, wenn Sie mal einen Autounfall hatten. Sie kann aber auch den Vertrag kündigen. Den man natürlich wieder neu abschließen kann. Bei einer anderen Versicherung. Zu anderen Bedingungen.«

»Zu teureren Bedingungen.«

»Ich sehe, Sie haben den Markt verstanden. Und wenn das so weitergeht, ist dem einen oder anderen Viehzüchter irgendwann die Prämie zu hoch und er gibt auf, weil es sich für ihn nicht mehr lohnt. Trotz der hohen Fleischpreise, die wir jetzt haben.«

»Ich traue der Politik ja einiges zu, aber dass sie so etwas anleiert …«

»Muss sie gar nicht. Es gibt so was wie vorauseilenden Gehorsam, und es gibt viele Fanatiker. Können Sie mir irgendetwas sagen, mit dem ich arbeiten kann?«

Gruber führte mich zum Zaun und deutete auf das Loch. »Der Ablauf ist ja klar. Das Loch im Zaun ist mit einem Winkelschleifer geschnitten worden ...«

»... was einen Höllenlärm verursacht haben muss.«

»Die Stelle ist weit genug weg vom Dorf. Außerdem haben die Täter professionell und damit vermutlich auch schnell gearbeitet. Die hatten nicht zum ersten Mal eine Flex in der Hand.«

»Und dann wurden die Schweine entweder davongejagt oder abtransportiert.«

»Und jetzt wird's interessant. Die Täter hätten sich keinen besseren Zeitpunkt aussuchen können. Es hat schon lange nicht mehr geregnet, die Erde ist ziemlich trocken, mit Spuren ist es da nicht weit her, nicht mit vertretbarem Aufwand jedenfalls. Aber heute Nachmittag soll es regnen.«

»Das kann Zufall sein.«

»Jetzt sage ich Ihnen mal was unter uns Pfarrerstöchtern, das wird aber nicht in meinem Bericht stehen. Es sieht so aus, als hätte man alles darangesetzt, auch noch den letzten Rest von verwertbaren Spuren zu zerstören.«

»Würde ich auch so machen, wenn ich eine Herde Schweine klaue.«

»Ich nicht. Ich würde schauen, dass ich möglichst schnell die Kurve kratze, weil ich schon viel zu lange hier bin und viel zu viel Lärm gemacht habe. Das Aufschneiden des Zaunes. Das Verladen der Tiere. Die Show mit der gekreuzigten Sau. Da fahre ich dann nicht noch kreuz und quer mit einem Fahrzeug durch die Gegend.«

»Die werden mit mehreren Fahrzeugen gekommen sein.«

»Darauf will ich hinaus. Kommen Sie mal mit.«

Er führte mich etwas abseits.

»Hier ist eine sandige Stelle. Sehen Sie das hier? Das sind Rudimente von Reifenspuren. Von einem Lastwagen und darüber von einem Pick-up, wie ihn Ihr Bauer fährt. Das Profil ist so eindeutig, das erkenne ich mit bloßem Auge.«

»Dafür gibt es eine einfache Erklärung. Das hier ist Bierbaums Gelände, er ist öfter hier.«

»Eben. Deshalb wird es auch nicht in meinem Bericht stehen.«

»Warum sagen Sie's mir dann?«

»Weil Sie nach Anhaltspunkten gefragt haben. Weil mir hier einiges seltsam vorkommt. Nichts, was ich konkret belegen könnte, nur so ein Bauchgefühl. Und Ihnen geht es ebenso, habe ich recht?«

Ich nickte. »Das Loch im Zaun. Das ist recht klein. Gerade so, dass eine Sau durchpasst. Bei einer üblichen Tierbefreiung würde ich das Loch größer machen. Das macht auch nicht viel mehr Arbeit, aber ich könnte die ganze Bande leichter davonjagen.«

»So aber kann ich eine Sau nach der anderen abgreifen und aufladen und laufe nicht Gefahr, dass eine ausbüchst.«

»Dann wäre wenigstens das geklärt. Keine dieser Tierbefreiungsaktionen, wie wir sie bisher hatten.«

»Es sieht tatsächlich so aus, als ob jemand die ganze Herde abgegriffen hätte. Eine neue Dimension. Viel Spaß beim Detektivspielen!«

»Werde ich haben. Keller lässt mir meine Ruhe.«

»Hat er das gesagt?«

»Hat er.«

»Der redet auch viel, wenn der Tag lang ist.«

»Ich weiß. Der schaltet sich dann schon ein, wenn er die Lorbeeren ernten kann.«

»Der weiß ganz genau, wo es keine Lorbeeren gibt. Hier nämlich. Die Schweine sind schon lang zerlegt und werden zu einem horrenden Preis verkauft, glauben Sie mir. Von denen findet sich keine Spur mehr.«

Die Befürchtung hatte ich allerdings auch. Eigentlich hätte ich das Drittel meiner halben Sau nehmen und mir einen gemütlichen Abend am heimischen Herd machen sollen.

Aber erst, nachdem ich herausgefunden hatte, welche Rolle Bierbaum bei dieser Geschichte spielte. Er war nicht bloß das arme Opfer, dem man die wertvollen Schweine geklaut hatte. Das sagte mir mein Bauchgefühl.

Das nun erst einmal dringend nach Nahrung verlangte.

Wenigstens gab es das Gasthaus in Braunsbach am Marktplatz noch, Metzgerei und Wirtshaus, und es hatte sich nicht vollständig dem Tofu-Terror gebeugt. Unter den missbilligenden Blicken der Gäste, die in ihren diversen Gemüsegerichten herumstocherten, orderte ich ein klassisches Schnitzel. An den leuchtenden Augen der Bedienung sah ich, dass ich das Richtige tat. Endlich einer, der noch gutes Essen zu würdigen wusste, signalisierten sie. Oder signalisierten sie sogar noch mehr?

Hübsche Augen. Ich sollte öfter hier essen gehen. Vielleicht stellten sich noch andere Gemeinsamkeiten heraus.

Vom Nebentisch kam ein empörtes Schnauben. Dort saß ein älteres Ehepaar, Typ Kampfrentner. Sie hatten die Lebensplackerei hinter sich und nun genügend Muße, die Welt zu retten. Vor solch üblen Gestalten wie mir. Die E-Bikes vor der Tür gehörten bestimmt ihnen.

»Widerlich! Tote Tiere essen!«, sagte der Mann.

Dürftiger weißer Haarkranz, kurzgeschnittener weißer Vollbart. Sein Embonpoint zwang ihn zu einigem Abstand zum Tisch.

Er sagte es laut genug, dass es im ganzen Lokal zu hören war. Beifälliges Nicken rings umher. Ich sah niemanden mit einem Fleischgericht auf dem Teller. Wollten sie wirklich nicht? Oder trauten sie sich bloß nicht mehr?

Ich wusste, ich hätte meine Klappe halten sollen, aber ich konnte nicht.

»Was dagegen?«, fragte ich.

»Allerdings! Und ich kann Ihnen auch genau sagen, warum. Abgesehen von ethischen Fragen, abgesehen von der enormen Umweltbelastung, Fleisch ist auch extrem ungesund.« Er zählte an den Fingern ab: »Diabetes, Herzinfarkt, Krebs, Übergewicht, Allergien, Alzheimer, Rheuma, Gicht.«

»So, so, Übergewicht«, sagte ich mit Blick auf seine Wampe.

»Ja, schauen Sie mich nur an! Das ist Ergebnis einer lebenslangen falschen Ernährung.«

Seine Frau neben ihm schrumpfte sichtlich vor schlechtem Gewissen. Sie hatte einen alterstypischen Kurzhaarschnitt. Dabei hatte sie volle, leicht lockige Haare. Sie hätte was daraus machen können.

»Aber wir haben es ja nicht besser gewusst«, fuhr er fort.

Die Frau richtete sich erleichtert wieder etwas auf.

»Ein Wunder, dass die Menschheit fleischessend zwei Millionen Jahre überlebt hat«, sagte ich.

Ich nippte an meinem Riesling aus regionaler Produktion, garantiert vegan, also ohne Gelatine oder Hühnereiweiß geklärt. Das war schon okay. Ich war ja gar nicht so verbohrt.

Wie ich sah, war ich der Einzige, der Wein trank. Die anderen pflegten eine verschärfte Version der Selbstkasteiung. Unser längst überwunden geglaubter Pietismus, der sich vom Württembergischen ins Hohenlohische eingeschlichen hatte, reckte bleckend sein Haupt. Wenn schon kein Genuss, dann aber auf ganzer Linie nicht. Apfelsaftschorletrinker!

Für Gegenargumente war der Haarkranzträger nicht empfänglich. »Papperlapapp!«, sagte er und wischte meinen Einwand mit großer Handbewegung beiseite.

»Ja, wir haben es nicht anders gewusst. Aber jetzt liegen die Fakten auf dem Tisch, jetzt gibt es keine Ausreden mehr.« Beifallheischend sah er sich in der Wirtsstube um, und alle nickten brav.

»Ihr Schweineschnitzel!«, sagte die Bedienung betont fröhlich und stellte mir den Teller auf den Tisch. »Und lassen Sie sich's schmecken!«

»Wollen Sie sich nicht zu mir setzen?«, fragte ich sie.

Sie schaute sich rasch im Wirtshaus um und erfasste die Stimmung mit einem Blick. »Ein andermal gern. Aber jetzt habe ich zu tun.«

Kluges Mädchen. Es war nicht geschäftsfördernd, die Kundschaft gegen sich aufzubringen, indem man mit dem Außenseiter fraternisierte.

Das Schnitzel sah gut aus. Die goldbraune Kruste war perfekt gewellt. Und wie das duftete!

Jetzt schaltete sich einer von einem anderen Tisch ein. »Und dann ausgerechnet noch Schwein! Tiere, die sich in der eigenen Scheiße wälzen!«

Ich hätte sie ja belehren können, dass Schweine das nur in einem engen Stall taten, weil ihnen gar nichts anderes übrig blieb. Dass Schweine eigentlich sehr reinliche Tiere waren. Dass sie eigene Kotplätze anlegten, wenn sie ausreichend Platz hatten. Dass sie sich im Schlamm suhlen mussten zum Ausgleich der Körpertemperatur, weil sie keine Schweißdrüsen hatten. Das Gerede von den unreinen Schweinen war Unsinn. Pure Ideologie.

Ich sagte es ihnen nicht. Sie hätten es doch nicht verstanden. Nicht verstehen wollen. Wer vorgefertigte Meinungen hat, lässt sich nicht überzeugen.

Ich schnitt ein Stück Fleisch ab und probierte. Es war zart und von ausnehmend gutem Geschmack.

Halt deinen Rand, Dillinger, ermahnte ich mich, aber Dillinger wollte nicht hören.

»Es ist köstlich«, sagte ich. »Wollen Sie probieren? Damit Sie wieder mal merken, wie gutes Essen schmeckt?«

Der Haarkranz sprang so plötzlich auf, dass seine Frau erschreckt zusammenzuckte.

»Sie wollen mich ja nur provozieren«, schrie er. »Aber das wird Ihnen nicht gelingen. Mit dieser widerwärtigen Fleischfresserei muss Schluss sein, ein für allemal! Wir haben es ja im Guten versucht, aber offenbar waren wir zu nachsichtig. Jetzt müssen andere Saiten aufgezogen werden. Solche Elemente wie Sie gehören ausgemerzt!«

»Was ist hier los?«

Der Wirt kam aus der Küche, mit vollgespritztem Kittel und einem großen Messer in der Hand. Es sah sehr scharf aus, und man konnte davon ausgehen, dass er damit umzugehen verstand.

»Wer streiten will, kann vor die Tür gehen«, knurrte er. »In meinem Lokal wird gegessen, nicht gestritten.« Drohend schwenkte er sein Messer in meine Richtung. »Das gilt für alle.«

Dann verschwand er wieder.

Stille senkte sich über die Wirtsstube.

Ich verputzte mein Schnitzel mit Genuss, die übrigen Gäste verlangten die Rechnung.

Als Letzter ging der Haarkranz. Er schüttelte seine Faust. »Sie werden schon noch sehen, was passiert!«

Wenn ich an die gekreuzigte Susi dachte, sah ich das als durchaus ernst zu nehmende Drohung an.

Ich war allein übrig geblieben. Die Bedienung setzte sich zu mir und strahlte mich an.

Nicht nur ihre Augen waren hübsch. Sie war eine zarte Person, aber wohlproportioniert an den richtigen Stellen. Ihren Händen sah ich an, dass sie zupacken konnte. Ich schätzte sie auf Anfang zwanzig.

»Jetzt habe ich Zeit. Dem haben Sie's aber gegeben!«

»War vielleicht nicht ganz so gut«, räumte ich ein.

»Ach was! Wurde Zeit, dass dem Wieser mal jemand die Meinung geigt.«

»Wieser? Der mit dem Haarkranz?«

Sie nickte. »Ein Popograbscher. Jedes Mal, wenn seine Frau auf den Topf geht, versucht er's. Der ist in der ganzen Gegend berüchtigt dafür.«

»Auch Veganer haben offenbar noch letzte Reste von fleischlichen Gelüsten.«

Sie lachte.

»Den würde ich aber mal ganz woanders tätscheln«, sagte ich.

»Viel besser«, erwiderte sie. »Ich spucke ihm ins Essen, bevor ich es serviere.«

»Im Ernst jetzt?«

»Das kann schon mal passieren im Restaurant, wenn einer motzt.«

»Aber nicht bei uns. Wir sind ein anständiges Wirtshaus, auch wenn wir die Gäste nicht mögen.« Der Wirt kam zu uns, ohne Messer jetzt.

Er stemmte die kräftigen Arme in die Hüfte und starrte die Bedienung finster an. Sie starrte genauso zurück. Der Wirt packte sie am Kragen ihrer Bluse, zog sie vom Stuhl hoch und ganz dicht vor sein Gesicht.

Ich wappnete mich auf meinen Einsatz als edler Ritter, hatte aber auf Anhieb keine erfolgversprechende Taktik. Ich ging wohl nicht fehl in der Annahme, dass die Muckis eines Metzgers besser ausgebildet waren als die eines Versicherungsvertreters. Außerdem hatte der Wirt gut und gerne dreißig Kilo Kampfgewicht mehr.

»Ins Essen spucken!«, brüllte er sie an.

Sie wehrte sich nicht, sondern drehte nur den Kopf auf die Seite, um seiner feuchten Aussprache zu entgehen.

»Hast du sie nicht mehr alle? Das darf sich bei mir nicht mal meine Tochter erlauben!« Er stieß sie auf den Stuhl zurück. »Ein Grabscher? Warum hast du nie was gesagt! Ich hätte ihn rausgeworfen!«

Trotzig schaute sie ihn an. »Weil deine Tochter ein großes Mädchen ist und selber weiß, wie sie mit solchen Wichsern fertig wird?«

Er seufzte, schaute auf die Bedienung hinab und schüttelte den Kopf. »Gesa, Gesa, was soll ich mit dir bloß machen?« Plötzlich grinste er. »Meinetwegen. Bei dem darfst du spucken.«

Lachend sprang Gesa auf und warf sich dem Wirt an den Hals. »Ach Papa, da fällt mir schon noch was Besseres ein.«

Er drückte sie an sich. »Aber so, dass er's richtig merkt?«

»Aber wie!«

Der Wirt schmunzelte, und beide setzten sich an den Tisch.

»Entschuldigung!«, sagte er. »Manchmal gehen die Pferde mit mir durch.«

»Entschuldigung!«, sagte ich. »Ich wollte Ihnen nicht die Gäste vertreiben.«

»Schon gut«, seufzte er. »Dafür sorge ich schon selbst.«

Ich sah ihn fragend an.

»Immer mehr kündigen an, dass sie nicht mehr hier einkehren wollen, solange noch Fleischgerichte auf der Karte stehen.«

»Es greift um sich. Und? Knicken Sie ein?«

Er schlug mit der Faust auf den Tisch. »Den Teufel werd ich tun! Wo leben wir denn? Ich lasse mir doch nicht vorschreiben, was ich essen darf! Lieber mache ich den Laden dicht.«

»Noch gibt es ja Unbelehrbare wie mich.«

»Gott sei Dank! Dafür gibt's noch ein Viertele aufs Haus.«

»Besser nicht. Sie wissen schon, die Freunde mit dem Blasröhrchen.«

»Sie sind nicht von hier?«

»Aus Schwäbisch Hall.«

»Auch nicht weit weg. Kleiner Landausflug?«

»Eher geschäftlich.«

»Aha.«

»Ich war beim Bierbaum oben.«

»Aha.«

»Wegen seiner Schweine.«

»Aha.«

»Ich bin von der Versicherung.«

»Aha.«

Gesa verzog die Nase. »Jetzt wollte ich gerade mit Ihnen flirten. Aber mit einem Versicherungsvertreter? Der unbeliebteste Beruf von allen? Sogar noch unbeliebter als Politiker!«

Ich hob hilflos die Arme. »Es soll auch nette geben. Versicherungsvertreter, meine ich.«

»Nehmen Sie sich vor der in Acht«, sagte der Wirt. »Die hat es faustdick hinter den Ohren.«

»Ganz der Papa.«

Gesa sprang auf, ging hinter die Theke und kam mit einer Flasche und drei Gläsern zurück.

»Apfelsaft«, sagte sie und schenkte ein. »Von unseren eigenen Streuobstwiesen. Sortenreiner Gravensteiner. Den verkaufen wir nicht, den gibt's nur für besondere Gäste.«

Ich fühlte mich geschmeichelt und sagte das auch.

»Den Saft müssen Sie sich erst noch verdienen. Was ist bei Bierbaum passiert? Und ich möchte alles haarklein wissen, wir sind nämlich entsetzlich neugierig.«

Ich erzählte, in allen Einzelheiten. Nur mein Drittel von der Hälfte ließ ich weg.

Der Wirt schüttelte den Kopf. »Was für eine Schweinerei! Eine ganze Herde weg? Das trifft den Sepp hart. Und uns auch.«

»Sie beziehen bei ihm?«

»Unter anderem. Ihr Schnitzel war von ihm.«

»Sie haben doch bestimmt auch noch andere Quellen?«

»Schon. Aber das ist nicht so einfach. Die Quoten, wissen Sie? Es herrscht nicht gerade ein Überangebot an Fleisch. Eine ganze Herde, das reißt schon eine Lücke.«

»Knapperes Angebot, höhere Preise?«, fragte ich.

Er nickte. »Die Bauern werden das ausnutzen. Wer kann es ihnen verdenken?«

»Ha!«, sagte das Töchterlein. »So wird's gewesen sein! Das war der Bierbaum selbst. Er mischt das Fleisch unter das andere, das er von seinen übrigen Herden verkauft, das merkt keiner. Er kassiert doppelt und das noch zu einem höheren Preis.«

»Aber die Schweine waren doch noch gar nicht schlachtreif«, wandte ich ein.

»Schlachten kann man die schon«, sagte der Wirt. »Ein paar Wochen später haben sie halt mehr Gewicht, und außerdem kann er sie als Eichelmast verkaufen, das bringt einiges mehr. Deshalb glaube ich nicht, dass er unterm Strich einen Vorteil hat.«

»Doch«, widersprach Gesa. »Weil er ja generell mehr verlangen kann. Wegen des knapperen Angebots. Ach, ich liebe Verschwörungstheorien!«

»Trauen Sie ihm das zu?«, fragte ich.

Der Wirt wiegte den Kopf. »Eigentlich nicht. Der Sepp ist ein redlicher Mensch. Aber wer schaut schon in einen anderen hinein?«

Ich spürte, dass der Wirt noch etwas sagen wollte, aber er tat es dann doch nicht.

»Dieser Wieser ...«, wollte ich fragen.

»Der Grabscher«, warf Gesa ein.

»War der schon immer so ... vegan?«

Der Wirt schüttelte den Kopf. »Erst seit der Umstellung.«

»Damals sind viele auf den Zug aufgesprungen, die vorher gar nicht wussten, was das ist«, sagte ich.

»Und jetzt ist er dafür umso radikaler.«

»Die Konvertiten sind immer die Schlimmsten.«

»Der wäre ja gern einer dieser Kontrolleure geworden, da hätte er die anderen schikanieren können, das liegt ihm. Aber das blieb ja den verdienten Mitgliedern der Bewegung vorbehalten, und das wurmt ihn mächtig. Seitdem ist er noch fanatischer.«

»Ein Kotzbrocken«, sagte Gesa. »Und nicht nur wegen der Grabscherei.«

Ich spöttelte. »Ob das an der Ernährung liegt?«

»Ich fürchte nein«, sagte der Wirt. »Der war schon ziemlich unerträglich, als er noch Schweinebraten in sich hineingestopft hat.«

»Aber grabschen tut er erst seitdem«, sagte Gesa.

»Glauben Sie, er könnte was mit Bierbaums Schweinen zu tun haben? Oder mit den anderen Tierbefreiungsaktionen?«

Der Wirt seufzte. »Das Schlimme ist, dass man heutzutage jedem alles zutraut. Das ist so eine Atmosphäre des Misstrauens.«

»Ich traue dem das nicht zu«, sagte Gesa. »Der ist ein Papiertiger. Der reißt das Maul weit auf, aber wenn es ernst wird, zieht er den Schwanz ein.«

»Er muss ja nicht selber Hand anlegen«, wandte ich ein. »Es braucht immer die Strippenzieher im Hintergrund. Die andere aufstacheln. Die brauchen sich nicht selbst die Hände schmutzig zu machen.«

Plötzlich sah mich Gesa misstrauisch an. »Was interessiert Sie das eigentlich? Spielen Sie Detektiv?«

»So etwa«, gab ich zu.

»Warum?«

»Ich glaube, da sind ganz üble Sachen am Laufen. Ein Schwein einfach so abzustechen, das geht doch nicht. Wenn das Schule macht? Ich sorge mich um meinen Fleischnachschub.«

Der Wirt stand auf, ging hinter den Tresen und kam mit einer Flasche zurück. Die glasklare Flüssigkeit darin war bestimmt kein Wasser.

»Ich brauche jetzt etwas Stärkeres«, erklärte er, »ich muss ja nicht mehr fahren. Nicht doch einen Obstler?«

»Selbstgebrannt?«

»Was sonst?«

»Schon überredet.«

Der Wirt machte drei Gläser voll. Der Schnaps duftete betörend nach frischem Obst und rann scharf, aber nicht kratzig durch meine Kehle.

»Schon wieder vegane Pluspunkte gesammelt«, sagte ich und hob abwehrend die Hände, als der Wirt nachschenken wollte.

»Hier gehen seltsame Dinge vor«, sagte er.

»Papa!« In Gesas Stimme war ein warnender Unterton.

Der Wirt goss sich selbst nach und starrte sinnend in sein Glas. Diesmal schaffte ich es, mich zu zügeln, und wartete schweigend ab.

»Seit einiger Zeit wird hier unter der Hand billiges Fleisch angeboten«, sagte er schließlich. »Sehr billiges. Hällisches Schwein, Limpurger Ochse, alles Mögliche.«

»Echtes?«

»Teilweise. Aber hauptsächlich minderwertige Ware. Wenn Sie das in die Wurst mischen, merkt es keiner.«

»Glauben Sie ihm kein Wort, er ist besoffen!«, rief Gesa.

»Gesa, ich bin nicht von der Steuerfahndung. Und auch nicht von der Gesinnungspolizei. Woher kommt die Ware?«

»Das weiß man nicht. Das geht über verschiedene Stationen.«

»Vielleicht will man's auch nicht so genau wissen.«

Der Wirt nickte stumm.

»Und mein Schnitzel vorhin?«, fragte ich.

»Das war einwandfrei. Ich weiß doch, dass ich kritische Kunden habe. Nur bei der Wurst …«

Gesa schüttelte verzweifelt den Kopf. »Der redet uns um Kopf und Kragen. Warum erzählst du das, Papa?«

»Das frage ich mich auch«, sagte ich.

Der Wirt hob den Kopf. »Da braut sich was zusammen. Die gekreuzigte Sau beim Bierbaum, das war ein Zeichen. Ich weiß nicht, was Sie vorhaben, aber seien Sie vorsichtig. Mit den Leuten ist nicht zu spaßen. Auch die Drohung vom Wieser hat mir zu denken gegeben.«

»Ach was!«, sagte Gesa. »Der Wieser ist doch nur ein sabbernder Eiferer.«

»Gerade deshalb. Unterschätze ihn nicht. Der hat mehr Einfluss, als du denkst.«

»Sie können ihn ja mal unauffällig ausfragen, wenn er wiederkommt«, sagte ich. »Wenn Sie ihm schöne Augen machen, können Sie doch bestimmt alles von ihm haben.«

»Wenn ich ihm nicht gleich an die Eier gehe«, knurrte Gesa.

Zurück auf der Hochfläche, fuhr ich durch Gemüsefelder, soweit das Auge reichte. Gelbe Rüben, Blumenkohl, Weißkohl in strammen Reihen wie mit dem Lineal ausgerichtet verloren sich in der Ferne.

Als Erstes waren natürlich die Wiesen verschwunden. Wiesen waren ja nicht dazu da, im Frühjahr mit ihrer Blumenpracht das Herz zu erfreuen. Wiesen waren Nutzflächen, sie lieferten Futter fürs Vieh. Und der Nutzen war nun weitgehend entfallen. Dafür brauchte man massenhaft neue Anbauflächen für Gemüse. Also wurden die Wiesen umgepflügt.

Nicht alle. Übrig geblieben waren die wenigen, die für den Erhalt schützenswerter Nutztierrassen nun einmal unabdingbar waren.

Und jene Wiese, die von Naturschützern besetzt worden war. Sie befand sich bei Nesselbach neben einem verlandeten See. Das war praktisch gedacht. So gab es wenigstens Wasser für die dringendsten menschlichen Bedürfnisse.

Ich hoppelte über einen ausgefahrenen Feldweg und wollte gar nicht daran denken, was ich damit meinem alten Auto antat.

Auf der Wiese befanden sich Zelte unterschiedlicher Größe, ein Dixi-Klo und eine stümperhaft gezimmerte Holzhütte. Ein Lagerfeuer kokelte vor sich hin. Überall waren Schilder mit Parolen in den Boden gerammt. »Für

Umweltschutz! Gegen das Töten von Tieren!« beispielsweise oder »Rettet die Wiesen! Rettet das Leben!«.

Die Wiese war zertrampelt, die Luft geschwängert mit miesem Karma, wenn man die Spruchbänder ernst nahm. Wie viele Ameisen, Käfer und Insekten waren da wohl schon zertrampelt worden?

Ich wusste nicht so recht, was genau sie eigentlich wollten. Vielleicht wussten sie es selbst nicht. Hauptsache, man war dagegen und genoss die Solidarität der Gesinnungsgenossen.

Ein gutes Dutzend Menschen hielt sich auf der Wiese auf, Männlein und Weiblein jeden Alters. Einige bastelten an neuen Schildern, die meisten waren einfach nur da.

Ich sah misstrauische Blicke, als ich aus meinem Wagen stieg und auf die Wiese zuging. Unsichtbare Gewehre waren auf mich gerichtet. Der Häuptling der Apachen betrat furchtlos das Fort der Weißen. Ich war ganz allein im Feindesland.

Blödsinn. Das waren harmlose Idealisten. Die ganz Alten waren wahrscheinlich schon bei den Demonstrationen gegen die Notstandsgesetze, in Brokdorf und Mutlangen dabei gewesen. Sie hatten sich durch die Protestkultur gearbeitet und fanden immer irgendetwas, gegen das man sein konnte, sofern man reinen Herzens war und sich eine gewisse Aufmüpfigkeit, vielleicht auch ein Stück Naivität bewahrt hatte. Ich bewunderte solche Leute, ehrlich.

Dann hatten sie sich mit der nächsten Generation verbündet und gegen die Viehzucht protestiert, gegen den Landschaftsverbrauch, beispielsweise die Viehweiden, und die damit verbundenen Umweltschäden. Jetzt setzten sie sich für den Erhalt der Wiesen ein. Gegen Viehzucht waren sie noch immer.

Das war alles etwas irrational und widersprüchlich, aber so war ja unser aller Leben.

Bei einem raschen Rundblick sah ich niemanden, den ich kannte, woraus ich den Umkehrschluss zog, dass auch mich niemand kannte. Also konnte ich es mal mit der Undercover-Nummer versuchen.

»Wer ist denn hier der Boss?«, fragte ich einen Jüngling in grüner Latzhose, der mal wieder in den See hätte springen sollen.

Er roch etwas streng. Die Freuden des Lagerlebens.

»Gibt keinen. Wenn du was wissen willst, frag die Bille.«

Es war beruhigend, dass er mich duzte. Offenbar war ich doch noch nicht so alt, wie ich mich manchmal fühlte.

»Und wo finde ich die Bille?«

Er deutete auf die Holzhütte.

»Infostand« stand in Schnörkelschrift eingebrannt auf einem Schild. Da hatte sich jemand richtig Mühe gegeben.

Der Besitzer der Wiese, ein Großbauer aus dem Ort, hatte die Besetzung bisher gelassen hingenommen. Es war nur eine Sumpfwiese, für die er momentan keinen Bedarf hatte. Und gegen die Viehzucht war er seit jüngstem auch, schließlich wollte er sein massenhaft angebautes Gemüse loswerden. »Bis zum Winter sind die sowieso wieder weg, dann wird's ihnen zu kalt«, hatte er gesagt.

Wenn er sich da mal nicht täuschte. In der Hütte standen ein altertümlicher Kanonenofen und eine Beige Holz bereit für die kalten Nächte; das roch nach Konfliktpotenzial. Auf Holztischen, genauso roh zusammengenagelt wie die gesamte Hütte, lagen Flyer und kopierte Broschüren.

In der Hütte hielten sich vier Personen auf. Eine ältere Frau, Typ unausgelastete Rentnerin, nicht sonderlich groß, geschätzte ein Meter fünfundsechzig, und etwas rundlich, mit Birkenstock-Sandalen und einem buntem Wallekleid, das sie wohl aus ihren frühen Hippietagen herübergerettet hatte. Vielleicht tat ich ihr auch unrecht und der Lappen war im Zeichen des Retrolooks neu und teuer erstanden. Ihre Naturlocken, kastanienbraun mit grauen Strähnen, umrahmten ihren Kopf wie einen Helm.

Der Kontrast zu ihr war ein blutjunges Mädchen mit verträumtem Blick und Dreadlocks, genauso klein, spindeldürr und ohne Konturen, was ein sackartiges Kleid noch verstärkte. Dann eine Frau in den Dreißigern im zeitlosen Bequemlook mit Jeans, Top und Turnschuhen, ein Mann in ähnlichem Alter und Aussehen.

Das spiegelte die gendermäßige Zusammensetzung der Wiesenbesetzer bestens wider. Auf der gesamten Wiese, das hatte ich schon bemerkt, herrschte akuter Männermangel. Waren die Männer zu faul, um sich zu engagieren?

Alle waren beschäftigt, niemand blickte auf, als ich die Hütte betrat. Nur die kleine Dürre sah ungefähr in meine Richtung. Aber ich glaube, sie sah durch mich hindurch in eine weite Ferne, die nur für sie sichtbar war.

»Wer von euch ist die Bille?«, fragte ich.

Die Frau in den Dreißigern streckte mir die Hand entgegen. »Sibylle Breiteich, genannt Bille.«

Ihr Händedruck war so fest, wie ich es bei ihrer schlanken Figur nicht vermutet hätte. Sie war attraktiv, so auf eine unfertige Art. Etwas Make-up und ein guter Haarschnitt hätten Wunder bewirkt. Ein Tropfen schönes Parfüm wäre für den Anfang auch nicht schlecht. Hier rochen alle muffig. Aber für die Frau waren wohl innere Werte und die richtige Gesinnung wichtiger.

»Wie kann ich helfen?«, fragte sie.

»Ich will mich einfach informieren, was hier so abgeht«, sagte ich. »Ich habe ja keine Ahnung.«

»Und wer will das wissen?« Ein weiterer Mann, ebenfalls in den Dreißigern, betrat die Hütte.

Er hatte dunkle, nach hinten gegelte Haare und die Daumen ganz cool in seinen Hosenträgern verhakt. Dabei wären die gar nicht nötig gewesen, er trug auch einen Gürtel mit einer protzigen Silberschnalle. Sie zeigte einen Totenkopf und etwas, das ich nicht erkennen konnte.

»Ich«, sagte ich.

»Hast du auch einen Namen?«

»Philip Marlowe«, antwortete ich.

Ein falscher Name war so gut wie jeder andere. Ich streckte ihm nicht die Hand hin. Ich hatte beschlossen, ihn unsympathisch zu finden.

»Und was willst du wissen, Philip Marlowe?«

Er rückte mir ziemlich auf die Pelle, und ich hielt den Atem an. Nicht schnell genug. Eine Duftwolke waberte auf meine Nase zu. Ich roch ein ziemlich teures Aftershave.

So ein Fatzke! Anstatt hier solidarisch die Muffelstellung zu halten, war er heimlich duschen gegangen.

»Was ihr hier so macht«, sagte ich. »Welche Ziele ihr verfolgt. Wie ihr die erreichen wollt. Solche Sachen.«

»Und warum willst du das wissen, Philip Marlowe?«

Der Kerl ging mir gehörig auf den Sack, aber wenn die Umstände es geboten, war ich ein Muster an Selbstbeherrschung.

»Weil es mich als Bürger interessiert? Weil man sich vielleicht selbst engagieren möchte?«

»So ein Geck wie du?«

»Es reicht jetzt, Christoph!« Bille schob den Totenkopfmann auf die Seite. Dann wandte sie sich mir zu. »Du musst entschuldigen, Philip, Christoph ist heute wohl mit dem falschen Fuß aufgestanden. Wir freuen uns natürlich über jeden, der Interesse an unseren Anliegen hat, und natürlich erst recht über jeden Mitstreiter.«

Sie warf Christoph einen Blick zu, den man je nach Standpunkt warnend oder böse nennen konnte, und Christoph guckte ebenso zurück. Dann trollte er sich.

»Also«, sagte Bille. »Es gibt viel dazu zu sagen, ich möchte mich für den Anfang auf ein paar Grundsätze beschränken. Wir sind Veganer und deshalb natürlich Tierschützer. Wir sind ganz entschieden dagegen, dass nach wie vor, trotz der Wende, Tiere geschlachtet werden. Tierschutz, Naturschutz, Umweltschutz bedeutet auch, dass der ohnehin gefährdete Lebensraum Wiese noch weiter gewissenlosen wirtschaftlichen Interessen geopfert wird. Eine Wiese ist ein Biotop, das von vielen Lebewesen genutzt wird. Sie brauchen diesen Raum, um zu überleben. Deshalb müssen wir die Wiesen schützen.«

So war das also. Bloß die zertrampelten Ameisen passten irgendwie nicht dazu. Aber ich verstand schon, für große Ideale musste man nun mal Opfer bringen. Und wenn wir alle Wiesen erhielten, wo sollte dann das gesamte Gemüse angebaut werden, das die Veganer futterten?

Ich sagte nichts und hörte zu. Es ging noch eine Weile so weiter. Sie machte das gut. Sie spulte das mit der Überzeugungskraft eines Staubsaugervertreters herunter.

Irgendwann fragte ich: »Und wozu dann diese Wiesenbesetzung?«

»Das ist ein Symbol. Wir wollen Aufmerksamkeit erregen.«

»Das hat wohl nicht ganz geklappt, oder? Ich sehe hier keine Heerscharen von Fans oder Übertragungswagen des Fernsehens oder so.«

Bille schwieg. Eine Philippika gegen die Lügenpresse wäre jetzt eigentlich angemessen gewesen.

»Also, ich weiß nicht«, sagte ich. »Einfach so rumsitzen und warten, bis die Welt besser wird, das ist nicht mein Ding. Ich finde, da braucht's ein bisschen Action. So was wie diese Tierbefreiungen, das kesselt. Seid ihr da auch mit dabei?«

Bille konnte sich eine Antwort sparen. Der Totenkopfmann kam zu uns zurück, und seinem perfiden Grinsen nach hatte er vom Baum der Erkenntnis genascht. Meine dünne Tarnung war aufgeflogen. Und ich wusste auch, warum. Ein gelber Porsche war heutzutage noch auffälliger als in früheren Zeiten.

Er baute sich wieder in dieser machohaften Coolness vor mir auf und ließ die Hosenträger schnalzen.

»Philip Marlowe, ja?«, sagte er. »Der interessierte Bürger Philip Marlowe, was? Leute, der Typ will uns verscheißern!«

Ich sagte nichts. Sollte er seinen Spaß haben. Eine Minute Ruhm, und sei's auch nur im Kreise seiner Gesinnungsgenossen.

Jetzt konnte ich auch erkennen, was sonst noch auf seiner Silberschnalle war. Es waren nicht die originalen Runen, aber sie kamen ihnen verdammt nahe. Ich wusste doch, dass mir der Kerl unsympathisch war.

Mit einer theatralischen Geste deutete er auf mich. »Herrschaften, darf ich vorstellen: Dieser sogenannte Bürger Philip Marlowe ist in Wahrheit Dieter Dillinger, so ein Versicherungsfritze. Der will uns aushorchen, der Arsch!«

»Mist aber auch!«, sagte ich. »Wie hast du mich nur so schnell entlarvt?«

Er grinste selbstgefällig. »Wenn du wieder mal so eine Show abziehen willst, solltest du dir ein anderes Auto zulegen. Gelber Porsche, das ist ja eindeutig. Daran hat dich einer erkannt.«

Nun ja, das war ja auch der Grund, weshalb ich diesen Wagen fuhr.

Ich nickte. »Da siehst du mal, was für ein netter Mensch ich bin. Ich wollte es dir leicht machen. Mehr Anstrengung hätte dein Spatzenhirn nicht vertragen.«

Er wäre mir am liebsten an die Gurgel gegangen, das spürte ich, aber von so jemandem ließ ich mich nicht beeindrucken, und das spürte er.

Ich wandte mich an die anderen. »Jetzt noch einmal. Diese Tierbefreiung bei Jechtinger, geht die auf euer Konto?«

Keine Antwort war auch eine Antwort.

Nur Christoph schnappte verblüfft: »Bei Jechtinger?«

»Super Aktion! Die Kühe haben sich über das Gemüse auf den Feldern hergemacht. Ganz schöner Schaden.«

»Dafür gibt's ja die Versicherung«, sagte die Rentnerin. »Die ersetzt den Schaden. Dazu ist sie da.«

Ich wandte mich ihr zu. »Natürlich, dazu ist sie da. Und wissen Sie, was die Versicherung dann macht? Sie findet heraus, wer den Schaden verursacht hat, und schickt demjenigen eine dicke Rechnung. Ich hoffe, Sie haben genügend Geld im Sparstrumpf, Gnädigste.«

»Und wenn schon. Den Verursacher musst du erst einmal finden. Du kannst hier fragen, wen du willst, keiner wird etwas sagen.« Kampflustig reckte die alte Dame das Kinn vor.

»Ach, ist das rührend! Diese unbedingte Solidarität! Einer für alle, alle für einen, was? Und noch was. Eine der Kühe streunt noch immer herum. Und wenn sie sich weiterhin nicht einfangen lässt, wird sie irgendwann erschossen. Ihr seid mir tolle Tierschützer! Treibt so ein Tier geradewegs in den Tod!«

Ich schaute Bille an. »Du scheinst mir ein halbwegs intelligenter Mensch zu sein. Euer Engagement in allen Ehren, aber vor irgendwelchen Aktionen solltet ihr den Verstand einschalten und die Folgen bedenken.«

Totenkopf-Christoph kam auf Bille zu und legte ihr den Arm um die Schultern.

»Jetzt halt mal die Luft an, Versicherungsheini! Wenn du die Bille beleidigen willst, bekommst du es mit mir zu tun, du Wichser! So einen alten Sack wie dich verspeise ich zum Frühstück.«

»Ich dachte, du bist Veganer?«

Er war nicht sehr schlagfertig und für einen Moment aus dem Tritt gebracht. Ich hätte ihn gern noch ein wenig mehr provoziert, doch was jetzt folgte, überraschte mich.

Bille schüttelte ihn ab und zischte: »Lass das! Ich kann auf mich selbst aufpassen.«

Der Blick, mit dem sie ihn bedachte, war mehr als nur unwillig. Sie sprühte geradezu Gift.

Der edle Ritter zuckte zusammen, als hätte er einen Stromstoß erhalten, schaute Bille genauso giftig an wie sie ihn und stürmte aus der Hütte. Da schau her, dachte ich, unter den Campern gab es Spannungen, ganz gewaltige sogar. Das konnte man sich doch bestimmt zunutze machen.

»Dein Freund?«, fragte ich.

»Ganz bestimmt nicht«, antwortete Bille mit grimmigem Gesicht.

Dann hatte ich ja vielleicht noch gewisse Chancen, dachte ich.

Ich musste laut gedacht haben oder man sah mir meine Gedanken an der Nasenspitze an, denn sie fauchte mich verächtlich an: »Nie im Leben würde ich mich mit einem Carnivor einlassen.«

»Das klingt ja aber auch gefährlich, Teufel noch mal. Was ist das?«

»Ein Fleischfresser.«

»Und was bringt dich zu der Annahme, ich sei ein … so einer halt?«

»Ich rieche das. Fleischesser haben eine besondere Ausdünstung. Sie stinken.«

Hm. Wenn ich mir die Ausdünstungen hier im Camp um die Nase wehen ließ, könnte man im Analogieschluss ja auf ganz seltsame Gedanken kommen.

Ich sagte: »Sapperlot! Nicht nur ein hübsches Näschen, auch ein feines. Schön. Und ich war so stolz auf mein neues Rasierwasser.«

»Wenn das eine Anmache sein soll, dann war sie mehr als plump.«

»Ich arbeite an meinem Charme, versprochen!«

»Die Mühe kannst du dir sparen. Es ist sowieso aussichtslos.«

»Sag das nicht! Der Liebe wegen ist schon mancher konvertiert.«

»Und hat dann doch heimlich seine alte Religion praktiziert.«

»Ach, als Religion siehst du den Veganismus? Ja, Bille, da ist sogar was dran. Man unterwirft sich bestimmten Regeln, und die fangen immer beim Essen an. Man hat Heilserwartung, man ist eine verschworene Gemeinschaft, und wenn man sich an die Regeln hält, wird alles gut. Darum diese Verbissenheit! Die Religion hat schon immer herhalten müssen, um Andersdenkende zu unterdrücken und die eigene Macht auszuspielen.«

Sie sah mich gelassen an. Sie hatte das alles und noch viel mehr schon oft gehört. Es brachte sie nicht aus dem Konzept. Sie hatte einen leicht spöttischen Zug um den Mund. Es war ein schöner Mund. Wie gemacht zum Küssen.

»Fertig, Herr Versicherungsvertreter?«, fragte sie. »Eine vegane Lebensweise hat nichts mit Religion zu tun. Nennen Sie's meinetwegen eine Weltanschauung. Und was ist an einer Weltanschauung schlecht, die das Töten von Tieren ablehnt?«

»Hast du schon immer vegan gelebt?«

»Ich habe es mir erarbeitet.«

»Aha, auch ein Konvertit. Die liebe ich besonders. Das sind die Eiferer. Die notfalls auch über Leichen gehen.«

»Nur weiter so. Irgendwann schaffst du es vielleicht sogar, mich zu provozieren. Dafür musst du dir aber was Intelligenteres einfallen lassen.«

Die Frau gefiel mir in ihrer kratzbürstigen Art. Dass sie zudem attraktiv war, war nicht unbedingt ein Nachteil. In den guten, alten Zeiten hätte ich sie zu einem exzellenten Abendessen eingeladen, handgemacht von Dillinger, und wer weiß, vielleicht wäre man sich dann nähergekommen. Aber mit meinen vielgerühmten Schmortöpfen konnte ich heutzutage nicht mehr punkten. Und bei ihr schon gar nicht.

»Ich habe das ernst gemeint mit den Leichen«, sagte ich. »Wenn's auch nur eine Sau ist.«

»Wovon redest du?«

»Von der gekreuzigten Sau beim Bauern Bierbaum.«

Sie schaute mich verständnislos an, und ich hatte den Eindruck, dass es nicht gespielt war.

Ich erzählte, und sie war tatsächlich erschüttert. »Das ist ja entsetzlich!«

»Da siehst du mal, zu welchen Auswüchsen eine Weltanschauung führen kann.«

»Das war niemand von uns, das musst du mir glauben.«

»Ganz bestimmt nicht«, mischte sich jetzt die Rentnerin ein. »Das widerspräche vollkommen unseren Überzeugungen. Unser Anliegen ist es ja gerade, die Tiere zu schützen.«

»Und was ist mit der streunenden Kuh?«, fragte ich.

Natürlich antwortete niemand.

»Mit diesen Schweinen haben wir nichts zu tun«, wiederholte Bille.

»Sicher?«

Sie schüttelte den Kopf. Nach einem kurzen Zögern.

»Vielleicht eine andere Organisation?«

»Ich kann nicht für andere sprechen.«

»Irgendeine Idee?«

»Nein.«

Die kleine Dürre hatte bisher keinen Ton von sich gegeben. Jetzt sagte sie plötzlich mit piepsiger Stimme: »Bille, wird die Kuh jetzt wirklich erschossen? Wenn ich das gewusst hätte ...«

Es hatte lange gedauert, bis bei ihr der Groschen gefallen war, aber dann rasselte er dafür umso lauter. Sie brach in Tränen aus.

Betretenes Schweigen in der Holzhütte. Alle hielten den Atem an. Die Rentnerin nahm sie in den Arm.

Ich sah Bille tief in die braunen Augen. »Man muss nicht alles verstehen, was deine Freundin sagt, oder?«

»Nein, muss man nicht.«

»Wie wäre es, wenn wir zwei uns mal an einem angenehmeren Ort zwanglos unterhalten? In diesem Camp hier herrscht schlechtes Feng Shui. Das ist eine Einladung, zu was auch immer.«

»Warum sollte ich?«

»Weil ich ein gutaussehender, intelligenter Mann im besten Alter bin?«

»Eingebildet bist du ja gar nicht.«

»Sehr sogar. Das ist ein Teil meines unwiderstehlichen Charmes.«

Aus den Augenwinkeln sah ich, wie die Rentnerin ihr aufmunternd zunickte. Die alte Dame hatte es kapiert. Wer den Feind umarmt, macht ihn bewegungsunfähig. Oder so ähnlich.

Doch Bille spielte nicht mit. »Tut mir leid. Was du als deinen Charme ansiehst, verfängt bei mir nicht.«

»Wie kann ich dich nur überzeugen? Warte mal, was hat deine kleine Freundin gerade gesagt?«

»Das ist Erpressung!«

»Wenn's um schöne Frauen geht, ist mir jedes Mittel recht.«

»Also gut. Irgendwann mal. Wenn sich's einrichten lässt.«

Ich konnte ihr Zähneknirschen spüren.

»Im Ernst. Du könntest mir helfen. Und dir selber vielleicht auch. Warum nicht jetzt gleich? Ein schöner Cappuccino? Selbstverständlich mit Sojamilch.«

»Ich bevorzuge Hafermilch.«

»Nun ja, die Geschmäcker sind verschieden. Das lässt sich bestimmt einrichten.«

»Ich kann jetzt hier nicht weg.«

»Verstehe. Gibt bestimmt einiges zu besprechen. Ich gebe dir meine Karte. Ruf an, wenn du Zeit hast. Ich hole dich ab, egal, wo du bist, und sei es hinterm Mond.«

Nach den Datingregeln hätte sie mir jetzt auch ihre Telefonnummer geben müssen. Aber das tat sie nicht, und ich ließ es dabei bewenden.

»Nun denn, die Damen«, sagte ich, »ich mach mich mal vom Acker. Danke für die interessanten Gespräche.«

»Ich komme mit«, sagte die Rentnerin.

»Als Aufpasserin?«

Sie ignorierte das. »Was die Franzi eben gesagt hat …«

»Franzi ist die kleine Dürre mit der langen Leitung?«

»Kerle, dein Charme isch wirklich umwerfend«, sagte sie in breitem Schwäbisch.

»Nicht wahr? Aber man kann sich daran gewöhnen, denke ich. Was glauben Sie, warum ich Single bin?«

»War das jetzt eine dezente Botschaft für Bille?«

»Was Sie nur von mir denken! Ich habe ja sowieso keine Chancen, Sie haben es doch gehört.«

»Gibst du immer so schnell auf, du Lulatsch?«

»Manchmal hat sogar bei mir die Vernunft die Oberhand. Das würde rein essenstechnisch nicht zusammenpassen. Eine Veganerin und ein Carnivore! Da ist es noch eher vorstellbar, dass der Papst heiratet.«

»Die Bille ist …«

»Kein Thema für mich. Wir waren bei Franzi.«

»Franzi ist …«

»Geistig etwas langsam? Allgemeine Entwicklungsverzögerung?«

»Das klingt so hart. Sie ist ein liebes Mädchen, aber von der normalen Welt wird sie überrollt. Bei uns findet sie Geborgenheit und Aufgaben, die sie verstehen und bewältigen kann. Wir schützen sie.«

»Und Sie haben jemanden, den Sie bemuttern können.«

»Vielleicht ist das wirklich so. Aber ist das so schlimm?«

»Keine Enkel, an denen sich die Oma austoben kann?«

»Und du?«

»Nicht mal Kinder.«

»Also kann ich Bille berichten: ledig, kinderlos, als Versicherungsvertreter bestimmt gut situiert, also das, was man eine gute Partie nennt, sehr von sich eingenommen, aber das und die anderen negativen Eigenschaften kann man ihm aberziehen.«

»Ich liebe meine Eigenheiten. Und pflege sie. Freiheit für meine Macken! Ich glaube, ich muss mich vor Ihnen in Acht nehmen. Sie haben eine extrem schnelle Leitung im Gegensatz zu Franzi.«

»Was glaubst du denn, was ich bin? Eine tüttelige alte Oma? Mehr Respekt vor dem Alter, junger Mann!«

»Die tüttelige alte Oma hat es jedenfalls sehr geschickt verstanden, mich so in Beschlag zu nehmen, dass ich keine Gelegenheit hatte, mich mit den anderen Leuten in diesem

Camp zu unterhalten. Und sie hat diesen Milchbubi, den Bille hat abfahren lassen, mit einem warnenden Blick gestoppt, obwohl er anscheinend wild entschlossen war, sich auf mich zu stürzen und mir eine Abreibung zu verpassen. Bille hätte das sicher sehr beeindruckt. Schade drum. Ich hätte garantiert gewonnen. Das hätte Bille noch mehr beeindruckt.«

»Männer! Was die sich immer einbilden!«

»Ich glaube, gnädige Frau, wir werden noch viel Spaß haben miteinander. Ich war bestimmt nicht zum letzten Mal hier. Und was Franzi betrifft …«

»Franzi glaubt an das Gute im Menschen.«

»Auweia! Doch so schlimm. Ich habe schon vergessen, was sie gesagt hat. Aber verraten Sie das nicht Bille, sonst habe ich ja kein Druckmittel mehr. Übrigens, wann darf ich Sie zu einem Cappuccino einladen? Gerne auch mit Reismilch.«

»Du bist nicht gerade wählerisch.«

»Doch. Sonst würde ich Sie ja nicht einladen.«

Sie stemmte die Hände in die Hüfte und sah mich spitzbübisch an. »So, du Sempel, jetzt läsch endlich mol dia Siezerei, des isch jo nemme zum Aushalte! I ben d' Emma Öchsle aus Schtuagert.«

»Aus Stuttgart? Kommen die Stuttgarter Wutbürger jetzt zu uns nach Hohenlohe, weil daheim die Barrikaden abgebaut sind?«

»Ich besuche eine Freundin in Hall und wollte mal sehen, was sich hier im Camp so tut. Kriag i jetzt au so a Kärtle mit dr Telefonnummer? Wege onserm Rendezvous. Übrigens nehme ich meinen Cappuccino mit Kuhmilch.«

Ich zog die Augenbrauen hoch. »Keine Veganerin?«

»Nicht einmal Vegetarierin. Was wäre das Leben ohne Kutteln und Saure Nierle?«

»Und trotzdem sind Sie … bist du hier in diesem Camp?«

Sie zuckte mit den Schultern. »Man muss sich informieren. Fährst du jetzt zufällig nach Hall zurück?«

»Ja, aber erst später.«

Sie seufzte. »Ich könnte mal wieder eine Dusche vertragen. Die hygienischen Verhältnisse hier sind nicht gerade wie in einem Luxushotel.«

Ich nickte. »Man riecht's. Ich nehme Sie ... dich gerne mit, aber ich kann noch nicht absehen, wie lange ich hier noch zu tun habe.«

»Ich gebe dir meine Handynummer, du kannst dich ja melden, wenn du fährst. Übrigens, hast du das ernst gemeint mit der streunenden Kuh?«

»Ewig werden die Bauern nicht zuschauen, wie sie ihnen das Gemüse wegfrisst. Und dann ist da noch die allgemeine Gefährdung. So eine Kuh kann ganz schön wild werden, wenn sie sich angegriffen fühlt. Es sind schon öfter harmlose Wanderer zu Tode getrampelt worden. Und neulich erst stand eine Kuh bei Nacht und Nebel mitten auf der Straße, ein Rollerfahrer hat sie zu spät bemerkt, und dann gab es einen Crash. Die Kuh hat es überlebt. Als Einzige. Es gibt also handfeste Gründe, warum sie notfalls erschossen werden muss.«

Sie schaute mir nach, bis ich in meinen Wagen stieg und davonfuhr.

Der Tag entwickelte sich doch prächtig. Die Leute hier hatten Jechtingers Kühe freigelassen, das stand fest. Aber das interessierte mich eigentlich gar nicht. Das war die Baustelle des faulen Kollegen von der Konkurrenz, und ich würde ganz bestimmt nicht seine Arbeit machen.

Aber etwas stimmte nicht mit dem Camp. Warum, zum Beispiel, müffelten alle vor sich hin, nur Totenkopf-Christoph nicht? Und was stand zwischen ihm und Bille? Nur um unerwiderte Liebe ging es nicht. Die gute Franzi könnte sicher einiges erzählen, doch sie wurde regelrecht abgeschirmt.

Und, nicht zu vergessen, ich hatte ein Date mit einer Siebzigjährigen. Ich hatte sogar ihre Telefonnummer. Ich würde sie nachher mitnehmen und sie ganz dezent, wie es meine Art war, über diesen seltsamen Verein ausquetschen.

Rosie, die Streunerin, war dabei, eine Reihe Lollo Rosso niederzumachen, als sie aus den Augenwinkeln eine Bewegung wahrnahm.

Der vormals vegane Hund sah sie gierig an. Er schob einen solchen Kohldampf, dass man sein Magenknurren eigentlich bis Öhringen hätte hören müssen. Er war es nicht gewohnt, dass ihm das Fressen davonlief. Normalerweise wartete es in seinem Napf, bis er sich darüber hermachte. Jetzt bekam alles, was nach Essen roch, plötzlich Beine.

Irgendetwas stimmte da nicht. Er musste mal seinen Genpool aktivieren, das konnte doch nicht alles verschüttet sein, Teufel noch mal, schließlich war er ein Jagdhund. War das die Langzeitwirkung von zu viel Cabrigourmet Wuff?

Rosie hob den Kopf und sah ihn neugierig an.

»Frischfleisch!«, murmelte er. »Und so viel!« Und es bleibt stehen, dachte er.

Rosie schüttelte den Kopf. »Denk nicht mal dran. Rosie ist stärker.«

»Ich kann dich jagen, bis du vor Erschöpfung umfällst. Ich war nämlich mal ein Jagdhund. Hat wenigstens mein Herrchen gesagt. Du bist eine leichte Beute für mich.«

»Rosie kann dich auf die Hörner nehmen. Das kann Rosie. Das hat sie schon gemacht. Das macht Spaß.«

»Ach, du bist das! Ich habe davon gehört.«

»Aber davon hätten wir beide nichts. Du bist tot, und Rosie kann mit einem toten Hund nichts anfangen. Hunde gehören nicht zu Rosies Beuteschema. Rosie lebt strikt vegan.«

»Kenne ich. Die Phase habe ich hinter mir. Ich kann's nicht empfehlen.«

»Jeder, wie er's mag. Rosie kommt bestens damit zurecht.«

»Ich habe Hunger.«

»Bedien dich! Hier hast du alles, was du brauchst. Knackige Salate, saftige Karotten. Rosie mag besonders das grüne Kraut. Ein Paradies. Nur Brokkoli mag Rosie nicht.«

»Davon wird ein Hund nicht satt. Gibt es nichts Vernünftiges?«

Rosie überlegte. »Rosie überlegt. Übrigens, Rosie der Name.«

»Hab ich mir schon gedacht. Ich bin … der Hund.«

»Geben die Menschen den Hunden keine Namen?«

»Schon. Ich habe meinen abgelegt. Identitätsfindung, du verstehst.«

»Aha. Rosie hat jetzt fertig überlegt. Wir könnten uns zusammentun. Hier in der Nähe gibt es ein Kohlfeld. Rosie liebt Kohl, besonders Weißkohl. Nur sind da auch viele Hasen, die Rosies Essen wegfressen. Die Hasen für den Herrn Hund, der Kohl für Rosie. Was hältst du davon?«

»Klingt nach einer echten Win-win-Situation.«

»Rosie weiß nicht, was das für eine Situation ist. Weißt du, Rosie ist dumm, sie ist ja nur eine Kuh.«

»Und deshalb bist du dumm?«

»Die Menschen sagen das oft: du dumme Kuh. Deshalb weiß Rosie, dass sie dumm ist.«

»Du bist vielleicht eine Ulknudel. Worauf warten wir noch? Die Hasen rennen doch nicht weg, oder?«

Plötzlich war hinter ihnen Geschrei zu hören. Ein Mann rannte auf sie zu.

»Mir scheint, wir sind hier nicht sehr willkommen«, sagte der Hund.

»Rosie kennt das. Die Menschen schreien immer, wenn sie Rosie sehen. Das macht nichts. Rosie kann schneller rennen als sie.«

»Dann nimm mal die Beine in die Hand. Dieser Mensch da hat ein Gewehr.«

»Rosie versteht nicht, was sie mit ihren Beinen machen soll.«

»Renn, so schnell du kannst, Rosie. Dort rüber in das Wäldchen, da verstecken wir uns.«

Rosie rannte los. Ein Schuss fiel.

Ich war auf dem Weg zu Bierbaum und zockelte gemächlich durch die Landschaft. Jetzt, im auslaufenden Spätsommer, war noch einmal Hochbetrieb auf den Feldern.

Ein Tomatenvollernter fuhr die wohl letzte Freilandernte dieses Sommers ein. Die riesige Dreschtrommel schaufelte wie ein gefräßiges Tier die Pflanzen in sich hinein und trennte das Grün von den Früchten. Ein dickes Rohr spuckte die Tomaten aus.

Was da auf den Hänger plumpste, der nebenherfuhr, hatte allerdings mit einer Tomate im herkömmlichen Sinne nichts mehr gemein. Es sah nur noch so aus. Die Züchter hatten hart daran gearbeitet, ihr Produkt zu optimieren und den Bedürfnissen der industriellen Landwirtschaft noch weiter anzupassen.

Die Pflanzen wuchsen schnell und brachten enormen Ertrag. Lauter gleichmäßige, gleich große, gleich reifende Früchte, die nie faulten und bemerkenswert robust waren. Man hätte Tennis mit ihnen spielen können, sonst hätten sie den Vollernter nicht überstanden. Dass sie nach nichts schmeckten, fiel nicht weiter ins Gewicht. Das waren wir von Tomaten schon länger gewohnt. Jetzt schmeckten sie halt noch ein bisschen mehr nach nichts.

Solche Vollernter waren längst für alle Arten von Gemüse im Einsatz. Für Chicorée und Zwiebeln, Möhren und Rote Beete, Erbsen und Kartoffeln und alle möglichen anderen Gemüse.

Auch in Hohenlohe. Keiner pflückte mehr von Hand. Oder ließ pflücken. Für die Erntehelfer aus dem Osten war die Umstellung eine existentielle Katastrophe. Lieber ein kärglicher Mindestlohn statt gar nichts mehr.

Auf einem anderen Feld war ein Traktor mit Sämaschine unterwegs. Das Feld war bereits abgeerntet, nun wurde neu eingesät. Der Fahrer hatte es sich in seinem Cockpit gemütlich gemacht, trank Kaffee und las die Zeitung mit den großen Buchstaben. Die GPS-gesteuerte Lenkautomatik sorgte dafür, dass sein Traktor in der Spur blieb und allen Kurven im Gelände präzise folgte. Nur noch wenden musste er selbst.

Ich fuhr an einem riesigen Feld mit Karotten vorbei. Nichts als Karotten. Kilometerweit, wie mir schien, die grünen Büschel in Reih und Glied.

Ich hatte das Fenster heruntergekurbelt und ließ mir die milde Nachmittagsluft durchs schütter werdende Haar wehen. Nicht mehr lange, dann hatte uns der Winter im Griff, und es war vorbei mit solchen kleinen Vergnügen.

Dann würde sich die Landschaft dramatisch verändern. Wenn die Felder abgeerntet und gegrubbert und gepflügt und geeggt waren, bereit für die Aussaat im nächsten Frühjahr, waren hier nur noch endlose Flächen von brauner, trostloser Erde, kaum noch das beruhigende Grün der Wiesen dazwischen wie früher. Ein deprimierender Anblick.

Plötzlich hörte ich Geschrei. Ein Mann rannte durch den Acker und fuchtelte mit einem Gewehr. Ein Schuss fiel. Eine Kuh rannte in gestrecktem Galopp davon, gefolgt von einem Hund. War das nicht der vegane Hund von Blockwart Scheuerle? Dann musste das Rosie, die Streunerin, sein. Die beiden verschwanden in einem Wäldchen.

Ich hielt am Straßenrand, stieg aus und ging auf den Mann zu, der schwer atmend zwischen den Reihen von Karotten stand.

»Mistvieh, verreckts!«, schimpfte er. »Wenn du dich noch mal blicken lässt, kannst du was erleben!«

Wie als Antwort war aus dem Wäldchen das Jaulen des Hundes zu hören.

»Wollten Sie die Kuh wirklich erschießen?«, fragte ich.

»Ach wo, nur vertreiben. Das ist ein Luftgewehr, damit richtet man nicht viel Schaden an. Und wenn ich sie wirklich erschießen wollte, müsste ich vorher mit dem Jechtinger über die Aufteilung der Beute verhandeln.« Er grinste. »Nein, nein, ich lass mir meinen Schaden in Naturalien bezahlen, die Kuh soll ruhig noch etwas Gewicht zulegen. Aber bitte nicht auf meinem Acker. Schauen Sie mal, was diese dumme Kuh angerichtet hat! Das ganze Grün weggefressen. Jetzt wachsen die Früchte natürlich nicht mehr weiter!«

Er grub mit den Händen in der Erde und holte ein … Ding hervor.

»Was soll das sein?«, fragte ich. »Aussehen tut es wie eine Gelbe Rübe.«

Wie eine ziemlich große Gelbe Rübe. Eine Monsterrübe.

Er strahlte. »Toll, nicht wahr? Aber das ist keine Gelbe Rübe. Jetzt kriegen Sie mal Nachhilfe in Pflanzenkunde. Wir in Süddeutschland nennen so ein Ding Gelbe Rübe, aus alter Tradition, und im Mittelalter sind bei uns tatsächlich die echten Gelben Rüben angebaut worden. Was heute auf den Tisch kommt, ist in Wahrheit eine Karotte, eine völlig andere Sorte. Die hat sich durchgesetzt, weil sie süßer im Geschmack ist, und wir Menschen mögen halt Süßes lieber als Bitteres. Deswegen finden Sie ja auch kaum noch einen Chicorée, der seinen Namen verdient. Chicorée ist nun mal bitter. Alles weggezüchtet.«

Ich besah mir die Monsterrübe und biss hinein.

»Hm. Sieht aus wie eine Gelbe Rübe oder meinetwegen eine Karotte. Ist knackig wie eine Gelbe Rübe. Schmeckt gar nicht wie eine Gelbe Rübe. Schmeckt eigentlich nach nichts. Wenigstens kriegen Sie mit einem solchen Ding die ganze Familie satt.«

»Glauben Sie, ich esse dieses Zeug? Ich bin doch nicht verrückt! Was die Frau nicht im Garten anpflanzt, kaufe ich beim Biobauern. Aber auch nicht bei jedem. Die Sachen hier kommen in die Fabrik.«

Die Fabrik drunten im Tal. Ich wusste gar nicht mehr, womit sie ursprünglich angefangen hatte, jedenfalls war es eine kleine Klitsche gewesen, aber in jüngster Zeit war sie explosionsartig gewachsen und produzierte jetzt vegane Fertignahrung in Massen. Alle Bauern in der Gegend belieferten sie, in langen Schlangen standen sie mit ihren riesigen Hängern dort. Und dazwischen fuhren regelmäßig Tanklastwagen vor, von denen man nicht wusste, was sie eigentlich anlieferten.

»Das ist eine neue Sorte«, fuhr der Karottenmeister fort, »und ich bin total begeistert. Diese Rübe wächst schnell, ich kann zwei Ernten in der Saison fahren. Sie wird groß, bringt also ordentlich Gewicht. Und schauen Sie mal, sie wächst kerzengerade, und jede wird gleich groß. Ich kann da ohne Probleme mit dem Vollernter drüber und habe minimalen Ausschuss. Das ist entscheidend. Solches Gemüse brauchen wir heutzutage.«

»Genmanipuliert?«

»Wo denken Sie hin? Höchstens ein kleines bisschen.«

»So wie ein bisschen schwanger?«

»Was weiß ich, wie das genau geht, irgendwas manipulieren sie bei der Züchtung, damit solche Oschis herauskommen. Auf solche Kleinigkeiten kann man heutzutage keine Rücksicht mehr nehmen. Wir brauchen Masse, egal wie. Gibt schließlich viele hungrige Mäuler zu stopfen. Woher soll denn das alles kommen?«

Zum Glück gibt es immer wieder Menschen, die sich gern reden hören, vor allem, wenn es um sie selbst geht. Das macht mir das Leben manches Mal einfacher.

»Schauen Sie sich mal um. Ich baue hier auf sechzig Hektar nur Karotten an. Das ergibt rund zehntausend Tonnen pro Jahr. Und das sind jetzt nur die Karotten.«

»Fläche, Fläche! Es geht immer nur um die Fläche!«

»Um nichts anderes. Wer viel Fläche hat, kann viel verkaufen. Das ist der Discounter-Effekt. Die Gewinnspanne für sich genommen ist minimal, aber die Masse bringt's.

Und nicht zu knapp, danke, ich kann mich nicht beklagen. Und von dem Gewinn kann ich mir all die großen Maschinen leisten, mit denen ich noch mehr produzieren kann.«

»Und noch günstiger.«

»Er hat's verstanden. Wenn die Halsabschneider von der Fabrik mal wieder die Preise drücken, kann ich das gelassen sehen.«

»Wieso Preise drücken? Es gibt doch jetzt einen riesigen Bedarf an Gemüse, da müssten die Preise steigen. Das Gesetz von Angebot und Nachfrage.«

»Am Anfang war das auch so. Große Nachfrage, kein so großes Angebot. Aber seitdem alle umgestellt haben, notgedrungen, hat sich das Verhältnis umgekehrt, und die Fabriken können die Preise drücken. Da kann kein Kleinbauer mithalten. Der kriegt nicht mal seine Betriebskosten rein.«

»Die Kleinen bleiben auf der Strecke, die Großen werden immer größer.«

»So ist das Leben. So war es schon immer. Nur hat sich die Situation durch die Umstellung verschärft. Fressen oder gefressen werden. Ich fresse lieber. Nur weil wir jetzt Gemüse essen sollen, werden die Marktgesetze nicht ausgehebelt. Vielleicht haben sich das manche anders vorgestellt, aber so ist es eben. Und wir brauchen immer neue Sorten, die noch mehr Ertrag bringen.«

»Und was ist mit dem Geschmack? Der bleibt auf der Strecke. Genauso wie der Nährwert.«

»Wen interessiert das schon? In der Fabrik kommen die Karotten sowieso in den Extruder.«

Ich sah ihn verständnislos an. »Extruder?«

»Kennen Sie die ›Feuerzangenbowle‹? Ich lache mich immer krumm, wenn ich die sehe, die kann ich fast auswendig. Also, wat is en Extruder? Da stelle mer uns janz dumm. Und da sage mer so: En Extruder, dat is ene jroße schwarze Maschin, die hat hinten e Loch und vorn e Loch. Dat eine Loch, dat is … ach, ich kann das nicht so gut. Stellen Sie sich den Extruder als einen riesigen Mixer vor. Vorne ins Loch kommen die Karotten, hinten raus kommt – na, Sie Schöler, was wohl?«

»Pürierte Karotten.«

»Denkste! Eine Masse, die irgendwie undefinierbar ist. Sieht schrecklich aus, riecht nach nichts, schmeckt nach nichts. Das kommt von der hohen Geschwindigkeit, mit der das Ding arbeitet, und von der Hitze, die dabei entsteht. Mit pürierten Karotten hat das auf jeden Fall nichts mehr zu tun.«

»Und was macht man mit dieser Masse?«

»Alles. Was Sie wollen. Sie geben Stabilisatoren und Emulgatoren und so Zeugs hinzu und irgendeinen Geschmack, und schon haben Sie ganz nach Belieben ein Hacksteak, Wurstsalat oder Spätzle. Oder genauer gesagt, es sieht so aus und schmeckt so, aber in Wahrheit essen Sie eine parfümierte Pampe. Alles vegan, alles natürlich.«

»Natürlich?«

»Klar. Sind meine Karotten etwa nicht natürlich? Genauso die Aromen. Himbeere und Erdbeere kommt aus Holzspänen, Pfirsich und Kokos aus Schimmelpilzen. Alles ganz natürlich oder etwa nicht? Alles übrigens keine neuen Erfindungen, auch der Extruder nicht, so arbeitet die Fabrik immer schon. Aber jetzt laufen die Maschinen natürlich auf Hochtouren. Das Volk braucht Futter. Und die Chemiker müssen noch eins draufsatteln, damit es überhaupt nach was schmeckt.«

»Und Sie liefern den Rohstoff.«

»Damit verdiene ich mein Geld, ja. Alles hat sich verändert mit der Umstellung. Ich mache jetzt nur noch in Gemüse. Früher hatte ich einen ganz normalen Hof. Ein paar Schweine, Milchkühe, Muttertierhaltung, die Felder mit Getreide. Das war der ganz natürliche Kreislauf. Die Tiere haben geschissen, und damit habe ich meine Felder und Wiesen gedüngt. Klar, ganz ohne Kunstdünger ging's noch nie. Aber jetzt? Jetzt hau ich das Zeugs tonnenweise drauf, ich habe ja keinen natürlichen Dünger mehr. Was das für die Umwelt bedeutet, will ich mir lieber nicht ausmalen.«

»Aber es gibt doch massenhaft Biogasanlagen. Was da übrig bleibt, ist doch so gut wie Jauche. Und natürlich.«

»Schon. Aber das brauchen die für ihre eigenen Felder, wo die ganze Biomasse wächst.«

»Eine dumme Frage: Wenn aus diesem Extruder schon eine beliebig formbare Masse herauskommt, wozu braucht man dann noch Karotten als Grundlage?«

»Sehen Sie, das ist genau das, was mich beunruhigt. Ich möchte nicht wissen, was die in der Fabrik austüfteln. So, jetzt haben Sie mich lange genug aufgehalten. Ich muss nach meinen anderen Feldern schauen. Mal sehen, was diese streunende Kuh dort angerichtet hat.«

Er stapfte davon, stieg in sein Auto und fuhr weg. Ich schaute auf die Monsterrüben, die zu meinen Füßen wuchsen, jede kerzengerade und gleich groß. In ein paar Wochen lächelten sie mich von einer Verpackung im Supermarkt an, als Gemüseburger, veganes Schnitzel oder sonst was. War ja egal. Es waren nur ein paar Aromen und Farbstoffe, die den Unterschied machten.

Im Schutz des kleinen Wäldchens hatte sich Rosie, die Streunerin, niedergelassen und wiederkäute genüsslich. Sie war allein. Der Hund war auf der Jagd.

Wiederkäuen war gut. Man lag faul da, hatte trotzdem etwas zu essen und konnte seine Gedanken schweifen lassen. Aktuell beschäftigte sich Rosie mit einem Problem, an dem sie schon lang herumkaute und für das sie noch keine Lösung gefunden hatte.

Was hatten die Menschen nur plötzlich gegen sie? Früher war sie getätschelt und gestreichelt worden, jetzt brüllten sie sie an und schossen gar auf sie. Was hatte sie nur getan? Roch sie aus dem Mund? Rosie verstand die Welt nicht mehr. Na ja, um die Wahrheit zu sagen, sie hatte die Welt noch nie verstanden.

Was einem manchmal so durch den Kopf ging!

Rosie überkam eine große Müdigkeit. Die langen Wanderungen durch Wald und Flur und die häufigen Zwischenspurts, wenn sie auf schreiende Menschen stieß, hatten sie erschöpft.

Sie war das nicht gewöhnt. Ihre Vorfahren waren einst ständig übers Land gezogen, doch sie und ihre Schwestern hatten es sich auf ihrer überschaubaren Wiese gemütlich eingerichtet. Man trottete von einem Ende des Zauns zum andern, hatte immer etwas zu essen, die fremde Welt blieb draußen, und man musste sich über nichts Gedanken machen. Ein bequemes Leben. Aber, ehrlich gesagt, auch langweilig.

Rosie schloss die Augen und ließ sich langsam in den Schlaf gleiten. Der Wald raschelte sachte, Sonnenflecken tanzten über den Boden, es roch nach Pilzen und nach … nach Wald eben. Ein Hort des Friedens und der Ruhe.

Plötzlich war lautes Getrampel zu hören und lautes Kläffen. Rosie seufzte. Der Herr Hund! War man denn nirgends ungestört?

Direkt vor Rosie brach eine Wildsau durch das Unterholz, fast hätte sie die Kuh gerammt, im letzten Augenblick kratzte sie die Kurve. Hinter ihr her hechelte der Hund.

Er hatte keine Chance. Die Wildsau verschwand in den Feldern.

Laut schnaufend und völlig fertig ließ sich der Hund neben Rosie fallen.

»Diese verdammten Viecher! Warum bleibt nicht eines mal stehen und wartet, bis ich komme?«

»Der Herr Hund ist zu langsam.«

»Super, Rosie, vielen Dank! Auf die Idee wäre ich jetzt nicht gekommen. Verdammt noch mal, meine Vorfahren waren doch Wölfe! Da muss doch was gehen! Meine Vorfahren haben doch auch Wildschweine gejagt. Und Rehe. Und Schafe. Und Rinder. Warum klappt das bei mir nicht?«

»Der Herr Hund muss mehr trainieren. Der Herr Hund ist degeneriert.«

»Willst du mich beleidigen? Wo hast du denn das aufgeschnappt, du blöde Kuh?«

»Das weiß Rosie nicht. Aber Rosie weiß, dass der Mann mit dem Gewehr weg ist. Der Mann mit dem komischen Auto auch. Rosie und der Herr Hund können wieder essen gehen.«

»Du denkst auch immer nur ans Essen.«

»Der Herr Hund auch.«

»Bei mir ist das etwas anderes. Was habe ich heute gefangen? Eine Maus, eine einzige verdammte Maus. Und die war auch noch zäh. Dein Essen läuft nicht weg. Du findest immer was auf den Feldern.«

Der Hund sah sie wieder so komisch an. Als ob er überlegte, wie viel anständige Mahlzeiten Rosie wohl ergab.

»Es gibt freundliche Menschen, die das für Rosie auf den Feldern anbauen.«

»Denkste! Die bauen das für sich an, nicht für dich. Du frisst denen alles weg. Was glaubst du, weshalb die so ausflippen, wenn sie dich sehen?«

»Die Menschen sind dumm. Rosie gibt den Menschen Milch. Dafür braucht Rosie Futter. Deswegen holt sich Rosie jetzt eine schöne, fette Rübe. Das sollte der Herr Hund auch tun. Es ist genügend da für alle.«

»Geh mir weg mit diesem Gemüsezeug! Davon wird ein gestandener Hund nicht satt, wie oft soll ich dir das noch sagen! Außerdem befindest du dich auf dem Holzweg. Es ist nur so viel da, weil die Menschen mordsmäßig draufhauen. Kunstdünger und Unkrautvernichter und Insektenvernichter und so Zeugs. Lauter Chemie. Lauter Gift. Die Menschen nennen das, glaube ich, industrielle Landwirtschaft.«

»Davon versteht Rosie nichts.«

»Ich auch nicht. Hab nur so was gehört.«

»Der Herr Hund hat viel gehört.«

»Logisch. Ich bin ja auch keine dumme Kuh.«

»Rosie ist keine … Doch, sie ist. Aber der Herr Hund ist auch dumm. Wenn er kein Fleisch hat, muss er eben Gemüse essen. Rosie wird auch satt. Und es geht ihr gut.«

»Wieder vegan? Wieder Cabrigourmet Wuff? Niemals! Niemals mehr in meinem Leben! Lieber verhungere ich. Oder …«

Der Hund sah Rosie schon wieder auf so eine ganz spezielle Weise an.

Ich fuhr nochmals bei Bierbaum vorbei. Er wusste eindeutig mehr, als er heute Morgen hatte sagen wollen. Vielleicht war er jetzt gesprächiger, wenn der Schock abgeklungen war.

Die Haustür war nicht abgeschlossen. Wozu auch? Vor Dieben brauchte er keine Angst mehr zu haben. Das Wertvollste, was er hatte, seine Schweineherde, war ihm bereits geklaut worden.

Er saß am Küchentisch, stierte vor sich hin und hielt eine Flasche Bier umklammert. So, wie er aussah, war es nicht die erste.

Ich setzte mich ihm gegenüber.

Wortlos griff er neben sich und reichte mir ebenfalls ein Bier. Den Kasten hatte er praktischerweise neben sich auf den Boden gestellt. Er war offenbar entschlossen, sich volllaufen zu lassen.

Bierbaum sah müde aus. Erschöpft. Und besorgt.

Ich bin sonst nicht auf den Mund gefallen, aber angesichts des Häufchen Elends vor mir wollten mir nicht die rechten Worte einfallen.

»Scheiße, was?«, brachte ich schließlich heraus.

Es waren nicht die rechten Worte. Er reagierte nicht. Stattdessen trank er leer und griff zur nächsten Flasche.

Plötzlich hieb er mit der Faust auf den Tisch, dass die Flaschen wackelten.

»Warum die Susi?«, polterte er. »Warum ausgerechnet die Susi? Das war so eine Liebe!«

Er nahm einen langen Schluck und knallte die Flasche auf den Tisch.

»Und so sensibel. Weißt du, der durfte man sich nur ganz vorsichtig nähern, sonst ist sie so erschrocken, dass du gemeint hast, jetzt kriegt sie gleich einen Herzkasper. Weißt du, Schweine vertragen keine Aufregung.«

Ich nickte. »Ich weiß. Deshalb war früher der Massentransport in den Schlachthof der pure Stress für die Tiere. Und gestresste Tiere geben kein gutes Fleisch.«

»Aber die Susi hatte es doch gut bei mir, die brauchte sich nicht aufzuregen. Und trotzdem.«

»Es gibt halt solche und solche.«

Er nickte versonnen. Diese tiefschürfende Einsicht war ein gewisser Trost für ihn. Nur half sie der armen Susi nichts mehr.

Er schien sich etwas beruhigt zu haben. Meine Chance, das Thema anzuschneiden.

»Sag mal, Bierbaum, wie ich gehört habe, wird zur Zeit hier in der Umgebung billiges Schweinefleisch angeboten.«

»Woher weißt du davon?«

»Dillinger hört vieles, wenn der Tag lang ist. Hast du was damit zu tun?«

»Was sollte ich damit zu tun haben?«

»Weiß ich nicht. Deshalb frage ich ja.«

»Ich weiß nicht, was du meinst, Dillinger.«

»Das weißt du ganz genau. Die Versicherung zahlt dir den Marktwert deiner Schweine. Du verkaufst sie schwarz, meinetwegen für die Hälfte des Preises. Ein netter Zusatzgewinn. Und steuerfrei.«

Er schüttelte den Kopf. »Du spinnst, Dillinger!«

Er stand auf und ging schwerfällig und leicht schwankend zur Küche hinaus. Bald darauf kam er wieder, in den Händen einen Laib Brot und eine Salami. Luftgetrocknet. Aus eigener Produktion.

Er knallte beides auf den Tisch und ging zu einer Anrichte, zog eine Schublade und entnahm ihr ein großes Messer. Er setzte sich wieder und schnitt einen Kanten Brot und ein paar Scheiben Salami ab. Die Mühe mit Tellern machte er sich gar nicht erst. Dann schob er alles zu mir hin, und ich bediente mich ebenfalls.

»Du spinnst, Dillinger!«, wiederholte er kauend. »Das würde ich nie tun.«

»Klar, du bist ein braver Bürger und würdest nie etwas Illegales tun.«

»Das habe ich nicht gesagt. Aber ich würde nie meine Schweine an irgendeinen dahergelaufenen Schlachter geben. Meine Tiere sind mir heilig. Denen soll es gut gehen. Bis sie den letzten Schnapper machen.«

Ich versuchte, ihn zu provozieren. »Wenn die Not groß ist, kann man schon mal seine Überzeugungen vergessen.«

Er war gerade dabei, sich ein paar Scheiben Salami abzuschneiden, und hieb das Messer in den Tisch, wo es zitternd stecken blieb.

»Ja, die Not ist groß, verdammt noch mal!«, brüllte er mich an. »Die meisten Tiere der Herde waren verleast! Jetzt muss ich das Geld zurückzahlen, und das kann ich nicht! Also schau zu, dass deine Versicherung schnell in die Gänge kommt!«

»So schnell geht das nicht.«

»Dann tu was! Wenn's ans Kassieren geht, seid ihr auch schnell.«

Er zog das Messer aus dem Tisch, und so, wie er mich die ganze Zeit anbrüllte, dachte ich, er wolle damit auf mich losgehen. Doch er legte es ganz friedlich ab, stand auf, ging in die Küche und kam mit einer Flasche Schnaps zurück. Noch auf dem Rückweg zum Tisch entkorkte er sie und nahm einen langen Schluck.

»Bierbaum, es geht auch nicht schneller, wenn du dich zusaufst. Wo ist denn deine Frau?«

»Weg«, antwortete er mit einem Achselzucken.

»Ganz weg?«

»Bei ihrer Schwester.«

Der Schwester! Wenn es keine Schwestern gäbe, müsste man sie glatt erfinden.

Bierbaums Frau Juliane war gut zwanzig Jahre jünger als er und von aufreizender Schönheit. Glatte, weißblonde Haare, die bis auf die Schultern fielen, umrahmten ein so ebenmäßiges Gesicht mit hohen Wangenknochen, dass man zweimal hinschauen musste, wenn man ihr begegnete. Beim ersten Mal war man wie geblendet. Der Pony, fatzenglatt geschnitten wie mit dem Lineal, hing ihr bis über die Augenbrauen. Eine Frau, die auffiel. Angesichts dieser Pracht und einer perfekten Figur übersah man völlig, dass sie extreme X-Beine hatte, was sie zu einem seltsam watschelnden Gang nötigte.

Ich hatte sie nur wenige Male gesehen und war jedes Mal hin und weg gewesen, hatte jedoch kaum ein paar Worte mit ihr gewechselt. Meist hatte sie mir nur zugenickt und verhalten gelächelt.

Sie stammte nicht von hier. Vor ein paar Jahren war sie einfach da gewesen und geblieben. Niemand wusste, woher sie gekommen war. Und weshalb sie ausgerechnet zu Bierbaum kam.

Bierbaum war seinerzeit an die Fünfzig gewesen und immer noch unverheiratet, und wie es schien, würde das auch so bleiben. Er hatte die Suche aufgegeben. Er war oft genug auf Freiersfüßen gewandelt, aber nie hatte sich etwas ergeben. Das alte Problem: Bauer sucht Frau. Trotz aller Technisierung war das Leben als Bauersfrau noch immer recht anstrengend und etwas sehr Spezielles. Man musste es mögen. Die meisten mochten es nicht. Auch die meisten Bauerntöchter, die das alles von klein auf miterlebt hatten, zogen einen Bürojob vor. Mit geregelten Arbeitszeiten, geregeltem Einkommen und geregeltem Urlaub.

Wie kam ausgerechnet Bierbaum zu so einer Frau?

Natürlich waren die heißesten Geschichten im Umlauf. Die Nüchternen meinten: in einem Katalog gekauft. War ja nichts Außergewöhnliches heutzutage, es gab genügend Frauen, für die jedes Leben besser war als ihr jetziges. Die Gehässigen spannen das weiter und waren sich sicher, er habe sie im Puff der Kleinstadt getroffen, irgendwo musste man ja hin mit seinen Bedürfnissen, sie dort ausgekauft und ihr ein Arrangement zu beiderseitigem Nutzen angeboten: gleiche Arbeit, aber nur ein Kunde.

Die romantischen Gemüter wollten wissen, Bierbaum habe seine Juliane aus den Fängen einer kriminellen Bande befreit, wofür sie so dankbar gewesen sei, dass sie ihm das Ehegelübde gegeben habe. Man war sich nur nicht einig, in welchem Gewerbe diese Bande tätig gewesen war. Drogenschmuggel? Gammelfleisch? Läge ja nahe bei einem Schweinezüchter. Schlepperbande?

Tatsächlich hatte Juliane einen Akzent, der eindeutig osteuropäisch klang, und ihr Aussehen war irgendwie … ja, man musste das doch sagen dürfen: fremdländisch. Auf alle Fälle nicht wie ein Hohenloher Bauernmädchen.

Jede Geschichte zog einen Rattenschwanz neuer Vermutungen nach sich. Wenn zum Beispiel das mit der Gammelfleischbande stimmte, wie hatte Bierbaum dann Juliane kennen gelernt? Womit dann auch klar wäre, weshalb sich Bierbaum plötzlich einen neuen und sehr großen Traktor leisten konnte.

Es war ja alles so aufregend. Einig waren sich indes alle, dass das nicht lange gut gehen konnte.

Bierbaum war klug genug, nie auf die Gerüchte einzugehen. Oder es war ihm schlichtweg egal. Ihm, dem Einzigen, der die Wahrheit wusste, hätte man ja doch nicht geglaubt. Seine Frau hielt sich ohnehin dem Dorfleben fern, soweit es ging.

Irgendwann ließ das Gerede nach, der Alltag hielt genügend andere Themen bereit, über die die Klatschmäuler herziehen konnten.

Auch mir war zu Ohren gekommen, dass es mit der Ehe der Bierbaums nicht zum Besten stand. Na und? Krisen gab es immer, und es kam vor, dass man sich auseinanderlebte, und auch für einen Bauern war heutzutage Scheidung kein Fremdwort mehr. Da konnte nur die Vermögensaufteilung bitter werden, wenn es keinen vernünftigen Ehevertrag gab.

Möglicherweise war das auch bei Bierbaum so, so verbittert, wie er da saß. Er wäre nicht der erste Trottel, bei dem wegen einer späten Liebe der Verstand aussetzte.

Mittlerweile hatte er die Schnapsflasche halb geleert und begann, weinerlich zu werden. »Warum meine Susi?«, jammerte er. »Das hätten sie nicht tun dürfen, das nicht. Sie war doch meine Liebste.«

Betrunkene sind ohnehin schwer zu ertragen, wenn man nicht selbst auch angesäuselt ist, und zum Händchenhalten hatte ich absolut keine Lust. Wahrscheinlich würde er gleich anfangen, sich über seine Frau zu beklagen. Das musste ich mir nicht antun.

Kopfschüttelnd stand ich auf. Es war ja nicht mein Kater, den ich morgen pflegen musste.

Ich sagte: »Bierbaum, irgendetwas gefällt mir an dieser Geschichte nicht. Du weißt mehr, als du sagst. Aber es hat wohl keinen Sinn, jetzt weiter darüber zu reden.«

Er sah mich an und sagte mit erstaunlich klarer Stimme: »Dillinger, es gibt Sachen, in die solltest du dich besser nicht einmischen.«

Ich fuhr noch eine Weile ziellos herum, hing meinen Gedanken nach und hielt die Augen offen. Irgendwo mussten die Schweine doch sein. Eine ganze Herde konnte sich nicht einfach so in Luft auflösen.

Es war schon fast dunkel, als ich mich endlich auf den Heimweg machte. Was in der Ferne rot leuchtete, war allerdings nicht das Abendrot. Dort brannte etwas, und das war nicht bloß ein Kartoffelfeuer.

Zugegeben, es war die reine Neugierde, die mich trieb, was ich natürlich nie zugeben würde. Katastrophentourismus war ja so was von igitt. Aber als ich sah, wohin mich der Feuerschein führte, wurde aus dem Katastrophentourismus Arbeit.

Auf dem Anwesen des Moserbauern am Ortsrand von Obersteinach brannte die Scheune lichterloh. Und die hatte ich versichert. Es kam nicht eben häufig vor, dass ich den Schadensfall, der später auf meinem Schreibtisch landete, live mitverfolgen konnte.

Viele Neugierige hatten sich eingefunden, aber den Moserbauer konnte ich ebenso wenig ausmachen wie seine Frau.

Das erinnerte mich an eine Geschichte, die sich in einem der Dörfer zugetragen hatte.

Dort lebte ein Bauer allein, ein Sonderling, der zu niemandem Kontakt hatte. Er grüßte nicht einmal, wenn man an ihm vorbeiging. Dass es ihm erbärmlich ging, war offensichtlich. Sein Haus war eine Bruchbude und begann, ihm über den Kopf zusammenzufallen.

Dann brach in der Küche ein Brand aus. Ein Nachbar hatte bemerkt, wie der Rauch aus dem Fenster quoll. Der Bauer selbst war auf den Feldern.

In so einem Fall kommt auf dem Land die Freiwillige Feuerwehr. Nun war das mit der Freiwilligen Feuerwehr so eine Sache. Jedes Dorf hatte sie, schon aus Tradition. Allerdings waren in den Dörfern tagsüber nur Alte, Frauen und Kinder zu finden. Die meisten Männer waren auswärts bei der Arbeit. Man konnte realistischerweise davon ausgehen, dass es im Falle eines Falles einige Zeit beanspruchte, bis die Feuerwehrleute aus den umliegenden Dörfern zusammengetrommelt waren. Am Gebäude war dann meist schon nichts mehr zu retten. Der Feuerwehr blieb nichts anderes übrig, als ein Übergreifen des Feuers auf die Nachbarhäuser zu unterbinden.

Diesmal allerdings ging es ganz schnell. Die gesamte Feuerwehr hatte sich im Nachbarort gerade mit ihrer nagelneuen Drehleiter vertraut gemacht und war sofort zur Stelle. Bis der Bauer vom Feld zurückkam, war das Feuer bereits gelöscht. Passiert war nicht viel.

Die Feuerwehrleute trollten sich wieder. Sie hatten noch nicht mal das erste Bier ausgetrunken, mit dem sie ihre Drehleiter feierten, die ihre Bewährungsprobe glänzend bestanden hatte, als sie zu einem weiteren Einsatz gerufen wurden.

Selber Ort, selbe Stelle. Und der Bauer war wieder auf dem Feld.

Spätestens jetzt war klar, was da abging. Im Dorf schüttelte man den Kopf. Wenn man schon einen heißen Abbruch versuchte, sollte man es etwas geschickter anstellen. Aber der Bauer war nicht gerade als Intelligenzbolzen bekannt. Richtigerweise, wie sich jetzt bestätigte. Er war sogar zu blöd, seinen Hof abzufackeln.

Am Tag danach schnitt man ihn in seiner Scheune von einem Balken, das Brandgutachten hatte er gar nicht abgewartet. Seitdem rottete der Hof vor sich hin. Er war an weit entfernte Verwandtschaft gegangen, die es versäumt hatte, das Erbe auszuschlagen. Jetzt hoffte sie wohl darauf, dass irgendwann der Blitz einschlug.

Die Situation jetzt war ähnlich: Es brannte, und der Bauer war nicht da. Allerdings stand der Moserhof gut da, soweit ich wusste. Zumindest sah es nach außen hin so aus.

Fetter, schwarzer Rauch verdunkelte den Himmel. Die Flammen waren bestimmt zwanzig Meter hoch, es regnete Funken, als ob eine Palette von Silvesterraketen auf einmal hochgegangen wäre. Die Hitze war enorm.

Die Feuerwehren aus der ganzen Umgebung waren zusammengezogen worden, aus allen Richtungen blinkten die Blaulichter. Ich stieg über das Gewirr der prallen Schläuche und fragte mich zum Kommandanten durch.

Er stand etwas abseits und verfolgte das Geschehen aufmerksam. »Florian!«, schrie er eine Gruppe junger Leute an einer Spritze an. »Himmelherrgott, ihr müsst tiefer halten, wann kapiert ihr das endlich?«

Ich stellte mich vor.

»Ist eine gute Übung für die jungen Kerle, die so was noch nicht mitgemacht haben«, erklärte er.

»Man muss jeder Situation das Beste abgewinnen.«

»Ihr Fall?«

»Scheint so.«

»Die Scheune ist nicht mehr zu retten, aussichtslos, das Zeug brennt wie Zunder. Wir lassen sie kontrolliert abbrennen und sorgen dafür, dass das Feuer nicht auf die anderen Gebäude übergreift. Am gefährlichsten ist der Funkenflug, aber das haben wir im Griff. Gott sei Dank ist heute kaum Wind, sonst könnte es kritisch werden.«

Ich stellte mich neben ihn, sah zu, wie eine beträchtliche Versicherungssumme in Rauch aufging, und machte mir meine Gedanken.

Die Scheune, die gerade abbrannte, war erst vor ein paar Jahren neu gebaut worden, und der Moserbauer hatte dafür eine bemerkenswert hohe Deckungssumme gewollt.

»Warum das denn?«, hatte ich ihn gefragt. »So viel ist die Scheune doch gar nicht wert.«

»Die Scheune selber nicht. Aber ihr Inhalt.«

»Heu, Stroh und Hafer?«

»Vor allem das Heu. Seitdem es immer weniger Wiesen gibt, kannst du Heu mit Gold aufwiegen. Die Pferdebesitzer reißen mir das aus der Hand. Die anderen Bauern machen aus ihren Wiesen Äcker, ich mache aus meinen Äckern Wiesen. Ein todsicheres Geschäft. Da kann's mir wenigstens nicht das Gemüse verhageln.«

»Und die Nachfrage ist so groß?«

Anton Moser war ein großer, bulliger Mann in den Fünfzigern, der bestimmt zwei Zentner auf die Waage brachte. Er war total begeistert von seiner Geschäftsidee.

»Und ob es da eine Nachfrage gibt! Angeblich gibt es mindestens eine Million Pferde in Deutschland. Und wenn's um Pferde geht, setzt es bei allen aus. Was habe ich mir alles anhören müssen, als ich noch Rinder hatte! Was die futtern, bis ein Kilo Fleisch rauskommt! Die Umweltbelastung! Aber dass so ein Pferd einen Hektar Land braucht, um satt zu werden, darüber redet niemand. Was man da an Gemüse anbauen könnte! Und Pferde sind nicht mal zu was nütze, reines Freizeitvergnügen. Gut, ein paar landen in der Lasagne, aber sonst? Na, mir ist das egal, ich mache mein Geschäft damit.«

Mosers Wiesen waren keine blühenden Landschaften, es waren grüne Äcker mit schnell wachsendem, ergiebigem Gras, in das sich keine Blume verirrte. Viel Material für Heu.

Und jetzt blieb für dieses Jahr vom Pferdefutter nur ein Haufen Asche.

Für Moser hielt sich der Schaden in Grenzen, für die Versicherung, die ich vertrat, war er enorm. Man würde deshalb sehr genau hinschauen. Man? Ich!

Natürlich, Heu konnte sich selbst entzünden, das kam immer mal wieder vor, man konnte aber auch nachhelfen, und wenn man es richtig anstellte und dazuhin noch Glück hatte, war das schwer nachzuweisen.

Aber warum sollte Moser das tun? War die Geschäftsidee doch nicht so todsicher? Man ist ja von Berufs wegen erst einmal misstrauisch.

»Achtung da drüben!«, schrie der Kommandant.

Mit gewaltigem Getöse fiel eine Giebelwand der Scheune in sich zusammen. Wie bei einer Explosion stob ein Funkenregen in die Höhe. Holzteile wurden hochgeschleudert und fielen brennend zu Boden. Aber die Feuerwehrleute mit ihren Spritzen waren gut postiert und hielten sofort drauf.

»Wann kann ich den Gutachter schicken?«, fragte ich.

»Muss wohl sein, oder?«

»Wir reden hier schätzungsweise über eine Million.«

»Morgen. Heute hat das keinen Sinn mehr. Keine Ahnung, wann wir da überhaupt reinkönnen. Für uns wird das eine lange Nacht. Heu und Stroh sind tückisch. Da bleiben viele Glutnester, die sich weiterfressen.«

»Sie halten mich auf dem Laufenden?«

Er nickte. Ich gab ihm meine Karte.

Der Moserbauer war immer noch nicht aufgetaucht.

»Der lässt sich wahrscheinlich in Malle die Sonne auf den Bauch scheinen«, meinte einer der Gaffer. »Der hat die Ernte eingefahren, der hat nichts mehr zu tun.«

»Der Anton hat's richtig gemacht«, sagte ein anderer. »Nur noch Hafer und Heu, nichts anderes mehr.«

»Ich weiß nicht, das geht doch alles in die falsche Richtung. Die Demeters machen das richtig, nicht der Anton. Ich halte ja nichts vom Kuhhörnervergraben und so Zeugs, aber der geschlossene Betriebskreislauf, der muss so sein. Wie wir das von alters her gemacht haben. Die Tiere geben uns Mist und Jauche, mit denen wir unsere Felder düngen können, der Ertrag kommt beiden zugute, uns und den Tieren, und die Tiere machen uns satt.«

»Der Karl hat recht. Diese Monokulturen tun nicht gut. Wir sind doch keine Bauern mehr, bloß noch Ackerbearbeiter.«

»Ich hab schon überlegt, ob ich aufhören soll. Macht keinen Spaß mehr.«

»Der Bergel kauft deine Äcker sofort.«

»Damit der noch größer wird?«

»Anders hast du doch keine Chance. Die Masse bringt's, nur die Masse. Als Kleiner bist du verloren.«

»Da möchte ich dir widersprechen. Qualität, das ist es. Das hebt dich von der Masse ab. Qualität hat ihren Markt.«

»Ja, einen winzig kleinen. Ich hab's ja versucht. Dann kommen die Leute in den Hofladen, rümpfen die Nase und sagen dir, dass es drüben im Supermarkt viel billiger ist. Aber dass das nur Massenware ist, schlechte Qualität, das interessiert sie nicht.«

»Hat ja keiner ahnen können, wohin das alles führt.«

»Hätte man schon. Hat nur keiner nachgedacht. Was haben wir nicht schon alles an Umstellungen hinter uns! Rein in die Milchwirtschaft, raus aus der Milchwirtschaft, weil die Preise ins Bodenlose fallen.«

»Und dann kam die Schweinezucht. Lief gut, bis es dann zu viele Schweine gab und du nichts mehr dafür gekriegt hast.«

»Und jetzt machen wir halt in Gemüse. Was soll's! Ist ja egal, womit man sein Geld verdient.«

»Und was kommt nach dem Gemüse?«

»Dann frisst du nur noch Pillen, und uns Bauern braucht keiner mehr.«

»Doch. Für die Pferde. Wie der Moserbauer.«

»Das ist auch keine sichere Bank. Ein verregneter Sommer, und du bist am Arsch.«

»Siehst du doch hier. Der Hans hat sein Heu bestimmt zu feucht eingefahren. Da nützt auch die beste Belüftung nichts mehr, irgendwann macht's puff.«

»Der Hans soll ja sowieso Probleme gehabt haben, hört man so.«

»Inwiefern?«

»Seine Kunden waren mit dem Heu nicht zufrieden. Schlechte Qualität.«

»Das Turbogras, das er verwendet, taugt ja auch nichts.«

»Erst recht nicht, wenn er's feucht einbringt. Dann kann er's ganz vergessen.«

»Wie schön, wenn dann die Versicherung übernimmt.«

»Das trifft ja keine Armen. Halsabschneider!«

»Erst ziehen sie dir das Geld aus der Tasche, und wenn du wirklich mal einen Schaden hast, dann machen sie Zicken wie eine Betschwester.«

Ich ging von dannen. Empörend, welch bösartige und ganz und gar unzutreffende Meinungen über mein Gewerbe im Umlauf waren. Offenbar hatte mich niemand erkannt. Oder doch? Alles nur üble Gerüchte. Wie vielleicht auch das, was sie über den Moserbauer gesagt hatten. Trotzdem würde ich ihm auf den Zahn fühlen müssen, sobald ich ihn zu fassen bekam.

Ich fuhr am nächsten Morgen in aller Frühe wieder hinaus nach Obersteinach. Ich wollte mich nicht darauf verlassen, dass der Feuerwehrkommandant mich tatsächlich informierte, wenn es etwas Neues gab, und das noch vor der Polizei. Er hatte keinen Grund dafür. Eine Schadensmeldung war Sache des Geschädigten.

Viel war von der Scheune nicht übrig geblieben. Die Grundmauern standen noch, einige verkohlte Balken. Eindeutig Totalschaden.

Die Feuerwehrleute, die herumstanden, sahen übermüdet aus. Ihr Kommandant nicht minder.

»Kurze Nacht gehabt?«, begrüßte ich ihn.

»Ich bin nicht ins Bett gekommen. Meine Leute haben sich abgewechselt, aber ich bleibe in einem solchen Fall lieber vor Ort. Da braucht nur der Wind aufzufrischen, und dann ist die Hölle los. Glücklicherweise war's recht windstill heute Nacht.«

»Schon was vom Moserbauer gehört?«

Er schüttelte den Kopf. »Er ist noch nicht aufgetaucht.«

»Seltsam. Kaum ist der Bauer weg, brennt seine Scheune ab. Da macht man sich schon so seine Gedanken.«

»Dafür kann es eine einfache Erklärung geben. Es gibt da so Gerüchte. Von einem warmen Bett, in das er schlüpfen kann.«

»Und wer ist die Dame?«

»Das wissen die Gerüchte leider nicht.«

»Moser lebt allein, nicht wahr?«

»Seit zwei Jahren, ja. Seine Frau ist bei einem Unfall ums Leben gekommen. Scheußliche Geschichte. Frontal gegen einen Lastwagen, ohne ersichtlichen Grund. Das geht an die Nieren, wenn du jemand rausschneiden musst, den du selber kennst. Zum Glück war der Anton selber unterwegs an dem Tag, sonst wäre er mit im Einsatz gewesen.«

»Und jetzt also eine neue Liebe.«

»Man gönnt's ihm ja. Aber man möchte halt gern wissen, wer es ist.«

»Karl«, rief ihm einer der Feuerwehrleute zu. »Ich denke, wir können jetzt rein.«

Der Kommandant stapfte los, ich stapfte ihm hinterher.

»Sie wollen aber jetzt nicht mit rein?«, fragte er.

»Das war der Plan.«

»Das ist zu gefährlich.«

»Mein Risiko.«

»Ihre Kleider können Sie hinterher wegwerfen. Den Brandgeruch kriegt man nie mehr los.«

»Ist mir bekannt und wurde bei meiner Kleiderauswahl heute morgen berücksichtigt.« Ich trug einen alten Overall und feste Stiefel.

»Sie denken wohl an alles, was?«

»Meistens.«

»Und lassen sich von nichts abhalten, wie?«

»Selten.«

»Setzen Sie wenigstens einen Helm auf. Da kann immer was runterkommen.«

»Im Auto.«

Ich flitzte los und holte ihn.

Er schüttelte den Kopf. »Was man heutzutage als Versicherungsvertreter so alles braucht!«

»Ein Kälberstrick ist auch immer dabei.«

»Wozu das denn?«

»Vielleicht läuft mir eine streunende Kuh über den Weg.«

Er lachte. »Die Rosie! Die ist schlau. Die lässt sich nicht fangen.«

»Dann wird sie eines Tages erschossen.«

»Wäre schade. Das Viech gefällt mir. Die ist so frei und lebt ihr Leben. Muss sich keine Gedanken machen, was sie essen darf und was sie denken soll. Und ist glücklich dabei. Und dafür lieben sie die Leute. Wie viel Follower hat sie schon? Ich glaube, über dreißigtausend. Diese dumme Kuh verkörpert etwas, was wir nicht haben. Die Freiheit nämlich. Was ist nun? Quatschen wir weiter oder gehen wir rein?«

»Sie sind's doch, der philosophische Reden schwingt.«

»Muss auch mal sein.«

»Was machen Sie beruflich?«

»Schreinermeister. Hab meinen eigenen Betrieb.«

»Und sind Sie glücklich?«

»Das ist nun wirklich eine philosophische Frage. Wir gehen jetzt besser rein. Bleiben Sie hinter mir. Und ja keine eigenmächtigen Aktionen!«

Wir stiegen über verkohlte Bretter, über Kabel, die zu Klumpen geschmolzen waren, über Aschehaufen, die einmal Stroh oder Heu gewesen waren. Der Geruch nach Verbranntem war durchdringend. Er würde noch tagelang über der Gegend hängen, wenn kein kräftiger Wind aufkam.

Mir war etwas mulmig zumute. Was von der Dachkonstruktion noch übrig war, sah nicht sehr vertrauenerweckend aus. Ich erinnerte mich an die Bilder, die man von Ground Zero gesehen hatte, als die Zwillingstürme eingestürzt waren. Mich fröstelte.

Der Kommandant schien so unbeeindruckt, als würde er über eine grüne Wiese lustwandeln.

»In diesem Chaos wollen Sie die Brandursache finden?«, fragte ich.

»Wenn wir Glück haben. Am Brandverlauf kann man ungefähr ablesen, wo das Feuer begonnen hat. Und dort schauen wir jetzt mal.«

Ich folgte ihm. Ineinander verkeilte Balken versperrten den Weg. Der Kommandant betrachtete das Gewirr und rüttelte an einem Balken. Erst vorsichtig, dann stärker.

»Der hält!«, sagte er befriedigt.

Wir krochen unter dem Balken durch. Dann hielt er mich auf.

»Vorsichtig jetzt! Hier irgendwo muss der Herd sein.«

Er schaute sich prüfend um und scannte jeden Quadratzentimeter. Ein Grinsen ging über sein Gesicht.

»Wusste ich's doch. Sehen Sie's, dort in der Ecke?«

»Äh … nein.« Was ich sah, war ein Haufen verbranntes Zeugs.

»Diese Klumpen da, das waren einmal Benzinkanister aus Plastik. Da hat in der Tat jemand gezündelt.«

»Und das lesen Sie an diesen Klumpen ab? Ziemlich gewagte Behauptung. Darauf kann ich keinen Bericht stützen.«

»Sollen Sie um Himmels willen auch nicht! Das ist nur eine inoffizielle Einschätzung.«

»Könnte ja auch sein, dass der Moser dort ein paar Benzinkanister gelagert hat.«

»Hier? In dieser Ecke? Nennen Sie's Erfahrung. Ich erkenne einen Brandbeschleuniger, wenn ich ihn sehe. Endgültiges können natürlich nur die Fachleute sagen. Aber was wetten wir, dass ich Recht habe?«

»Die Wette gilt. Ich habe Zugang zu einem erstklassigen Hällischen.«

Er lachte. »Auch so ein verbohrter Gestriger, was? Sie gefallen mir. Aber solchen Zugang habe ich selber, wir leben ja schließlich auf dem Land. Vergessen Sie's! War nur so eine Floskel.«

»Machen wir einen Adressentausch?«

»Ganz bestimmt nicht. Seine Quellen verrät man nur allerbesten Freunden, und dazu zählen Sie nicht, tut mir leid. Näher gehen wir besser nicht, um keine Spuren zu zerstören.«

»Spuren? In dieser Brandruine?«

»Sie ahnen ja nicht, was die Kriminaltechnik heutzutage alles aufdecken kann. Und die muss jetzt auf alle Fälle ran. Ihren eigenen Gutachter können Sie sich sparen. Und jetzt treten wir ganz vorsichtig den Rückzug an und rufen die Polizei.«

Noch einmal prüfte er die Balken, unter denen wir eben durchgekrochen waren, und schaute sich um.

Plötzlich stutzte er. »Moment, was ist denn das?«

Er kletterte über einen Berg verkohltes Irgendwas.

»Ach du Scheiße!«, rief er. »Da liegt einer!«

Ich war elektrisiert. »Wo?«

»Bleiben Sie, wo Sie sind! Eine Brandleiche ist kein schöner Anblick.«

»Ich weiß, ich hatte schon mal das Vergnügen.«

»Wirklich? Als Versicherungsvertreter macht man auch was mit.«

Ich kletterte ihm nach und sah das, was von einem Menschen übrig geblieben war, in der typischen Fechterstellung.

»Ob das der Moserbauer ist?«, fragte der Kommandant mit einem Kloß im Hals.

Es war eine rhetorische Frage, die nur Bangen ausdrückte und keine Antwort erwartete. Erkennen konnte man nichts mehr. Bis auf … Ich beugte mich hinab.

Bis auf die Schnalle eines Gürtels, die einstmals silbern gewesen sein mochte und einen Totenkopf darstellte.

Das bedeutete gar nichts. Ein solcher Gürtel war bestimmt Massenware, kein Unikat. Den konnten auch andere tragen. Der Moserbauer oder sonst wer.

»Ist Ihnen was aufgefallen?«, fragte der Kommandant.

»Ich dachte. War aber nichts.«

Warum die Pferde scheu machen, solange es nichts war als eine vage Vermutung.

»Was, glauben Sie, ist hier passiert?«, fragte ich ihn.

Er wehrte ab. »Darüber kann man nur spekulieren.«

»Dann spekulieren wir doch mal. Könnte es sein, dass sich der Typ zu einem Schläfchen niedergelegt hat und vom Feuer überrascht worden ist?«

»So einen tiefen Schlaf hätte ich auch gern. Ich würde aufwachen, wenn neben mir einer Feuer legt.«

»Wenn das tatsächlich einer getan hat.«

»Da bin ich mir ziemlich sicher. Inoffiziell natürlich.«

»Dann ist das also mit großer Wahrscheinlichkeit die Leiche des Brandstifters.«

Er nickte. »Beim Zündeln muss irgendwas schiefgelaufen sein. Auch Brandstiftung will gelernt sein.«

»Na also, dann sind wir doch schon mal einen großen Schritt weiter.«

Wir suchten uns den Weg hinaus ins Freie. Ich atmete erst einmal tief durch. Frische Luft. Frischer jedenfalls als in der abgebrannten Scheune. Der Brandgeruch war immer noch durchdringend.

Der Kommandant informierte erst seine Leute und dann die Polizei. Einige Schaulustige hatten sich eingestellt. Die Nachricht machte schnell die Runde. Überall sah ich betroffene Gesichter.

»Ist der Moserbauer wieder aufgetaucht?«, fragte ich einen der Umstehenden.

Der schüttelte nur den Kopf. Es war ihm anzusehen, was er dachte. Was jeder dachte.

Ich ging zum Kommandanten. »Sie haben den Moser doch gekannt.«

»Wie man sich halt so kennt. Enge Freunde waren wir nicht.«

»Hatte er Probleme?«

»Das müssten Sie doch besser wissen.«

»Wir sind nicht die Bank, nur die Versicherung. Uns interessiert einzig, ob er seinen Beitrag pünktlich zahlt.«

»Und? Hat er?«

»Er war ziemlich im Rückstand, hat aber dann die gesamte ausstehende Summe auf einmal beglichen.« Ich machte eine Kunstpause. »Letzte Woche.«

Der Kommandant schaute mich an. »Das gibt einem zu denken, oder?«

Ich nickte. »Im Nachhinein schon.«

»Man sagt, in letzter Zeit würde es nicht so gut laufen beim Moserbauer. Aber Genaues weiß ich nicht. Sie wissen ja, die Leute reden viel.«

»Und meistens ist was Wahres dran.«

»Es heißt, die Kunden seien nicht so zufrieden gewesen mit dem, was er als Heu anbietet. Ist halt doch kein richtiges Heu, was er da produziert. Das taugt vielleicht für die Biogasanlage, aber nicht als Pferdefutter.«

»Ulmenblätter. Die wurden früher an die Rinder verfüttert und sollen genauso großen Nährwert haben wie Wiesenheu.«

»Die jungen Blätter kann man sogar als Salat essen. Aber wo findest du heute noch so viele Ulmen? Die sind ja am Aussterben.«

»Halten Sie es für möglich, dass der Moser seine Schcune selber angezündet hat? Oder vielleicht auch hat anzünden lassen?«

Er überlegte. »Eigentlich nicht. Der Moser war schon einer, der manchmal zu spontanen Aktionen neigte. Aber wenn man seine Scheune abfackelt, das macht man doch nicht spontan, oder? Wer weiß, was in seinem Kopf vorging, wenn ihm das Wasser bis zum Hals stand. Dass es so schlimm um ihn stand, hätte ich nicht gedacht.«

»Ist Ihnen etwas aufgefallen? Sie haben von ihm in der Vergangenheitsform geredet. Als ob schon klar wäre, dass es sich bei der Brandleiche um den Moser handelt.«

Er seufzte. »Sie haben recht. Man nimmt immer gleich das Schlimmste an, oder? Hoffen wir, dass es nicht so ist.«

Ein Auto fuhr heran. Der Mann, der ihm entstieg, zündete sich als Erstes eine Pfeife an. Unverkennbar Helmar Haag vom Lokalblatt.

Ich ging zu ihm hin. »Was macht der Chefreporter persönlich hier?«

»Musste mal raus an die frische Luft.«

»Die du mit deiner Pfeife verstänkerst.«

»Die ist nur gegen den Brandgeruch. Und selbst?«

»Beruflich.«

»Kunde von dir?«

»Ja.«

»Erzähl!«

»Gibt nicht viel zu erzählen.« Ich machte eine weit ausholende Geste. »Abgebrannt.«

»Ach! Darauf wäre ich jetzt nicht gekommen.«

»Wahrscheinlich Brandstiftung.«

»Ist das amtlich?«

»Frag den Feuerwehrkommandanten, inwieweit das amtlich ist. Da du schon mal hier bist: Was weißt du von dem Camp mit den Wiesenbesetzern?«

»Ach, das sind so Spinner, die sich ganz nah am Fortschritt wähnen.«

»Wo mein Wähnen Frieden fand …«

»Was?«

»Banause! ›Hier wo mein Wähnen Frieden fand – Wahnfried –, sei dieses Haus von mir benannt.‹ Hat sich Richard Wagner an sein Wohnhaus meißeln lassen.«

»Auch so ein Spinner. Ziemlicher Antisemit, nicht wahr?«

»Pst! Das sagt man nicht laut, damit bringt man die Wagner-Fans in die Bredouille.«

»Tja, dem einen nimmt man's krumm, der andere hat einen Bonus. War halt irgendwie so zeittypisch. Wie kommen wir jetzt eigentlich auf Wagner? Wollen die Haller Freilichtspiele etwa den ›Ring‹ aufführen?«

»Wer weiß? Zuzutrauen ist denen alles.«

Haag schlenderte herum und machte ein paar Fotos. Selbst ist der Chefreporter. Er hatte so ein richtig professionelles Ding um den Hals hängen, eine Spiegelreflex, mit der man auch Filmchen drehen konnte. Vielleicht wandelte sie das dann auch gleich in einen Text um, ich hatte keine Ahnung, wie weit die Technik mittlerweile war.

»Das ist schon traurig, wenn man das hier ansieht«, sagte ich. »Dein ganzes Wähnen endet in einem Haufen Asche. Dein ganzes Leben nur ein Haufen Asche. Im Wert von einer Million.«

»Dich jammert ja nur, dass du die Versicherung auf den Tisch legen musst.«

»Nein, nein. So eine Sache evoziert doch grundsätzliche Fragen.«

»Evoziert?«

»Nämlich: Woher kommen wir? Wohin gehen wir? Wer sind wir? Und wenn ja, wie viele?«

»Hoffentlich nur einer. Zwei von deiner Sorte hält keiner aus.«

Er richtete die Kamera auf mich, drückte den Auslöser und kontrollierte das Bild. »Gott sei Dank nur einer. Aber um deinen Kopf da ... Wenn das kein Heiligenschein ist, dann sind es Ausdünstungen eines kranken Hirns.«

»Der Sinn des Lebens. Darauf kommt es an. Die Frage: Wie kann ich meine Mitte finden?«

»Und? Wo ist deine Mitte?«

»Ich schwanke noch. Zwischen Schweinebraten und Lammkeule.«

Haag schüttelte den Kopf. »Was redest du überhaupt so einen Stuss? Sinn des Lebens?«

»Darüber grüble ich schon lange. Und diese Frage macht sich ganz breit, wenn man vor einer Brandleiche steht.«

»Brandleiche? Teufel noch mal, warum sagst du das nicht gleich? Weiß man schon, wer ... Nein, das war eine dumme Frage. Warten wir's ab. Dein Freund Keller wird's herausfinden. Dazu ist die Kripo schließlich da.«

»Er oder ich. Eher ich als er.«

»Weißt du etwas, das ich auch wissen sollte?«

»Nein, noch nicht. Übrigens, ich war bei diesen Spinnern, denen vom Camp.«

»Haben die was damit zu tun?«

»Weiß ich nicht. Könnten sie? Warum hast du sie als Spinner bezeichnet? Ist doch ehrenwert, wenn man sich für den Schutz der Natur und der Tiere einsetzt.«

Haag nahm einen tiefen Zug aus seiner Pfeife, und ich hörte ein Röcheln und Gurgeln. Er betrachtete seine Pfeife misstrauisch und dann mich vorwurfsvoll. »Das ist deine Schuld, wenn sie schmurgelt. Pfeife rauchen und gleichzeitig reden geht nicht. Spinner deshalb, weil ich den Sinn dieser Aktion nicht verstehe. Die campen da vor sich hin, und keinen interessiert's. Friedliche Leutchen, die mit nichts auf sich aufmerksam machen und niemandem auf die Füße treten. Auch eine Art der Freizeitbeschäftigung. Wahrscheinlich suchen die nur die Lagerfeuerromantik.«

Und gelegentlich eine Rinderherde, die sie davonjagen konnten. Aber mein Herrschaftswissen musste ich der Presse ja nicht auf die Nase binden. In gewisser Weise hatte Haag schon recht: Was waren denn das für Aktivisten, die ihre Aktionen nicht mit stolzgeschwellter Brust in der Öffentlichkeit breittraten? Angst davor, dass sie für den Schaden haftbar gemacht wurden, den sie angerichtet hatten? Vor den strafrechtlichen Folgen?

»Übrigens, Dillinger«, sagte Helmar Haag. »Steht dir nicht.«

»Und ich bin so stolz darauf!«

»Macht dich älter.«

»Das siehst du falsch. Macht mich zeitgemäßer. Du solltest dir's auch überlegen.«

»Meine Frau ist dagegen. Das kratzt, sagt sie.«

»Das darf kein Argument sein, wenn es um die Schönheit geht. Du bist bloß zu faul. So ein Ding musst du natürlich betun.«

»So? Ich dachte, der wächst von selber.«

»Denkste! Du brauchst ein scharfes Messer für die Konturen. Das richtige Shampoo, ein spezielles, natürliches, kein normales. Hinterher einölen. Meines enthält Mandel, Brokkoli und Sanddorn. Die richtige Bürste. Aus Wildschweinborsten. Ich darf das, ich bin ja noch nicht völlig umgestellt. Und immer schön in Wuchsrichtung.«

»Und das alles nur für einen Vollbart? Und nur, weil der gerade in Mode ist? Da rasiere ich mich lieber jeden Morgen. Ganz bequem elektrisch.«

»Das ist wieder mal typisch für dich. Denkst nicht an die Folgen. Für den Elektrorasierer brauchst du ein Windrad allein für dich!«

Ich verabschiedete mich von Haag. Die polizeiliche Routine, die jetzt umständlich anlief, würde mir im Moment keinen Erkenntnisgewinn bringen.

Haag blieb. Er brauchte noch ein paar Fotos. Männer, die sich die weißen Schutzanzüge in den verkohlten Scheunenresten schmutzig machten, hatten ja auch enormen Informationswert.

Vom Moserbauer immer noch keine Spur.

Dagegen hatte ich eine Spur, der ich nachgehen wollte.

»Rosie hat Durst«, sagte Rosie.

Sie lagen in dem Wald bei Jungholzhausen, der Wildgarten hieß, und dösten vor sich hin.

»Wo ist das Problem?« Der Hund hatte seinen Kopf auf die Vorderbeine gelegt. »Gibt doch genügend Bäche hier in der Gegend.«

»Die sind aber weit weg, da muss Rosie viel laufen. Rosie ist das nicht gewohnt. Bisher stand immer ein Fass mit Wasser auf der Weide, das war nicht so weit.«

»Tja, Rosie, Freiheit hat ihren Preis.«

»Rosie weiß nicht, ob sie die Freiheit noch so mag. Freiheit ist anstrengend.«

Der Hund seufzte. »Wohl wahr! Jeden Tag sein Essen suchen müssen ist ätzend. Wenn die Menschen keine Lust dazu haben, gehen sie einfach in ein Restaurant.«

»Rosie weiß nicht, was das ist, ein Restaurant.«

»Da gehen die Menschen hin, wenn sie zu faul zum Kochen sind, und lassen sich ein Essen servieren. Sie müssen nichts dafür tun, das kommt einfach. Und wenn der arme Hund unterm Tisch Glück hat, fällt für ihn auch ein Brocken ab.«

»Dann ist dieses Restaurant wie eine Weide?«

»So ungefähr.«

»Mit einem Wasserfass?«

»Zu trinken gibt es jedenfalls was.«

»Das klingt gut. Rosie und der Herr Hund gehen jetzt in dieses Restaurant. Wo ist das?«

Der Hund gähnte ausgiebig, und wie er so das Maul aufriss und seine Zähne zeigte, wurde es Rosie etwas mulmig zumute.

»Weißt du«, sagte der Hund, »mein vormaliger Herr, dieser alte Geizkragen, ist nicht oft in ein Restaurant gegangen. Ich kenne nur eins, drunten in Braunsbach.«

»Ist das weit?«

»Sehr weit. Ein Tagesmarsch. Mindestens. Vielleicht auch mehr.«

»Oh! Rosie weiß nicht, ob sie das schafft.«

»Du findest unterwegs wenigstens Felder mit deinem Gemüse. Aber ich? Na, vielleicht läuft mir unterwegs ein Hase übern Weg, irgendwo müssen diese verdammten Dinger doch sein. Oder ein Huhn. Ja, ein schönes Huhn, das wär doch was!«

»Der Herr Hund muss sich doch noch an das Gemüse gewöhnen. Das wächst überall.«

»Das wächst auch nicht von allein, du dumme Kuh, dafür muss der Bauer ganz schön schuften.«

»Das geht Rosie nichts an.«

»Klar, Hauptsache, der Tisch ist gedeckt, und der Strom kommt aus der Steckdose.«

»Rosie weiß nicht, wovon der Herr Hund spricht.«

»Ach, vergiss es, das verstehst du sowieso nicht.«

»Rosie muss nicht alles verstehen, Rosie ist nur eine dumme Kuh. Gehen wir jetzt zum Restaurant?«

»Wenn du unbedingt willst. Am besten bleiben wir im Wald, da sind wir sicher.«

»Rosie hat aber Durst. Und Hunger.«

»Du bist vielleicht ein verfressenes Vieh!«

»Rosie ist kein verfressenes Vieh. Rosie hat nur Hunger.«

»Gib einer Kuh was zu fressen, und du kannst alles mit ihr machen.«

Rosie schwieg. Sie hatte gelernt, dass man mit dem Herrn Hund über manches nicht zu diskutieren brauchte, das verstand er einfach nicht. Er war vielleicht doch nicht so klug, wie sie immer gedacht hatte.

Sie waren mittlerweile ein eingespieltes Team. Der Hund schlich zum Waldrand und spähte ins Freie. Irgendwo tuckerte ein Traktor, aber der schien in weiter Ferne. Die Gemüsefelder lagen still und friedlich. Überhaupt war alles still und friedlich. Ganz still. Gespenstisch still. Nirgendwo zwitscherte ein Vogel.

Weil der Hund ein kluger Hund war, vielleicht sogar ein zu kluger, wusste er, woran das lag: Die Vögel waren verschwunden.

Er durchschaute nicht ganz, warum das so war, es war einfach so. Er vermisste das Gezirpe und Geschnatter und Geflatter.

Er bedauerte das zutiefst. Früher hatte er sich, aus reinem Spaß, schon mal den einen oder anderen unvorsichtigen Piepmatz geholt. Ach, was war das für ein sorgloses Leben gewesen! Was hätte er jetzt gegeben für einen Spatz oder einen Kiebitz! Das war ein Appetithappen, nicht mehr, aber besser als gar nichts.

Der Hund nahm Witterung auf. Das roch doch nach … Eindeutig!

»Rosie, die Luft ist rein!«, rief er. »Ich geh schon mal voraus, auf mich wartet ein Hase.«

Ein schöner, saftiger Hase hoffentlich, wohlgenährt von den Früchten, die die Flur so überreich darbot. Ihm lief das Wasser im Maul zusammen, dergestalt, dass er sich fast verschluckte.

Behutsam schlich er weiter. Nein, diesmal versemmelte er's nicht, diesmal nicht!

Rosie trottete gemächlich aus dem Wald. Auch sie hob ihre Nase und schnupperte. Ein Hauch von Wasser lag in der Luft.

Sie brummte zufrieden und ging los. Zertrampelte einige Reihen Fenchel. Zupfte hie und da ein Blättchen, nur um zu sehen, ob es sich lohnte, hernach hierher zurückzukehren. Eher nicht.

Der Geruch nach Wasser wurde intensiver. Sie trabte los, und endlich stand sie an dem kleinen Bach, der sich durch die Felder schlängelte.

Wasser!

Sie beugte sich vor. Mit großen, gierigen Schlucken sog sie das köstliche Nass in sich hinein. Und wenn eine Kuh mal so richtig durstig war, dann rann Liter um Liter durch ihre Kehle.

Und während sie noch so soff, musste sie plötzlich ganz gewaltig rülpsen. Und dann würgte sie und würgte noch einmal und kotzte das ganze Wasser aus, auf das sie sich so gefreut hatte.

Sapperlot, was war das denn? Ihr war ganz durmelig. Sie ließ sich schwer atmend an den Bachrand fallen. In ihrem Innern tobte ein gewaltiger Aufruhr. Sie wollte nach dem

Hund rufen, brachte aber nur ein klägliches Krächzen zustande. Ermattet schloss sie die Augen. Wenn nur der Herr Hund käme!

Sie brauchte nicht lange zu warten.

»Fffau mal, wafff ich habe, Rofffie«, nuschelte er.

Es klang, als ob er mit vollem Mund spräche.

Was er auch tat.

Behutsam legte er seine Beute ab.

»Freu dich mit mir, Rosie! Ein Hase! Ich kann's doch noch! Hiermit hat mein Selbstfindungsprozess zu einem glücklichen Ende geführt. Ich bin wieder der Jagdhund, der ich einmal war. Zugegeben, der Hase ist nicht so groß und fett, wie ich mir das erhofft hatte, eigentlich ist er eher klein und mager. Aber das hätte ich mir eigentlich denken können, es ist ja noch Schonzeit, wie ich als ehemaliger Jagdhund weiß. Glücklicherweise müssen wir uns um solche Dinge nicht kümmern, was, altes Haus? Nun ja, dieses knochige Tier ist eigentlich nur eine Vorspeise, trotzdem werde ich es mir jetzt schmecken lassen. Was ist mit dir, Rosie? Du bist so still.«

Rosie stöhnte. »Rosie ist gar nicht gut, Herr Hund. Rosie ist gottserbärmlich schlecht, Herr Hund.«

»Was machst du denn für Sachen, Rosie? Hast du was Falsches gegessen?«

Rosie stöhnte wieder. Erbarmungswürdig. »Wasser. Bach.«

Der Hund ging zum Bach und schnupperte. Es kam ihm gleich komisch vor. Vorsichtig benetzte er seine Zunge mit dem Wasser. Und spuckte aus.

»Zum Teufel, wie eklig schmeckt das denn! Und davon hast du getrunken?«

Rosie nickte kaum merklich mit dem Kopf.

»Warst wohl zu gierig, was? Rosie, Rosie! Immer erst probieren, bevor man sich den Ranzen vollhaut.«

»Rosie hat immer aus dem Bach getrunken«, sagte die Kuh mit kläglicher Stimme. »Rosie ist noch nie schlecht geworden.«

»Das war früher, Rosie! Heute ist das alles anders. Jetzt mal in Kurzfassung für eine dumme Kuh: Wir müssen viel, viel Gemüse produzieren, viel mehr als früher, weil die Menschen ja kein Fleisch mehr essen sollen, und irgendwas müssen sie ja essen. So weit klar.«

»Rosie mag Gemüse. Wenn es ihr wieder besser geht.« Rosies Stimme war am Ersterben.

»Siehst du! Aber Gemüse wächst nicht alleine. Das heißt, eigentlich schon, aber nicht so viel und nicht so schön, wie es nötig ist. Also muss man düngen. Und deswegen haut der Bauer Kunstdünger drauf, aber volle Kanne! So weit, so gut. Jetzt aber aufgepasst! Jetzt kommt ein Regen, und zack! Wird alles, was auf die Äcker gekippt wird, in die Bäche geschwemmt. Rosie, du hast einen echten Chemiecocktail getrunken.«

Rosie jammerte. »Rosie ist so schlecht!«

»Dieser Sklavenhalter, der sich mein Herr genannt hat, hat auch immer geschimpft deswegen. Diese Umweltvergifter, hat er gesagt. Aber glaubst du, er hat deswegen bio gekauft? Nee, das war ihm zu teuer. Und wenn mal der Kohlrabi ein bisschen kleiner war, hat er sich fürchterlich aufgeregt. Willst du eigentlich immer noch zu diesem Restaurant?«

»Ja. Da gibt es bestimmt sauberes Wasser. Aber erst einmal muss Rosie schlafen. Viel schlafen. Bis es ihr wieder besser geht.«

»Warten wir eben. Dich stört's doch nicht, wenn ich mich derweil an meinem Kaninchen delektiere?«

»Rosie macht sowieso die Augen zu. Totes Fleisch ist eklig.«

Im Camp herrschte träge Beschäftigungslosigkeit. Ein paar Leutchen saßen herum und machten nicht mal den Eindruck, als hätten sie etwas zu tun. Einfach nur da zu sein war offenbar Existenzberechtigung genug. Die tumbe Franzi war nirgends zu entdecken, auch die resolute Oma nicht. Die ich eigentlich gestern mit nach Schwäbisch Hall nehmen wollte, fiel mir ein. Offenbar hatte sie eine andere Mitfahrgelegenheit gefunden.

Ich rätselte ein wenig herum, wie man so ein Camp logistisch am Laufen hielt. Der Pizzaservice kam eher nicht hier hinaus. Und wie war das mit den menschlichen Bedürfnissen? Ein Dixi-Klo oder Ähnliches war nicht zu sehen. Na, das war zum Glück nicht mein Problem.

Bille fand ich in der Hütte. Sie wischte auf einem Tablet herum.

»Ist das politisch korrekt, so ein Ding?«, fragte ich.

»Warum sollte es das nicht sein?«, entgegnete sie, ohne aufzublicken.

»Die ganzen Strahlen, die durch die Luft schwirren. Die Seltenen Erden, die in so einem Ding verbaut werden. Der Elektronikschrott, der nicht recycelt wird und auf irgendwelchen Deponien vor sich hin giftet.«

»Was willst du? Uns wieder mal eine Tierbefreiung unterstellen?«

»Würde ich gerne, kann ich aber nicht. Das Plappermäulchen Franzi ist ja nicht da, wie ich gesehen habe. Woher soll ich jetzt mein Insiderwissen beziehen? Schade, ich hätte sie schon gern noch das eine oder andere gefragt.«

Jetzt sah Bille auf und blickte mich böse an. »Lass die Franzi in Ruhe. Sie ist ein liebes Mädchen. Sie kann nichts dafür, dass sie etwas langsam ist. Wenn du das ausnutzen willst …«

»Ich hatte nicht die Absicht. Nein, ich wollte einfach mal vorbeischauen. Mal gucken, was das romantische Lagerleben so macht. Ich hätte da übrigens mal eine drängende Frage: Wie macht ihr das mitten in der Wildnis mit dem Klo?«

Nun sah sie mich mitleidig an. »Warst du nie mit dem Rucksack unterwegs? In deiner Generation war das doch Pflichtprogramm!«

»Ich habe schon immer bequeme Betten bevorzugt.«

»Und schnelle Autos.«

»Und schöne Frauen. Danke für das Stichwort. Deswegen bin ich eigentlich hier.«

»Was wird das? Schon wieder eine Anmache? Kannst du dir schenken. Wird nichts. Und so plump schon gar nicht.«

»Ach, das ist die Tragik meines Lebens. Immer werde ich verkannt. Meine Anspielung galt deinem Verehrer.«

»Welchem Verehrer?«

»Ich verstehe. Da gibt es viele. Wundert mich nicht. In dem speziellen Fall meinte ich das Milchgesicht von gestern. Christoph.«

»Wie du dich vielleicht erinnern wirst, weil ich dir das gesagt habe, läuft da nichts. Wie komme ich überhaupt dazu, mich vor dir zu rechtfertigen? Mein Leben geht dich nichts an.«

»Wie ich mich erinnere, tät er aber schon gern wollen. Okay, ja, auch diese Schlange ist lang. Ich würde mich ja auch anstellen, wenn sie nicht gar so lang wäre. Vielleicht fällt mir noch ein, wie ich mich vordrängeln kann. Wie wär's denn mit dem Klassiker? Ich lade dich zum Essen ein. Bei mir. Ich koche.«

»Ein romantisches Candlelight-Dinner?«

»Auch das.«

»Bei einem Fleischfresser? Bewahre dir deine Illusionen!«

Mir lag eine schlagfertige Antwort auf der Zunge, doch da kam einer der Typen hereingeschlurft, die ich vorhin beim Zeittotschlagen beobachtet hatte. Er war dünn wie ein Gartenschlauch und hatte die gleiche Spannkraft. Nachdem das Wasser abgestellt worden war.

»Bille, was ist nun mit dieser Aktion in Eschental?«, fragte er mit schleppender Stimme. »Christoph hat gesagt, wir sollen da was vorbereiten.«

»Das besprechen wir später, Joachim«, sagte Bille rasch mit einem Blick auf mich.

»Christoph hat gemeint …«

»Später, Joachim!«, unterbrach sie ihn, und ihr Blick war jetzt mehr als nur warnend.

»Ach so, ja«, sagte Joachim und schlurfte davon.

Endlich hatte er's kapiert. Waren hier nur Menschenkinder mit etwas verzögerter Auffassungsgabe zugange oder war das Zufall?

»Über Christoph wollte ich mit dir reden.«

»Warum über Christoph?«

»Mich interessiert einfach, was jemanden antreibt, sich hier in diesem Camp zu engagieren.«

»Du könntest ja auch mich fragen.«

»Damit du mir das wieder als Anmache auslegst? Nein, bleiben wir besser bei einer dritten Person. Außerdem möchte ich meinen Konkurrenten besser kennenlernen.«

»Er ist nicht dein Konkurrent.«

»Sehe ich genauso. Er hat keine Chance gegen mich. Nie gehabt. Aber kenn sich einer mit den Frauen aus! Nein, im Ernst, dieser Christoph interessiert mich. Woher kommt er beispielsweise?«

»Aus Schwäbisch Hall.«

»Hast du auch seine Adresse?«

»Er hat mich noch nicht zum Abendessen eingeladen.«

»Wie sollte er auch. Der hat bestimmt keine Ahnung vom Kochen, so verhungert, wie der aussieht.«

»Da täuschst du dich. Er ist gelernter Koch.«

»Ach? Veganer Koch?«

Und warum hatte dieser Vollpfosten dann Bille nicht schon längst zum Essen eingeladen, wenn er auf sie stand?

»Nein, er hat traditionell gelernt und ist dann ausgestiegen, als er seine Ernährung umgestellt hat.«

Interessant. Dann wusste er also zumindest, wie man eine Sau fachmännisch zerlegt.

»Und was treibt er jetzt so?«, fragte ich.

Bille zuckte mit den Achseln. »Keine Ahnung. Bei uns muss keiner seinen Lebenslauf vorlegen. Das wäre Gesinnungsschnüffelei. Wer will, der kommt, macht mit und geht wieder, wenn er andere Ambitionen hat.«

»Damit riskiert ihr aber, dass sich bei euch eventuell Freaks oder kriminelle Elemente einschleichen.«

Sie zuckte mit den Achseln. »Vielleicht ist das in deinen Augen naiv, aber wir vertrauen auf das Gute im Menschen.«

»Es ist naiv. Wer kein Fleisch isst, ist nicht per se ein Gutmensch.«

»Und jetzt wirst du gleich sagen, dass Hitler ja auch Vegetarier war und die Nazis viel für Tierschutz, Biokost und Naturheilkunde getan haben und auch die erste Anti-Raucher-Kampagne gestartet haben. Ich kenne diese Argumente, und sie besagen gar nichts.«

»Ich würde die Diskussion gerne vertiefen, ich glaube, wir könnten uns herrlich streiten. Vielleicht doch mal bei einem Abendessen? Im Moment beschäftigt mich Christoph. Wann hast du ihn das letzte Mal gesehen?«

»Wird das jetzt ein Verhör?«

»Yep.«

»Ich muss dir gar nichts sagen.«

»Musst du nicht. Aber dann würde ich in meinem Gedächtnis kramen, und dann würde mir bestimmt wieder einfallen, was die süße Franzi ausgeplaudert hat.«

Bille sprang auf und wurde rot im Gesicht. Wütend zischte sie: »Das ist Erpressung!«

»So ist es«, sagte ich gelassen.

»Warum hackst du immer auf Christoph herum?«

Wie viel sollte ich ihr sagen? Möglichst wenig, entschied ich.

»Könnte sein, dass er in eine etwas unschöne Sache verwickelt ist. Das möchte ich überprüfen.«

»In was?«

»Sag ich dir nicht. Noch nicht. Kann sein, dass nichts dran ist, und ich will keine unbewiesenen Gerüchte verbreiten.«

»Wie rücksichtsvoll!«, ätzte sie.

»Gell? So bin ich eben. Also nochmal: Wie lange war Christoph gestern hier?«

Sie kämpfte mit sich. In ihrem hübschen Kopf trugen verschiedene Loyalitäten einen heftigen Disput aus, und ein paar grundsätzliche Erwägungen erhoben bestimmt auch ihre Stimme. Ich verstand sie. Aber ich konnte ihr nicht helfen.

Schließlich gab sie nach. Nicht mal mit einem schweren Seufzen, einfach so.

»Er ist kurz nach dir gegangen«, sagte sie.

»Wohin?«

»Das weiß ich nicht. Und ich habe auch nicht gefragt. Hier ist keiner irgendwem Rechenschaft schuldig.«

»Und wie organisiert ihr das Camp hier? Damit ihr nicht Gefahr lauft, dass plötzlich keiner da ist?«

»Natürlich werden die Schichten eingeteilt. Christoph hätte eigentlich längst hier sein müssen. Seit einer Stunde ungefähr.«

»Ist er immer so unzuverlässig?«

»Eigentlich nicht. Sicher, es kann immer was dazwischenkommen, aber dann gibt man Bescheid.«

»Was Christoph heute nicht getan hat.«

»Nein.«

»Erzähl mir was von Christoph.«

»Was denn?«

»Wie ist er so? Was mag er? Was mag er nicht? Welche Unterhosen trägt er? Hat er eine gute Verdauung? Was macht er in seiner Freizeit, wenn er nicht für die gute Sache kämpft? Solche Sachen.«

»Eigentlich weiß ich von ihm kaum was.«

»Erzähl mir nichts! Ihr hockt hier zusammen. Ihr unterhaltet euch doch. Oder was macht ihr sonst den ganzen

Tag? Erbsen zählen? Vom veganen Nirwana träumen? Da lernt man sich doch kennen. Erst recht, wenn er dir den Hof macht. Da erzählt man doch von sich, weil man die Auserwählte beeindrucken will. Wenigstens war das zu meiner Zeit so.«

»Wenn es um persönliche Dinge geht, ist Christoph immer sehr zurückhaltend.«

»Und das wundert dich nicht?«

»Warum sollte es? Jeder gibt das preis, was er mag. Ich verrate dir ja auch nicht, um bei deiner abgeschmackten Diktion zu bleiben, welche Unterhosen ich trage.«

»Ich bin ja auch der Feind. Ihr seid Gesinnungsgenossen. Kampfgenossen. Euch verbindet etwas. Da wir gerade bei dem Thema sind: Welche ... Ach nein, lassen wir das. Übrigens, was hast du denn gestern Abend so getrieben?«

»Das geht dich nichts an.«

»Komm schon. Ist ja nur, um dich besser kennen zu lernen. Könnte ja vielleicht ganz hilfreich sein. Wenn du zu mir zum Abendessen kommst. Damit wir Gesprächsthemen haben. Außer Gemüse und Tofu.«

»Wenn du's genau wissen willst: Ich war den ganzen Abend und die ganze Nacht hier im Camp.«

»Was treibt man denn so den ganzen Abend und die ganze Nacht im Camp? Außer dem Üblichen, das ich mir vorstellen kann. Aber dazu ist hier vielleicht zu wenig Privatsphäre. Fernseher habt ihr ja nicht. Lest ihr euch erbauliche Geschichten vor über die Rettung der Welt? Schimpft auf die Fleischfresser? Na, das ist wenigstens ein ergiebiges Thema.«

»Du nervst!«

»Ist meine Spezialität. Ist wahrscheinlich berufsbedingt. Wenn du die ganze Zeit hier warst, hast du bestimmt mitgekriegt, was in Obersteinach war.«

»Den Brand hat man von hier aus gesehen. Da muss ja einiges los gewesen sein.«

»Und das ist jetzt das richtige Stichwort, um auf das ursprüngliche Objekt meines Interesses zurückzukommen. Außer dir natürlich. Christoph.«

Sie war nicht blöd. Sie kapierte sofort. Aber natürlich musste sie den Gedanken erst einmal reflexartig von sich weisen. Waren ja alles Gutmenschen hier im Camp. Konnte gar nicht anders sein, wenn man für eine bessere Welt kämpfte.

Ihre Augen verengten sich. Ich sah, dass es interessante Augen waren. Mokkabraun. Links mit einem Einsprengsel, das ich mir gern aus der Nähe angesehen hätte. Dafür hätte ich sogar beim Küssen ausnahmsweise die Augen offen gelassen. Die Farbe ihres kurzgeschnittenen, verwuschelten Haares korrespondierte perfekt. Ein wunderbares Styling der Natur. Oder des Friseurs? Aber nein, eine vegane Umweltschützerin ließ sich doch nicht die Haare färben, nicht mal mit Naturfarben, garantiert nicht an Tieren getestet.

Sie gab sich redlich empört. »Willst du damit andeuten, dass Christoph etwas damit zu tun hat? Schwachsinn!«

»Will ich das? Interessant, dass du diesen Schluss ziehst. Hat er?«

»Das ist unmöglich!«

»Weil nicht sein kann, was nicht sein darf? Ach Gottchen! Dieser und jener bewahre dir deine heilige Einfalt.«

»Hast du Beweise?«

»Habe ich nicht. Ich suche danach. Ich habe einen Verdacht, mehr nicht.«

»Welchen Verdacht?«

»Es ist mehr so eine Vermutung. Die kann sich auch als völlig haltlos erweisen, deshalb sage ich sie dir nicht. Man muss die Pferde nicht unnötig scheu machen. Deswegen muss ich mich mit deinem Runenfreund unterhalten.«

»Runenfreund?«

»Ist dir sein Gürtel nicht aufgefallen? Der mit dem Totenkopf?«

»Schon. Nicht mein Geschmack. Aber was ist damit?«

Sie schaute mich verständnislos an, und das war nicht gespielt.

»Ach, lassen wir das.«

Vielleicht war es eine Frage des Alters. Oder der Sozialisation. Wo die einen gleich braunen Unrat wittern, sehen die andern nur ein modisches Accessoire. So schnell verlieren Symbole ihre Bedeutung, wenn sie im Bewusstsein nicht mehr allgegenwärtig sind.

Sie gab so überraschend schnell nach, dass ich gleich wieder misstrauisch wurde.

»Ich weiß wirklich kaum etwas über Christoph, und ich habe keine Ahnung, wo er ist.«

»Handy?«

»Ich kann dir die Nummer geben, aber er geht nicht ran.«

Sie gab sie mir. Ich wählte. Sie hatte recht.

»Du glaubst mir wohl nicht.« Es war keine Frage, sondern eine Feststellung.

»Manchmal tauchen Menschen unverhofft wieder auf. Hat dieser Christoph wenigstens einen Nachnamen?«

»Glick. Christoph Glick.«

Wenigstens etwas. Man ist ja manchmal für den kleinsten Erkenntnisgewinn dankbar.

Ich nickte ihr zu. »Wir haben uns nicht zum letzten Mal gesehen. Die Essenseinladung gilt.«

»Was willst du jetzt tun?«

»Was ich am besten kann. Blöd daherquatschen. Dumme Fragen stellen.«

Sie sah mir nach, wie ich in mein Auto stieg. Ich fuhr ganz langsam an. Ein Kavaliersstart, dass der Schotter spritzte, hätte sie sicher nicht beeindruckt.

Ich hatte ihr nicht alles gesagt, was ich wusste, und sie mir gewiss auch nicht. Das war nur ausgleichende Gerechtigkeit.

Die Färbergasse war eine jener Gassen in Schwäbisch Hall, die ein skrupelloses Stadtmarketing wohl als pittoresk verkauft hätte. Nörgelige Kleingeister sahen das wohl etwas anders.

Wäre ich in der einschlägigen Branche tätig, hätte ich die Besitzer zu einigen Aufhübschungen zu überreden versucht und dabei blendende Geschäfte gemacht. Genau besehen, waren etliche der Häuser ziemlich heruntergekommen. Vielleicht als Ausgleich hatte man dem Straßenschild ein zusätzliches »s« spendiert. Färbersgasse.

Ich konnte es niemandem verdenken, der das Risiko einer Sanierung scheute. Die Kosten hatten die Tendenz, steil nach oben zu schnellen. Es war wie eine Operation am offenen Herzen. Da konnte man auch nicht einfach wieder zumachen, weil die Versicherung den Bypass vielleicht nicht bezahlte. Ich wusste das aus eigener Erfahrung von meinem Haus in der Gelbinger Gasse.

Und die Stadt war ja bereit, für allen möglichen Schwachsinn viel Geld auszugeben, damit sich irgendwer ein Denkmal setzen konnte. Nur vergaß sie dabei gern, was eine Stadt ausmachte. Die Touristen kamen nicht wegen ein paar uninspirierter Neubauten, die gab es anderswo spektakulärer. Sie kamen wegen des Flairs. Wegen eines Stadtbildes, das tatsächlich pittoresk war und mit diesem Attribut nicht bloß den schleichenden Verfall kaschierte.

Nicht meine Sorge. Eigentlich. Ich gehörte nicht zu den alteingesessenen Hallern, aber ich lebte jetzt schon so lange hier, dass mir nicht gleichgültig war, was in meiner Stadt geschah. Und mit meiner Stadt.

Ich hatte im Telefonbuch nachgeschaut. Es gab nur einen Christoph Glick, deshalb war es keine detektivische Meisterleistung, die mich hierhergeführt hatte. Allerdings hatten nicht alle Häuser auch Hausnummern, und Namensschilder fehlten auch vielfach an den Türen. Ich versuchte, von den vorhandenen Nummern auf die fehlenden zu schließen, und gab schnell auf. Ich durchschaute das System nicht.

In der Imbissbude gleich oberhalb der Treppe, die von der Mauerstraße hinaufführte, zuckte man mit den Schultern. Die Hausnummer war nicht bekannt und ein Christoph Glick auch nicht.

Ratlos stand ich da und versuchte mir auszumalen, wozu einst die kleine Brücke gedient haben mochte, die die enge Gasse überspannte.

Aus einem der Häuschen trat eine Frau mittleren Alters. Ich schilderte ihr mein Problem. Sie nickte wissend und deutete auf ein Haus, das überhaupt nicht auf meiner Liste möglicher Kandidaten gestanden hatte.

»Ziemlich kompliziert hier, was?«, sagte ich.

Sie zuckte mit den Schultern. »Die Einheimischen wissen Bescheid.«

Nun war ich ja auch so was wie ein Einheimischer, aber wohl nicht einheimisch genug. Zumindest nicht in dieser Ecke.

»Ich suche einen Christoph Glick.«

»Sagt mir jetzt nichts.«

»In den Dreißigern. Hat dunkle Haare und trägt sie ziemlich gegelt.«

»Da ist er nicht der Einzige. Wissen Sie, hier gibt es viele Wechsel.«

»Er soll hier wohnen.«

»Dann klingeln Sie halt.«

Das war doch mal eine gute Idee. Dass ich da nicht selber drauf gekommen war! Nur dass mir schlecht jemand öffnen konnte, der als Brandleiche in einer gewesenen Scheune in Obersteinach lag. Bloß wollte ich ihr das nicht sagen, bevor ich völlig sicher war, dass er das tatsächlich war. Ich hatte auf nachbarlichen Tratsch gehofft, aber den gab es offensichtlich nicht. Was war nur mit dieser Stadt los, wenn man sich nicht mal mehr auf die neugierigen Augen der Nachbarn verlassen konnte?

Ich nickte ihr zu. »Werd ich tun, danke.«

Sie ging ihrer Wege und drehte sich nicht nach mir um. Trotzdem drückte ich der Form halber auf die Klingel. Natürlich öffnete niemand.

Ich besah mir das Türschloss und machte mich bereit für eine kleine Straftat, die man gemeinhin Einbruch nennt. Skrupel hatte ich keine. Dem Mann mit dem Totenkopfgürtel tat es nicht mehr weh, und ich bekam wertvolle Hinweise, die zur Aufklärung der ruchlosen Tat führen konnten. Sollte eigentlich im Sinne des gegelten Christoph sein, wenn er mir von irgendwo dort oben zusah. Natürlich konnte ich auch Kommissar Keller Informationen aus der Nase ziehen, aber das war nur der halbe Spaß.

Ich hatte durchaus einige Fertigkeiten, was das Knacken von Schlössern betraf. Aber dieses Schloss, das sah ich gleich, brachte mich an meine Grenzen. Zumindest am helllichten Tag, wenn mir jeder dabei zuschauen konnte, wie ich mich abmühte.

So ein Schloss, das war doch schon mal verdächtig, oder? Aber dann sah ich, dass solche Schlösser hier üblich waren. Ich war sauer. Ich hasste es, wenn meine schönen Theorien an der Realität zerbrachen.

Und nun? Ich konnte ja schlecht den Schlüsseldienst rufen. Und der Mensch, dem ich meine Fertigkeiten verdankte, war längst nicht mehr in der Stadt. Wahrscheinlich hatten sie ihn zu einem Erholungsurlaub in den Knast geschickt.

Ich kämpfte mit mir. War ich nun ein gesetzestreuer Staatsbürger oder sollte ich noch mal kommen, wenn es dunkel war?

Die Vernunft siegte. Ich wählte Kellers Handynummer.

Er hatte meine Nummer erkannt und bellte. »Was willst du? Du hältst mich von der Arbeit ab!«

»Arbeit? Du stehst ja eh bloß rum, bis die Spusi fertig ist.«

»Woher willst du wissen, wo ich bin?«

»Es wird Zeit, mein Freund, dass auch du, gerade du meine überragenden kriminalistischen Fähigkeiten würdigst, die auch dir, gerade dir zu wichtigen Erkenntnissen verhelfen können.«

»Red keinen Stuss!«

»Habt ihr die Brandleiche schon identifiziert?«

»Der Ausweis war leider nicht mehr lesbar. Woher weißt du …? Ach ja, dein Freund von der Zeitung war hier.«

»Was habe ich gerade gesagt? Haben Sie nicht aufgepasst, Schüler Keller? Zur Strafe schreiben Sie hundertmal: ›Ich möchte nach Waiblingen versetzt werden.‹«

»Leck mich!«

Tja, so ist das mit der guten Kinderstube. Der eine hat sie, der andere nicht.

»Möglicherweise habe ich einige sachdienliche Hinweise, was die Identität des Toten betrifft«, sagte ich.

»Rede!«

Ich erzählte ihm von dem Gürtel und dem Mann, an dem ich ihn gesehen hatte.

»Der Typ wohnt hier in Hall in der Färbergasse.«

»Und wie ich dich kenne, stehst du jetzt in seiner Wohnung und zertrampelst alle Spuren.«

»Was du nur von mir denkst! Ich habe brav geklingelt und warte immer noch darauf, dass jemand aufmacht.«

»Mit anderen Worten, du hast das Schloss nicht knacken können.«

»Ich habe es liebevoll angeguckt, und es hat sehr verschlossen zurückgeguckt. Nur so als kleiner Hinweis, dass ihr einen Fachmann mitbringen müsst. Du musst zugeben, dass auch dieser Hinweis viel Zeit erspart. Ein Punkt für mich. Und der zweite kommt sogleich. Das Haus ist schwer zu finden. Ich zeig's euch. Dafür darf ich mit in die Wohnung.«

»Du weißt, dass das nicht geht.«

»Ach komm!«

»Erst recht nicht, wenn die Kollegen aus Aalen mitmischen.«

»Du könntest mich als Praktikanten ausgeben.«

»Vergiss es!«

»Das hat man nun davon, wenn man seiner staatsbürgerlichen Pflicht nachkommt. Man erntet nur Undank.«

»Tja, das Leben ist ungerecht.«

»Darf ich dich daran erinnern, dass du mir einen Teil von Bierbaums Susi zu verdanken hast? Das ist ein Erpressungsversuch, falls du es nicht gemerkt hast.«

»Du kann mich mal am Abend besuchen. Um die Wohnung kümmern wir uns später. Und du hältst dich raus.«

Im Keller'schen Sprachkosmos hieß das ungefähr: Danke, lieber Dillinger, für die wertvollen Hinweise, ohne die wir nicht weitergekommen wären, und die Susi, die kannst du dir sonst wo hinstecken.

Er war ja gar nicht so.

Und jetzt? Musste ich dringend meinen knurrenden Magen befriedigen. Doch zuvor hatte ich noch etwas zu erledigen.

Ich war zum vorgeschriebenen regelmäßigen Check beim Arzt meines Vertrauens. Bei seinen Fähigkeiten als Mediziner hatte ich meine Zweifel, aber als Hobbykoch war er eine Koryphäe. Seine Lammkeule war überirdisch. Er hatte nie verraten, wie er sie würzte und was er sonst noch mit ihr anstellte, der Schuft.

Diese Checks waren überaus lästig, man konnte sie nur stoisch über sich ergehen lassen und an etwas anderes denken. Ich dachte darüber nach, wo sich Bierbaums Schweine wohl befinden mochten.

Als der Herr Doktor die Ergebnisse kontrollierte, machte er ein bedenkliches Gesicht.

»Nun spuck's schon aus«, sagte ich. »Ist es so schlimm?«

Er nickte.

»Ich habe es geahnt. Aber ich nehme es wie ein Mann. Also?«

»Die ungeschminkte Wahrheit?«

»Die ganze schreckliche Wahrheit.«

Er holte tief Luft. Ich wollte kein Arzt sein. Immer diese Horrornachrichten verkünden zu müssen, das musste einen doch fertig machen.

»Tja, Dillinger, du musst der Tatsache leider ins Auge sehen. Du bist hochgradig süchtig.«

»Kein Zweifel möglich?«

»Nicht der geringste.«

»Vielleicht ist der eine oder andere Messwert falsch. Soll ja vorkommen. Ich würde es dir nicht übel nehmen, die falsche Aufregung verkrafte ich schon.«

»Alles gegengecheckt. Mehrmals.«

»So hat eben jeder sein Kreuz zu tragen.«

»Sei ehrlich zu dir, Dillinger, du weißt es doch selbst. Keines der Ersatzprodukte hat angeschlagen.«

»Nicht mal das Tofuschnitzel Jägerinnen Art!«

»Daran siehst du, wie schlimm es um dich steht.«

»Ob wir eine Therapie versuchen sollten? Vielleicht mit Seitan?«

»Sinnlos. Das wäre nur Geldverschwendung. Vor allem, weil es am unbedingten Willen des Patienten zur nachhaltigen Verhaltensänderung fehlt. Du musst mit deiner Sucht leben.«

»Ich werde damit zurechtkommen.«

»Wenigstens stehst du dazu. Ich kenne auch andere Fälle. Dieses permanente schlechte Gewissen, weil sie davon nicht loskommen. Das macht sie fertig.«

»Dann bekomme ich jetzt also mein Fleisch auf Krankenschein?«

»Dillinger, du weißt, so weit sind wir noch nicht. Die Gier nach Fleisch ist noch nicht allgemein als Krankheit anerkannt.«

»Das ist doch ungerecht. Jeder Junkie kriegt sein Methadon, aber ich keinen Schweinebraten.«

»Das Leben ist kein Ponyhof.«

»Wieso Ponyhof?«

»Sagt man doch so.«

»Kein Wunschkonzert.«

»Kein Lutscher.«

»Schlotzer.«

»Pralinenschachtel.«

»Lammkeule.«

»Dillinger, falls es dich tröstet: Du bist wenigstens einer der wenigen Patienten ohne Mangelerscheinungen.«

»Ausgewogene Ernährung eben. Auch Gemüse und so, klar, aber nicht nur.«

»Was ich da alles erlebe! Vitamin-B12-Mangel, Calcium-Mangel, Jod-Mangel, Vitamin-D-Mangel. Die ganze Palette. Wenn die Leute regelmäßig ihre Pillen nehmen würden, wäre alles halb so schlimm. Tun sie aber nicht.«

»Kann ich verstehen. Wer auf der Neuen Deutschen Welle mitsurft, ist doch überzeugt, dass er sich gesund ernährt. Der will sich nicht mit Chemie vollstopfen.«

»Einen Tod musst du sterben. Die Leute wollen es einfach nicht wahrhaben. Das Teuflische daran ist ja, dass du einen Mangel an Vitamin B12 vielleicht erst nach fünf, vielleicht erst nach zehn Jahren bemerkst. Der Körper bildet ein Depot. Aber wenn das leer ist, dann gute Nacht, Marie. Ganz wörtlich genommen. Die Luft ist raus, wenn du als Mann verstehst, was ich meine.«

»Oh!«

»Ja.«

»Bist du dir sicher?«

»Ich bin Arzt.«

»Also nicht. Was kann man dagegen tun?«

»Fleisch essen. B12 kommt nur in tierischen Produkten vor.«

»Was verpönt ist.«

»Vielleicht sogar bald ganz verboten, wer weiß. Die dunkle Seite der Macht ist stark.«

»Also muss ich Pillen schlucken, um meinen B12-Mangel auszugleichen. Oder die Er-steht-wieder-Pille.«

»Oder beides, nur zur Sicherheit. Und wer produziert die schönen Pillen?«

»Dumme Frage. Die Industrie natürlich. Pharma, Chemie, was weiß ich.«

»Dillinger, allmählich kapierst du es, woher der Wind weht.«

»Das haben wir verpasst. Wir hätten in Fabriken investieren sollen, die diese Nahrungsergänzungsmittel herstellen. Ein gigantischer Markt.«

»Dillinger, du bist ein Träumer. Der Markt war vorher schon da. Der kommt jetzt nur gewaltig in Schwung. Das sind doch die Gleichen, die Pestizide herstellen und Düngemittel und Saatgut und Fertiggerichte und was weiß ich noch. Würde mich nicht wundern, wenn die hinter der Wende stecken. Ein Wahnsinnsbedarf. Die reiben sich natürlich die Hände. Ich mir auch. Ich habe ein paar Aktien gekauft.«

»Verräter! Kollaborateur! Wendegewinnler!«

»Ich muss meine Rechnungen bezahlen. Da wir gerade beim Thema sind und um auf dein Problem zurückzukommen: Ich habe noch ein paar schöne Stücke vom Hällischen Landschwein in der Tiefkühltruhe.«

»Dein Preis?«

Die Zahl, die er mir nannte, ließ mich den Kopf schütteln. »Dafür kriegst du die Sachen nie los. Völlig überteuert.«

»Hör mal, das ist erstklassige Ware!«

»Könnte sein, dass es auf dem Markt bald ein Überangebot gibt, und damit fallen die Preise. Es ist eine ganze Herde verschwunden, beim Bierbaum drüben in Zottishofen. Zwölf Muttersauen und vierundzwanzig Jungschweine. Wer weiß, wo die gerade verwurstet werden.«

»Eine Sauerei! Diese Tierbefreiungsaktionen werden allmählich zur Plage. Die ruinieren noch den ganzen Schwarzmarkt.«

Nachdenklich kratzte ich mich an der Manneszierde, die auf meinen Wangen spross. Das war in der Tat ein interessanter Aspekt. Damit ließe sich vielleicht arbeiten.

»Ich glaube nicht, dass das eine normale Tierbefreiungsaktion war«, sagte ich.

»Sondern?«

»Weiß ich noch nicht. Aber die gekreuzigte Sau passt nicht ins Bild. Die Befreier wollen doch die Tiere genau davor bewahren, dass sie geschlachtet werden.«

»Gekreuzigte Sau?« Er sah mich erstaunt an.

Ich erzählte.

Er kratzte sich an seinem schlecht rasierten Kinn. »Das ist in der Tat eigenartig. Vielleicht wollten die Tierbefreier eine falsche Spur legen? Um von sich abzulenken? Was die da treiben, ist immerhin strafbar.«

»Schon. Aber doch nicht so was! Die einzige Rechtfertigung, die sie haben, ist ja moralischer Natur. Und sie würden jegliche Unterstützung ihrer Gesinnungsgenossen verlieren, wenn sie eine Sau abschlachten.«

»Vielleicht hatten die Täter genau das im Sinn. Die Tierbefreier moralisch zu diskreditieren. Dann wären sie auf der anderen Seite zu suchen. Bei den unverbesserlichen Fleischfressern. Bei Leuten wie uns. Und wieder einmal wäre bewiesen, wie widerlich wir sind. Möglicherweise wollten aber auch die Veggies genau diesen Eindruck erreichen.«

»Das wäre aber schon arg zynisch!«

»Wenn's um den rechten Glauben geht, sind manche Menschen skrupellos.«

»Du verwirrst mich.« Ich setzte noch eins drauf: »Wie wäre es denn, wenn Bierbaum das alles nur inszeniert hat? Wenn er sich selber die Schweine geklaut hat?«

»Was hätte er davon?«

»Einen satten Nebenverdienst, an allen Kontrollen und am Finanzamt vorbei.«

»Damit schneidet er sich doch ins eigene Fleisch. Er muss seine Zucht neu aufbauen. Das dauert.«

»Gar nicht so lang. Eine Sau ist etwa drei Monate trächtig, und nach sechs Monaten sind die Ferkel schlachtreif. Das hält man schon durch, wenn man vorher kräftig abgesahnt hat. Und er hat die Kontingentierung durch die Hintertür unterlaufen. Der Bestand muss ja gewahrt bleiben, das ist Vorschrift.«

Der Herr Doktor schüttelte den Kopf. »Mann, Mann, Mann! Wie auch immer, diese Sache kostet die Versicherung doch sicherlich ein Schweinegeld.«

»Und ob! Da geht's um richtig viel Geld. Schweine sind eine gute Kapitalanlage heutzutage.«

»Siehst du! Und Bierbaum kassiert doppelt. Erst durch den Verkauf des Fleisches, dann durch die Versicherung. Der muss gar nichts durchstehen, der reibt sich vergnügt die Hände. Bist du auf diesen Gedanken nicht auch schon gekommen?«

»Doch.«

»Siehst du! Meine Rede. Geh immer dem Geld nach. Da wir gerade beim Thema sind … Du weißt, dass du den Suchtcheck selbst bezahlen musst. Aber ich bin ja kein Unmensch, wir können darüber reden. Ein schönes Rinderfilet würde mir ganz gut passen.«

»Ich werde mal meine Kontakte spielen lassen. Was du über Bierbaum zum Thema doppelt kassieren gesagt hast, das muss man ihm erst mal beweisen können!«

»Dein Job. Apropos, um auf den ursprünglichen Sinn deines Besuches zurückzukommen: Bei welchem Wert bist du denn aktuell?«

»Woher soll ich das wissen?«

»Freie Selbsteinschätzung. Aber nicht geschönt bitte!«

»Vielleicht achtundvierzig Prozent?«

»Na also, das wird doch.«

»Und selber?«

»Frag nicht! Ich muss mich opfern. Das ganze eingefrorene Fleisch verdirbt sonst noch. Dann trage ich das mal so ein in deinen Gesundheitspass.«

»Gestern habe ich meinen Wert drastisch verbessert.«

»Was gab's denn?«

»Spaghetti aglio e olio.«

»Das ist doch alles wunderbar vegan! Spaghetti, Knoblauch, Öl, Petersilie.«

»Die Chili nicht zu vergessen.«

»Auch rein pflanzlich.«

»Aber ich habe Parmesan drübergetan.«

»Au weh! Tja, das sind so die Rückfälle.«

»Aber höchstens zwei Prozent.«

»Was im Umkehrschluss bedeutet …«

»Ich war gestern Abend zu achtundneunzig Prozent vegan!«

»Brav, mein Lieber, weiter so! Du hast eine Belohnung verdient. Komm heute Abend zu mir. Es gibt meine legendäre Lammkeule.«

»Saudumm! Du weißt ja, immer. Aber ich fürchte, ich muss heute noch arbeiten.«

»Du hast einen Scheißberuf, weißt du das? Andere riskieren ihre Ehe für meine Lammkeule.«

»Ich habe es nur mit einer Leiche zu tun.«

»Ja dann! Das entschuldigt alles. Übrigens, wenn ihr mal knapp an Pathologen seid, ich würde gern mal wieder schnippeln.«

Er verwechselte da was. Darauf hatte ich keinen Einfluss, und das war gut so. Mein Doc am Seziertisch? Das würde ich nicht mal einer Leiche zumuten. Nur einer Lammkeule.

In Schwäbisch Hall musste niemand verhungern. Die Innenstadt war eine einzige Fressmeile. Jeder, der in der Lage war, eine Packung Fertigfutter unfallfrei zu öffnen, fühlte sich bemüßigt, gleich die nächste Fressbude zu eröffnen. Bald hatte wahrscheinlich auch jede Brillenkette ihren Lunch im Angebot. Tofuröllchen aus dem südamerikanischen Regenwald passten ja auch bestens zu Billigbrillengestellen aus China.

Das Erschütternde war: Die Buden florierten. Das war dieses Ding mit Angebot und Nachfrage. Was in diesem Fall hieß: Je billiger das Angebot, desto größer die Nachfrage. Wenn die Kunden rechneten, kämen sie schnell darauf, dass zu solchen Preisen kein Lebensmittel in einigermaßen guter Qualität, zu einigermaßen vernünftigen Bedingungen produziert werden konnte.

Doch niemand rechnete, alle futterten. Hauptsache preiswert.

Imbissbude reihte sich an Café an Imbissbude, und trotzdem waren wir ein Volk, das ständig dem Tod durch Verhungern und Verdursten ins Auge sah. Kaum jemand, der nicht etwas in Händen hielt, an dem er knabberte oder nuckelte. Man sollte mal den Doktor Freud befragen, wie das noch mal mit der oralen Phase ist. Schnullerersatz.

Kaffee to go! Ging's noch unsinnlicher? Was war das doch für ein Genuss, in einem Café zu hocken, seinen Kaffee zu schlürfen, mit den Nachbarn zu quatschen, die Leute beobachten. Und wenn es nur ein schneller Kaffee war, die paar Minuten Auszeit musste man sich doch gönnen.

Heutzutage aß und trank man im Gehen. Keiner nahm sich mehr die Zeit, ein Essen zu genießen. Nun ja, bei den veganen Snacks verstand ich das durchaus. Nur möglichst schnell runter damit.

Der Spätsommer bäumte sich noch einmal auf. Der Wetterbericht hatte einen Wetterumschwung mit Temperatursturz angedroht, und tatsächlich zogen bereits ein paar Wolken auf. Aber man musste ja nicht alles glauben, was in der Zeitung stand. Vorerst war es noch schön, und wer konnte, suchte die vielleicht letzten Sonnenstrahlen dieses Sommers zu erhaschen.

Draußen war kein freier Platz mehr zu finden, nicht in den Restaurants, nicht in den Cafés, nicht in den Eisdielen. Die Imbissbuden hatten sowieso nur wenige Sitzplätze, das gehörte zum Geschäftsprinzip.

Wie ich so durch die Stadt schlenderte auf der Suche nach etwas nicht nur Essbarem, sondern auch Wohlschmeckendem, drängte sich mir ein furchtbarer Eindruck auf: Ganz Schwäbisch Hall war von den Veganern besetzt. Ganz Schwäbisch Hall? Nein, es gab sie noch, die Unbeugsamen, die trotzig Widerstand leisteten.

Eiligen Schrittes marschierte ich zur Bäuerlichen Erzeugergemeinschaft in der Markthalle und bestellte mir einen deftigen Schweinebraten mit Spätzle. Das war ja keine Befriedigung niederer Gelüste, sondern nur Arterhalt. Insofern musste ich kein schlechtes Gewissen haben. Ich tat ja was Gutes. Und mein Suchtfaktor ging mir … na ja, vorbei eben.

Ich saß vor meinem Schweinebraten im Kreis der anderen Verfemten, die wir uns durch ein unsichtbares Band verbunden fühlten, und zwang mich, nicht an den Totenkopfmann, an Bierbaum oder Moser zu denken. Ich wollte mich jetzt nur auf mein Essen konzentrieren.

Der Zustand einer Gesellschaft bemisst sich an seinen Genießern. Und da stand es schlecht um uns. Das war schon immer so gewesen. Jetzt war es nur noch schlimmer.

Es war ja nur ein Schweinebraten. Kein Hummer, kein Kaviar, keine Austern. Es braucht ja gar nicht viel, um einen Feinschmecker glücklich zu machen. Nur ein gutes, ehrliches Produkt und die Gewissheit, dass ein Lebewesen nicht hat leiden müssen. Vom Feld auf den Tisch.

Der letzte Bissen Braten, die letzte Gabel Spätzle. Gerade, dass ich nicht laut schmatzte.

Zufrieden wischte ich mir den Mund ab, als mein Telefon summte. Keller.

Gutes Timing. Ich nahm ab und wollte ihm einen dummen Spruch reindrücken, aber ich kam nicht dazu. Er brüllte so laut, dass man es bis nach Crailsheim hören musste.

»Was war das für eine Aktion, Dillinger? Haben sie dir ins Hirn geschissen? Ich steh mit der ganzen Mannschaft vor der Tür, und wer macht auf? Deine Brandleiche! Quicklebendig! Kannst du dir vorstellen, wie ich mir vorkam? Wie der letzte Idiot! Und das bloß wegen so einer hirnverbrannten Furzidee von dir!«

Ich hatte die Kornhausscheuer fluchtartig verlassen und mich in eine Ecke des Vorplatzes verzogen.

»Ich habe nicht behauptet, dass er's ist«, verteidigte ich mich. »Ich habe nur gesagt, dass es eine Möglichkeit wäre. Bist du dir sicher, dass er tatsächlich Christoph Glick ist?«

»Er sah sich ähnlich. Mehr kannst du von einem Passfoto, das acht Jahre alt ist, nicht erwarten.«

Keller hatte sich wieder beruhigt. Wahrscheinlich war er gar nicht auf hundertachtzig gewesen, sondern hatte mich nur ärgern wollen.

»Und der Gürtel?«, fragte ich.

»Hat er im Internet gekauft.«

»Was sagt er zu diesen angedeuteten Runen?«

Keller seufzte. »Dillinger, das ist die Generation, die mit diesen Symbolen nichts anzufangen weiß. Für die ist das nur Dekoration. Es sei denn, einer ist bei den Neonazis.«

»Ist er?«

»Nach bisherigen Erkenntnissen nicht.«

»Wo war er gestern Abend?«

»Das ist irrelevant, Dillinger. Du wirst es nicht glauben, ich habe trotzdem gefragt. Er war bei seiner Freundin in Crailsheim.«

»Hast du das überprüft?«

»Warum sollte ich? Wir haben ausgeschlossen, dass er die Brandleiche ist, weiter ist der Mann nicht von Interesse für uns. Dass er den gleichen Gürtel trägt wie die Leiche, ist bis zum Beweis des Gegenteils Zufall. Er jedenfalls sagt, dass er niemanden kennt, der den gleichen Gürtel hat.«

»Glaubst du ihm?«

»Muss ich wohl. Bis auf weiteres. Wir werden uns natürlich von diesem Internethändler die Kundenliste beschaffen, aber wenn er sie nicht freiwillig rausrückt, muss der Rechtsstaat in Aktion treten, und das kann dauern.«

»Wenn dieser Christoph nicht die Brandleiche ist, wer dann?«

»Hast du nicht noch ein paar Kandidaten zur Auswahl, Dillinger? Ich fahre gern den ganzen Landkreis ab wegen deiner Hirngespinste, hab ja sonst nichts zu tun!«

»Doch Moser?«

»Müssen wir abwarten. Wir haben in seinem Haus Vergleichsproben genommen, die sind jetzt im Labor.«

»Dann werde ich jetzt mal mit unserem Freund Christoph ein paar Takte reden. Mich interessieren da noch ein paar andere Sachen. Er war bei seiner Freundin, hast du gesagt?«

»Vorsicht, Dillinger, immer schön korrekt bleiben: der Mann, der im Camp als Christoph Glick bekannt ist.«

»Du hast also auch den Verdacht, dass da etwas nicht stimmt?«

»Nein. Ich wollte nur deiner Paranoia neue Nahrung geben.«

Ich klingelte lang an Christophs Haus, aber niemand öffnete. Er musste gleich nach Kellers Besuch weggegangen sein. War das nun normal oder verdächtig? Oder meine Paranoia, wie das Keller genannt hatte? Aber dass ein nicht alltäglicher Gürtel hier gleich zweimal auftauchte, in unmittelbarer Nachbarschaft gewissermaßen – konnte das Zufall sein?

Ich wollte zu gern mehr über diesen Christoph wissen. Erneut besah ich mir das Schloss. Wenn ich genug Zeit hätte, müsste ich es eigentlich schaffen. Des Nachts, wenn die Stadt menschenleer war und nur ein paar funzelige Straßenlampen mein schändliches Tun verraten konnten.

Rosie war zwar noch etwas wacklig auf den Beinen, hatte sich von dem vergifteten Bachwasser aber halbwegs wieder erholt. Sie konnte nicht ahnen, dass schon die nächste Katastrophe auf sie zurollte. Im wahrsten Sinn des Wortes.

»Herr Hund, wir können gehen«, sagte sie.

»Nach Braunsbach?«

Rosie brummte zustimmend. »Der Herr Hund kennt den Weg?«

»Natürlich kenne ich den Weg. Ich bin schließlich ein Hund. Ich muss nur einmal Witterung aufnehmen, und dann zack!«

Er schnupperte. Wenn ihn nicht alles täuschte, und in solchen Sachen täuschte er sich nie, lag ein schwacher Hauch von geschmortem Huhn in der Luft. Dort musste es sein.

Sie gingen los, Rosie gemächlich, wie es ihre Art war, hie und da an dem Gemüse zupfend, das auf dem Weg lag. Der Hund sprang herum. Er rannte weit voraus, legte zwischendurch einen Spurt ein und trabte dann zu Rosie zurück.

Ein Satz fiel ihm ein: Hier bin ich Hund, hier darf ich's sein. Er wusste nicht, was das zu bedeuten hatte, aber es gefiel ihm.

»Das ist die Freiheit!«, rief er Rosie zu und wälzte sich übermütig in einem Feld Gelber Trotzkopf.

Das war eine alte Kopfsalatsorte, die ein experimentierfreudiger Bauer versuchshalber wieder angebaut hatte.

Es sollte bei diesem einen Versuch bleiben. War nicht schlecht, dieser Salat, sah gut aus und war zart im Geschmack. Aber gegen die modernen Turbosorten kam er nicht an. Wuchs zu langsam, hatte einen zu kleinen Kopf, wenngleich der schön kompakt war. Da dachte der Verbraucher ja, er bekäme nichts für sein Geld. Außerdem war er nicht kompatibel mit einem Vollernter. Er zerfledderte. Und Salat von Hand schneiden? Das konnte sich kein Bauer mehr leisten, der wirtschaftlich dachte.

»Weißt du«, sagte der Hund, »bei diesem Mensch, der sich mein Herr nannte, musste ich die meiste Zeit im Zimmer herumliegen. Ab und zu ging's mal raus, damit ich mein Geschäft verrichten konnte. Aber nie weit, das war dem Herrn zu anstrengend. Und fast immer an der Leine. Ist das ein Hundeleben? Es ist ein beschissenes Hundeleben. Das ist Tierquälerei, sag ich dir!«

»Aha«, brummte Rosie, das Maul voller Gelber Trotzkopf.

»Ein Hund muss springen können und herumtoben. Wenigstens so einer wie ich. Stattdessen heißt es immer ›sitz‹ und ›bei Fuß‹. Mein Gott, am liebsten hätte ich ihn in selbigen gebissen! Da hast du einmal was Interessantes erschnuppert, aber nein, du darfst dieser Spur nicht folgen, gleich wirst du mit dem Halsband gewürgt. Und dann läuft dir mal eine interessante Dame übern Weg, weißt du, eine, die so wahnsinnig gut riecht, aber nichts ist mit dem Trieb, du wirst nur weggezerrt. Nein, ich gehe nie wieder zurück in dieses Gefängnis. Lieber laufe ich bis nach Timbuktu.«

»Timbuktu?«, fragte Rosie.

»Das ist irgendwo hinter Braunsbach.«

»Dann sind wir also auf dem richtigen Weg?«

»Natürlich sind wir das.«

So war es allerdings nicht.

Der Hund hatte völlig die Orientierung verloren, ohne dass er sich dessen bewusst war. Das kam davon, wenn man die schönsten Wege immer nur auf dem Rücksitz eines Autos zurücklegen durfte.

Sie gingen dahin, von keiner Menschenseele gestört. Niemand, der ihnen schreiend hinterherrannte oder gar auf sie schoss. Es war, als ob alle Welt sich darauf geeinigt hätte, die beiden in Frieden ziehen zu lassen.

So war es allerdings nicht.

Bei Hans Jechtinger in Jungholzhausen hatte sich ein halbes Dutzend Bauern versammelt und machte Rosies Besitzer die Hölle heiß.

Sie legten ihm eine Liste vor mit den Schäden, die Rosie bisher angerichtet hatte. Niedergetrampelt, abgefressen, vollgeschissen. Es war eine lange Liste.

Hätte sich jemand die Mühe gemacht, aus dieser Liste ein Bewegungsprofil zu erstellen, hätte er die verblüffende Erkenntnis gewonnen, dass sich Rosie nahezu mit Schallgeschwindigkeit kreuz und quer durch die Lande bewegte. Sie flog praktisch. Nicht nur eine Problemkuh, auch eine Wunderkuh.

Es gab schon einen unter ihnen, der sich über den großen Appetit der Kuh ausgerechnet auf den Feldern der Nachbarn wunderte, bis ihm dämmerte, dass der Ehrliche doch meistens der Dumme war. Aber jetzt war es schon zu spät, die eigene Liste zu korrigieren. Nun ja, noch war Rosie nicht eingefangen, es gab noch reichlich Gelegenheit, sie seinen Feldern noch etliche Besuche abstatten zu lassen.

So konnte es nicht weitergehen, machten sie dem Jechtinger klar. Und Jechtinger, der darauf gebaut hatte, dass seine Rosie irgendwann schon wieder vor der Haustür stehen würde, abgezehrt wahrscheinlich, musste einsehen, dass er was unternehmen musste.

Das mit dem ausgezehrt stimmte offensichtlich schon mal nicht, nach der Liste zu urteilen. Also packte er einen

Kälberstrick und, für alle Fälle, sein Jagdgewehr ins Auto und machte sich auf die Suche.

Davon wussten Rosie und der Hund nichts. Sie gingen weiter dahin, bis Rosie irgendwann schnaufend stehen blieb. Der Hund war schon weit voraus.

»Herr Hund!«, rief Rosie.

Aber der Hund reagierte nicht.

»Herr Hund!«, rief Rosie abermals, nun etwas lauter.

Nichts.

Ob der Herr Hund sie wohl im Stich gelassen hatte, überlegte Rosie.

Dem war jedoch nicht so. Der Hund hatte nur alles um sich herum vergessen. Es gab so viele aufregende Düfte, dass er ganz kirre wurde. Er roch Wildschwein und Reh und Hase und Amsel und vieles, was er gar nicht einordnen konnte. Mannomann, war die Freiheit aufregend! Er wusste überhaupt nicht, welche Spur er zuerst verfolgen sollte.

Irgendwann wurde er gewahr, dass er Rosie verloren hatte. Wo war die dumme Kuh bloß? Hatte wohl geglaubt, sie wüsste eine Abkürzung. Dabei war er es doch, der ehemalige Jagdhund, der der Fährtensucher war!

»Rosie, wo bist du?«, rief er.

Aus weiter Ferne kam ein Muhen.

Er trabte los, bis er schließlich Rosie entdeckte, die sich in einem Feld Rosenkohl niedergelassen hatte.

»Was ist mit dir, Rosie?«, fragte er.

»Herr Hund, wann sind wir endlich da?«

»Du wirst doch nicht schlappmachen wollen?«

»Rosie ist so weite Wege nicht gewohnt.«

»Was gibt es denn Schöneres, als durch die freie Natur zu streifen? Die grenzenlose Weite?«

»Rosie war mit ihrer Weide zufrieden. Mehr braucht sie nicht.«

»Du bist degeneriert, das ist es. Die Bisons wandern auch weit.«

»Rosie weiß nicht, was degeneriert ist. Und was Bisons sind.«

»Egal. Jetzt lupf mal deinen dicken Hintern, und weiter geht's!«

Bei dem Wort »Hintern« hatte der Hund plötzlich eine obszöne Assoziation. Er sah einen schönen, saftigen Schinken vor sich. Hinterschinken.

Ächzend erhob sich Rosie und marschierte weiter.

Sie bewegten sich in einer Welt des vollkommenen Friedens. Die paar übrig gebliebenen Vögel zwitscherten, Schmetterlinge tänzelten, Grashüpfer sangen, Bienen sammelten. So stellte man sich die Idylle vor. Die reinste Landlust.

Doch die Idylle kann sehr schnell vorbei sein.

Ein Summen und Zirpen hob an, und durch die Luft sauste etwas auf Rosie zu.

»Rosie, duck dich!«, rief der Hund noch, aber es war schon zu spät.

Das Etwas verfing sich in Rosies rechtem Horn und ratterte und schnatterte. Rosie schüttelte und schüttelte sich und geriet in Panik und rannte davon und schüttelte sich noch mehr, bis das Etwas sich endlich befreit hatte und davonflog. Nein, es flog eigentlich nicht, es taumelte ziellos umher wie eine wildgewordene Hummel. Es zog einen Schwall Nebel hinter sich her.

Jetzt konnte Rosie erkennen, dass sich auf dem Etwas acht Rotoren drehten. Die Stangen, an denen sie befestigt waren, sahen allerdings merkwürdig verdreht aus.

»Mann, Rosie!«, rief der Hund. »Du hast eine Drohne gerammt!«

»Aha. Eine Drohne.«

»Beobachtet die Felder, bringt Pestizide und Dünger aus und so. Ganz heißes Ding! Da möchte man schon mal kurz Mensch sein, um so ein Gerät fliegen zu dürfen.«

»Was der Herr Hund alles weiß!«, staunte Rosie.

»Na ja, so ein bisschen Bildung kriegt ein wohlerzogener Hund schon mit«, sagte der Hund bescheiden. »Vor allem, wenn er jeden Abend dösend vor dem Fernseher verbringen muss.«

Was Rosie und der Hund nicht wussten: Der Unfall hatte Folgen.

Etlichen Gemüseessern ging es einige Zeit später arg dreckig. Sie übergaben sich, hatten Durchfall, manche einen Kreislaufkollaps. Im Krankenhaus vermutete man schon das Richtige, aber die Quelle war nicht eindeutig auszumachen.

Auch ein Biobauer, dessen Felder in der Nähe lagen, kam in ziemliche Bedrängnis. Bei einer Routinekontrolle wurden in seinen Produkten Pestizidrückstände in enormer Dosis gefunden. Er schwor Stein und Bein, dass er damit nichts zu tun habe, aber man glaubte ihm nicht. Die Zahlen waren eindeutig.

Er vermutete den Racheakt eines Nachbarn, mit dem er seit langem über Kreuz war. Der konnte selbstredend nicht zugeben, dass er die Kontrolle über seine Drohne und anschließend das Gerät selbst verloren hatte. Der Streit eskalierte, und zwar dergestalt, dass … Aber das ist eine andere Geschichte.

Die Drohne übrigens hatte eine torkelnde Irrfahrt hinter sich, wobei sie weiter fleißig ihr Gift versprühte. In dem Waldstück, das den Einheimischen als Stechberg bekannt war, am Hang des Jagsttals, verfing sie sich schließlich im Wipfel einer Fichte. Sie rotierte noch kurze Zeit hilflos vor sich hin, dann war ihr Akku leer.

Es war ein verhältnismäßig junger Baum, gerade mal fünfzig Jahre alt. Es sollten weitere fünfzig Jahre vergehen, bis schließlich ein Harvester die Fichte packte, absägte, entastete und in Stücke schnitt. Das verformte Blech, das dabei zu Boden fiel, wurde von niemandem beachtet und von dem sechzig Tonnen schweren Gerät plattgewalzt. Dabei platzte der Tank der Drohne und gab das restliche Gift frei.

Das machte aber auch nichts aus. Die Experten gingen ohnehin davon aus, dass der von Harvestern verdichtete

Waldboden hundert Jahre zur Regeneration benötigte. Was war dagegen schon das bisschen Pestizid.

Ich war ja durchaus guten Willens und zu neuen kulinarischen Erfahrungen stets bereit. Ich schreckte vor nichts zurück. Was hatte ich nicht alles schon probiert! Froschschenkel und Seeigel, Stierhoden und Schafsaugen. Sogar Brokkoli. Und auch an Schlangen und gebratenem Hund hätte ich mich versucht, wenn es denn in unseren Breiten so etwas gäbe. Ich scheute weder Kosten noch Mühen für ein gutes Essen. Ich hatte einen Lammrücken mit abgeflämmtem Heu umwickelt, vakuumverpackt bei exakt 58 Grad fünfzehn Minuten im Wasserbad gegart und bei der gleichen Temperatur noch einmal fünfzehn Minuten im Ofen ruhen lassen, bevor ich ihn von beiden Seiten eine Minute scharf anbriet. Auch mein Huhn, das sechs Stunden bei 62 Grad im Ofen schmorte, war legendär.

Aber mit dem veganen Kochen stand ich seit jeher auf Kriegsfuß.

Gut, über Kürbisravioli, Falafel mit scharfer Sauce oder Kichererbsencurry lasse ich mit mir reden. Aber Selleriebraten? Cornflakes-Schnitzel? Eine Sauce ohne gute, selbstgemachte Hühnerbrühe? Mit Hafersahne? Spinat hat in Maultaschen ja einen gewissen Sinn, doch sonst …

Und überhaupt: Da stehst du den ganzen Tag in der Küche, und was kommt am Ende heraus? Doch nur Gemüse, Körner und irgend so ein Seitan-Glibber.

Ich war noch nicht so recht angekommen in der neuen veganen Welt. Das lag natürlich nur an mangelnder Erfahrung, keinesfalls an mangelndem Willen. Aber überhaupt nicht.

Es gab jemanden, der mit der Neuen Deutschen Küche sicher keine Probleme hatte. Sonja hatte ihre vegane Phase schon hinter sich. Ich hatte davon nur mitbekommen, dass sie rohkostkauend im Büro saß und sich heftig bemühte, dabei glücklich und zufrieden auszusehen.

Auch jetzt saßen wir wieder im Büro und arbeiteten den Papierkram ab. Das heißt, Sonja arbeitete, ich schaute interessiert zu und quasselte. Ich mag es, wenn andere arbeiten. Den Anblick kann ich stundenlang aushalten. Besonders, wenn es um Papierkram geht.

»Jetzt steh nicht rum und quatsch dummes Zeug«, sagte Sonja. »Hilf mir lieber.«

»Niemand kann das so gut wie du, mein Schatz. In unserem partnerschaftlich getragenen Büro wird jeder gemäß seinen besonderen Fähigkeiten eingesetzt.«

»Red keinen Stuss! Du willst dich nur drücken. Wie üblich.«

»Eine haltlose Unterstellung. Böswillig. Ich muss sowieso gleich weg, lohnt sich also gar nicht, mit irgendetwas anzufangen. Außerdem nimmt mich ein Problem so in Beschlag, dass ich mich auf nichts anderes konzentrieren kann.«

»Und das wäre? Effizienzsteigerung in unserem Büro unter Berücksichtigung der Tatsache, dass es nur eine vollwertige Arbeitskraft gibt?«

»Ich kann nicht kochen.«

»Bist du krank? Seit wann stellst du dein Licht so unter den Scheffel?«

»Richtig kochen schon. Aber nicht dieses vegane Zeugs.«

»Man kann sich einarbeiten.«

»Ach, Sonja, ich bin dir ja so dankbar, dass du das sagst! Ich sehe, du verstehst mich.«

»Überhaupt nicht.«

»Warum muss man denn das Rad zweimal erfinden? Gut, ja, beim zweiten Mal könnten sich hie und da kleine Verbesserungen ergeben, aber es ist doch weitaus ökonomischer, wenn man sich zunächst auf den reichen Erfahrungsschatz anderer stützt und sich hernach ganz leidenschaftslos darum kümmert, wie man … und so weiter.«

»Wenn du so herumeierst, willst du was.«

»Nicht viel. Nur eine Kleinigkeit. Ein Klacks. Für dich zumal. Machst du mit links.«

»Wenn du jetzt auf meine besonderen Fähigkeiten als Papierkramfachfrau anspielst …«

»Überhaupt nicht! Immer werde ich verkannt!«

»Und besonders von den Frauen. Ja, die Leier kenne ich. Jetzt red oder scheiß Buchstaben.«

Das klang genervt. Sonja begab sich normalerweise nicht auf ein solches verbales Niveau.

»Sonja, du musst mir beibringen, wie man vegan kocht. Wenn das nicht emotional zu sehr belastet ist.«

Extensive Neufindungsphasen gingen bei Sonja meist einher mit Veränderungen im Privatleben. Ich wusste gar nicht mehr, wer seinerzeit die vegane Glückliche gewesen war, jedenfalls war sie von der indischen Phase nebst einhergehender neuer Liebe abgelöst worden.

»Komm, Dillinger, das musst du doch noch wissen, das war die Swantje«, sagte Sonja.

»Auch eine deiner unglücklichen Lieben.«

»Nix Liebe. Nix unglücklich. Das war von vornherein nichts Ernstes. Wir wollten Spaß, und wir hatten Spaß. War ein süßes Mädchen, die Swantje. Ist jetzt übrigens verheiratet und hat zwei Töchter.«

Ich erinnerte mich wieder. Groß, kräftig gebaut, ständig wechselnde Haarfarbe. Aber süß? Da gab es unterschiedliche Sichtweisen. Naturgemäß sozusagen.

»Einverstanden«, sagte Sonja. »Wir müssen uns nur noch über den Preis unterhalten. Abgerechnet wird in Papierkramerledigungseinheiten.«

»In Abhängigkeit vom Geschmack.«

»Das ist kein objektives Kriterium.«

»Für mich schon. Entweder mir schmeckt's, oder mir schmeckt's nicht. Basta.«

»Ich sehe schon, das wird heftige Diskussionen geben. Ich freue mich drauf. Also gut, morgen Abend Kochkurs bei mir.«

»Wird Birnur auch dabei sein?«, fragte ich betont beiläufig.

»Was denkst du denn?«, antwortete sie betont beiläufig.

Es war ja nicht so, dass ich Birnur nicht mochte, im Gegenteil, und das machte die Sache so schwierig. Wir waren uns mal … nun ja, nähergekommen. Bevor sie und Sonja ein Paar wurden. Es war nur eine Nacht gewesen, damals, als ich in den Fall mit den aus dem Ruder gelaufenen Windrädern verwickelt war. Wir rührten nicht an dem Thema, aber es stand unausgesprochen zwischen uns. Sonja hatte damit kein Problem, ich schon. Und Birnur? Das wusste ich nicht.

»Birnur wird übrigens kochen«, sagte Sonja.

»Kann die das überhaupt?«

»Sie stürzt sich mit Leidenschaft darauf.«

»Mit Leidenschaft, so.«

Das zu hören, erleichterte mich ungemein. Der Kelch war an mir vorbeigegangen. Ich und eine leidenschaftliche Veganerin? Das wäre nicht gut gegangen. Dass sich so manche Träume nicht erfüllten, hatte bisweilen auch sein Gutes.

Bei Sonja allerdings schien sich die Begeisterung in Grenzen zu halten, und das sagte ich ihr auch.

»Ich hatte meine vegane Phase«, meinte sie nur.

»Du meinst, manchen Unsinn muss man mal durchgemacht haben, aber man muss ihn nicht unbedingt wiederholen?«

»Ich hätte es etwas dezenter ausgedrückt.«

»Und warum machst du dann mit?«

Sonja seufzte. »Was macht man nicht alles aus Liebe.«

»Selbstaufopferung ist keine gute Grundlage für die Liebe. Kompromisse ja. Also zum Beispiel einmal in der Woche ein wundervoller Schmorbraten. Aber keine Selbstaufopferung.«

»Belehr du mich über die Liebe. Gerade du!«

Unmöglich, diese Frau. Ich mochte es gar nicht, wenn man mich mit Argumenten mundtot machte, denen ich nichts entgegenzuhalten hatte.

»Apropos«, sagte Sonja, »wenn ich das richtig sehe, sieht es in der Beziehung bei dir gerade wieder zappenduster aus.«

»Ganz im Gegenteil. Ich bin ein zufriedener Single, der sich in seinem Leben gut eingerichtet hat. Niemand, mit dem ich mich arrangieren muss. Niemand, der dauernd an mir herumnörgelt. Ich bin frei und unabhängig und darf essen, was ich will. Zum Beispiel auch mal einen Schmorbraten.«

»Mir kannst du nichts vormachen! Du wartest doch nur drauf, dass dir die Märchenprinzessin über den Weg läuft. Du bist ein Romantiker, Dillinger!«

»Merkt bloß keiner. Nicht mal ich selbst.«

»Ich schon. Die feinen Antennen einer Frau.«

»Nur leider bist du die falsche Frau. Oder sollte sich daran etwas geändert haben?«

»Nein, und das ist gut so.«

»Wenn doch, gib mir Bescheid. Ich warte. Wann heiratet ihr übrigens, du und Birnur?«

»Ganz schlechtes Thema, Dillinger!«

»Ich weiß, an der Frage ist deine letzte Beziehung zerbrochen. Trauerst du der kleinen Miriam noch nach?«

»Nein, tu ich nicht. Und das ging nicht deshalb auseinander, weil … Ach, das geht dich überhaupt nichts an. Kümmere dich um deinen eigenen Kram!«

»In Ordnung. Ich fahr mal raus zu den Wiesenbesetzern. Vielleicht wartet da die Märchenprinzessin auf mich.«

Sibylle Breiteich war zwar nicht gerade das, was ich mir unter einer Märchenprinzessin vorstellte, schon deshalb nicht, weil sie Hyperveganerin war, aber vielleicht musste ich meine Vorstellungen etwas anpassen. Von wegen Romantiker! Ich war Realist. Pragmatiker.

»In Form des wieder auferstandenen Totenkopfmannes?«, fragte Sonja.

Natürlich hatte ich sie informiert, sie musste schließlich den Papierkram erledigen. Nur von Bille hatte ich nichts erzählt. Warum auch? Versicherungstechnisch gesehen spielte sie keine Rolle.

»Irgendwas stimmt mit diesem Christoph nicht«, sagte ich, »aber keiner rückt mit der Sprache raus. Ich habe übrigens eine Idee. Ich habe ja dort einen schweren Stand, die kennen mich. Aber dich nicht. Wie wär's denn, wenn du dich unters protestierende Volk mischst und dich ein wenig umhörst?«

»Vergiss es, Dillinger. Für Camping konnte ich mich noch nie erwärmen.«

»Man trifft interessante Leute dort. Es gibt auch hübsche Frauen.«

»Wenn ich eine hübsche Frau treffen will, gehe ich nach Hause. Und diese hübsche Frau zu Hause wäre bestimmt nicht begeistert, wenn ich mich für andere hübsche Frauen interessiere.«

»Aber gucken wirst du doch noch dürfen? Ein bisschen quatschen?«

»Definitiv nein, Dillinger, ich geh da nicht hin. Wenn du ein Schlammbad nehmen willst, ist das deine Sache. Das Wetter soll umschlagen.«

»Siehst du nicht die Enttäuschung, die sich in meinem Gesicht breitmacht?«

»Mit der kann ich leben.«

Ich schüttelte bekümmert den Kopf. »Es sind doch immer die Frauen, die einen Mann in den Wahnsinn treiben.«

»Ist das so? Dann solltest du was unternehmen. Gibt's dort im Camp nicht auch hübsche Männer?«

Rosie und der Hund hatten sich bei Jungholzhausen in einem Maisfeld niedergelassen. Der Hund klopfte unschlüssig mit dem Schwanz auf den Boden. Er stand vor einer schicksalsschweren Entscheidung und wusste nicht, ob er sich trauen sollte. Seine Überlegung war die: Wenn ich mich in den Ort schleiche, besteht die Chance, dass ich auf ein freilaufendes Huhn treffe oder wenigstens auf eine langsame Katze. Das wäre gut für die Verdauung, aber schlecht, wenn ich dabei von einem Menschen ertappt würde. Womöglich von einem, der ein Gewehr dabeihat.

Sie lagen am Rande des Maisfelds in strategisch günstiger Position. Sie selbst konnten nicht gesehen werden, hatten aber einen guten Überblick, wenn sie durch die Maisreihen linsten.

Sie hörten zwei Männer miteinander reden. Laut. Sehr laut. Noch lauter.

Es war ihnen egal, solange die Männer nicht Jagd auf sie machten. Und das hatten sie offenbar nicht vor. Sie waren mit sich selbst beschäftigt.

Der Hund schloss die Augen und stellte die Ohren auf Durchzug. Jetzt konnte er sowieso nicht ins Dorf. Dann konnte er die Zeit auch nutzen für ein Nickerchen.

Ein Schuss fiel.

Der Hund sprang auf.

»Hast du das gehört, Rosie?«, fragte er aufgeregt.

Rosie blieb liegen, wie sie war, und kaute bedächtig. Mais schmeckte ihr nicht, aber sie hatte noch genügend Vorrat im Magen.

»Ja. Rosie kennt das. Das sind die Jäger. Rosie hat das oft gehört. Jede Nacht.«

»Jetzt ist aber Tag.«

»Ah so.«

»Hast du das gesehen?«, fragte der Hund.

»Ganz genau.«

»Hast du den erkannt?«

»Nein. Rosie hat den noch nie gesehen.«

Nun war es so, dass Rosie, wie jede Kuh, ein großes Sehfeld hatte, 340 Grad. Das heißt, sie sah praktisch alles um sich herum, ohne den Kopf drehen zu müssen. Bis auf den Kerl, der sie möglicherweise am Schwanz zog. Allerdings war sie enorm kurzsichtig. Was in weiterer Entfernung war, sah sie nur verschwommen. Sie kannte das nicht anders. Bisher war noch keiner auf die Idee gekommen, einer Kuh eine Brille zu verpassen. So einfach war das. Was man nicht kennt, vermisst man auch nicht.

Ähnlich war es um den Hund bestellt. Sehvermögen: grottenschlecht. Nase: Mannomann! Er nahm Witterung auf. Dieses Lebewesen kannte er nicht. Und einen Geruch, einen schlechten zumal, vergisst ein Hund nie. Nie.

Ein Auto fuhr weg.

Jetzt war die Luft rein. Aber der Hund hatte schon keine Lust mehr. Das freilaufende Huhn hatte noch einmal Glück gehabt.

Ich fuhr nicht direkt zum Camp, sondern machte den Schlenker über Obersteinach. Sinnend stand ich vor den Überresten von Mosers Scheune. Es gab keine Brandwache mehr und auch keine neugierigen Nachbarn. Nur verkohlte Balken und ein durchdringender Brandgeruch. Ein kräftiger Regen würde ihn wegspülen. Ich sah in den Himmel. Es sah nicht danach aus. Nur ein paar harmlose Wolken.

Ohne große Hoffnung klingelte ich an Mosers Haus. Niemand machte auf.

Nachdem Christoph Glick putzmunter in Schwäbisch Hall aufgetaucht war, war es wohl doch so, dass der Moserbauer beim Zündeln Mist gebaut hatte. Auch Brandstiftung will gelernt sein, und mancher bekommt keine zweite Chance.

Ein Auto fuhr auf den Hof und bremste so heftig, dass der Kies spritzte. Ein Mann stürzte heraus.

Moser.

Ich wusste nicht, wie man seinen Gesichtsausdruck beschreiben sollte. Ungläubig. Am Boden zerstört. Fassungslos.

Er deutete mit zitternden Fingern auf die Ruine und stotterte: »Was ist da denn passiert?«

Es war eine rhetorische Frage. Wollte er wirklich eine Antwort?

Ich gab sie ihm: »Pommerland ist abgebrannt.«

»Das sehe ich selber!«, fuhr er mich an.

»Warum fragen Sie dann?«

Zugegeben, das war nicht besonders feinfühlig gegenüber einem Mann, der im Wortsinne vor den Ruinen seiner Existenz stand. Aber ich befand mich auch in einem emotionalen Ausnahmezustand. Ich war erleichtert, dass er lebendig vor mir stand. Und gleichzeitig konnte ich nicht vergessen, dass dort in der Scheune eine Leiche gelegen hatte. Christoph Glick war es nicht und Moser auch nicht – wer dann? Und wenn nicht Moser das Feuer gelegt hatte – wer dann?

»Mensch, Moser!«, sagte ich. »Wo haben Sie denn die ganze Zeit gesteckt? Wir haben uns alle Sorgen gemacht!«

»Die Versicherung wird doch zahlen?«

Es war verständlich, dass das seine erste Sorge war. Ich ging nicht darauf ein, sondern fragte abermals: »Wo waren Sie?«

»Das geht Sie nichts an.«

»Oh doch! Man nennt so was ein Alibi.«

»Alibi?«

»Das ist, wenn man wissen will, wo jemand zu einer bestimmten Zeit war. Und wie er das beweisen kann.«

Wütend blaffte er mich an: »Verdammt, ich weiß, was ein Alibi ist. Aber warum wollen Sie ausgerechnet von mir ein Alibi?«

»Wie's aussieht, hat da jemand gezündelt.«

Er war ja nicht dumm. Er kapierte sofort. »Wollen Sie damit andeuten, ich hätte das Feuer selbst gelegt?«

»Sie wären nicht der Erste, der sich für einen heißen Abbruch erwärmt.«

»Ich? Eine nagelneue Scheune? Dillinger, Sie spinnen!«

»Das lässt sich schnell herausfinden. Das ist diese Sache mit dem Alibi.«

»Dillinger, Sie nerven!«

»Gewöhnen Sie sich schon mal daran. Die Polizei wird Ihnen diese Frage auch stellen. Nicht nur wegen der Brandstiftung. In Ihrer Scheune wurde auch eine Leiche gefunden.«

Ihm klappte wahrhaft die Kinnlade herab.

»Jetzt brauche ich erst mal einen Schnaps«, stöhnte er.

Wir gingen ins Haus, und mit zitternden Händen goss er sich ein.

»Weiß man schon, wer es ist?«, fragte er.

»Nein.«

»Und es ist sicher, dass es Brandstiftung war?«

»Ja.«

»Es könnte doch auch ein Penner gewesen sein, der sich eingeschlichen hat und mit der Zigarette eingeschlafen ist und …«

»Wie viele Penner kennen Sie hier in der Gegend?«

Er schwieg.

»Wo waren Sie, Herr Moser?«, fragte ich erneut.

Er gab sich einen Ruck. »Weg. Kurzurlaub am Bodensee.«

»Allein?«

Er zögerte. »Mit einer Bekannten.«

»Hat die Bekannte auch einen Namen?«

»Für Sie nicht. Die Dame ist verheiratet.«

»Das war dummerweise der falsche Zeitpunkt für ein romantisches Abenteuer. Sie brauchen ein Alibi.«

»Wir waren in einem Hotel. Dort hat man uns gesehen. Ich kann Ihnen die Rechnung zeigen.«

»Die Polizei wird das interessieren. Und noch einiges mehr. Zum Beispiel, ob Sie ununterbrochen gesehen worden sind. Es ist kein Problem, geschwind vom Bodensee hierherzubrausen, die Scheune anzuzünden und danach wieder zurückzufahren.«

Er stöhnte. »Verdammt noch mal, warum sollte ich das tun?«

»Wie man hört, soll es Ihnen wirtschaftlich nicht so gut gehen. Sie waren ja auch mit den Raten für die Versicherung im Rückstand.«

»Dumme Gerüchte. Ein vorübergehendes Cashflow-Problem, weiter nichts.«

»In einer solchen Situation kann man schon auf dumme Gedanken kommen. Wie wäre es denn damit: Sie beauftragen jemanden, Ihre Scheune anzuzünden, verschaffen sich selbst ein Alibi und haben auch noch Ihren Spaß mit dem Alibi.«

Er sprang auf und packte mich am Revers meiner Jacke. »Wenn Sie diesen Unsinn weiterverbreiten, können Sie was erleben!«

Er war puterrot im Gesicht und atmete schwer.

Ich befreite mich aus seinem Griff.

»Am besten fahren Sie gleich rein nach Schwäbisch Hall und machen Ihre Aussage. Die Kripo wird das überprüfen.«

Er war wieder ganz friedlich geworden und nickte. Ergeben. Wahrscheinlich hatte ihm gedämmert, dass er ganz schön in der Klemme steckte.

Der direkte Weg zum Camp, wohin ich eigentlich wollte, hätte über Söllbot geführt. Ich machte den Umweg über Orlach. Ich wollte noch über einiges nachdenken.

Rosie und der Hund waren eine ganz schöne Strecke marschiert und hatten sich in das Wäldchen zurückgezogen, das bei den Einheimischen als Lietenholz bekannt war.

»Hierher kommt keine Drohne«, sagte der Hund.

»Und der Mann mit dem Gewehr? Rosie mag den Mann mit dem Gewehr nicht.«

»Jetzt mach dir mal nicht ins Hemd, Rosie!«

»Hemd?«

»Ach, nur so ein Spruch. Wenn's dich beruhigt, gehen wir noch ein wenig tiefer in den Wald.«

Das taten sie. Und blieben dann abrupt stehen.

»Heilige Scheiße!«, sagte der Hund. »Bleib, wo du bist, Rosie.«

Er bewegte sich vorsichtig vorwärts und schnüffelte. Dann wandte er sich an Rosie.

»Denkst du auch, was ich denke?«

»Denken?«

»Vergiss es!«

»Rosie hat so was schon mal gesehen.«

»Im Ernst? Wo denn?«

»Das weiß Rosie nicht mehr.«

»Aber ich. Im Fernsehen. Deshalb weiß ich auch, was wir jetzt tun müssen. Wir müssen Hilfe holen. Mir nach, Rosie!«

Der Hund schlüpfte so schnell zwischen den Bäumen hindurch, dass Rosie kaum nachkam.

Dann waren sie draußen aus dem Wald und stellten sich mitten auf die Straße.

»Ist das die Hilfe?«, fragte Rosie.

»Wir müssen warten, bis ein Auto kommt.«

Sie warteten und warteten, bis sie endlich in der Ferne ein Auto heranbrausen sahen.

»Der fährt aber schnell«, sagte Rosie.

»So ein Idiot! Sieht der denn nicht, dass hier Tiere auf der Fahrbahn sind? Einfach stehen bleiben, Rosie, einfach stehen bleiben! Der wird schon halten!«

Mit quietschenden Reifen kam der Wagen zum Stehen, und ein Mann stieg aus. Langsam kam er auf die beiden zu.

»Sie müssen helfen!«, bellte der Hund.

»Im Wald liegt etwas«, muhte Rosie.

Der Mann schaute sie verständnislos an.

Der Hund wiederholte, was er gesagt hatte, und Rosie tat es ihm gleich. Beide waren ganz aufgeregt.

Der Mann stand ratlos da und wusste nicht, was er tun sollte.

»So funktioniert das nicht, Rosie«, sagte der Hund. »Es ist doch immer das Gleiche mit diesen Menschen. Die erwarten von uns, dass wir ihnen aufs Wort folgen, aber selbst sind sie nicht bereit, eine Fremdsprache zu lernen. Das müssen wir anders machen.«

Rosie muhte bestätigend.

Ratlos stand ich vor den beiden Tieren, die so plötzlich vor mir aufgetaucht waren. Ich hatte gerade noch bremsen können, sonst wäre es übel ausgegangen. Den Hund hatte ich sofort wiedererkannt, und bei der Kuh musste es sich wohl um Rosie, die Streunerin, handeln. Eine andere freilaufende Kuh war mir nicht bekannt.

Die beiden benahmen sich seltsam. Der Hund kläffte wie verrückt, und die Kuh muhte sich die Seele aus dem Leib.

Ich war ratlos, weil ich nicht wusste, was ich mit den beiden anfangen sollte. Vor allem mit Rosie.

Sie einfangen? Schön und gut, aber selbst wenn es mir gelänge, wie sollte ich sie festhalten, bis ich Hilfe gerufen hatte? Sie heim nach Jungholzhausen treiben? Wenn es ihr einfallen sollte, zwischendurch einen kleinen Sprint einzulegen, sah ich alt aus. Die Kuh war schneller als ich. Aber vielleicht war sie ja auch ganz friedlich und fraß mir aus der Hand.

Vorsichtig ging ich auf sie zu, um sie nicht zu erschrecken.

»Ganz ruhig, Rosie«, sprach ich beruhigend auf sie ein und streckte meine Hand nach ihr aus. »Ich bin Dillinger, ich bin ein Guter, ich will nichts von dir, ich will dich nur streicheln.«

An meiner Taktik als Kuhflüsterer musste ich noch feilen. Rosie ging ein paar Schritte weiter, blieb dann stehen und muhte mich an. Wieder ging ich auf sie zu, wieder zog sie sich zurück und blieb stehen, während ich sinnleeres Zeug brabbelte. Wie man halt so mit einer Kuh redet.

So ging das einige Male, und wir waren mittlerweile in dem Wäldchen angelangt. Was war das für ein Spiel? Menschen veräppeln? Sie in den finstern Tann locken, um sie dann niederzutrampeln? Die Kuh muhte unaufhörlich, und der Hund bellte, als wolle er sagen: Ja, Rosie, du machst das richtig, zeig's ihm.

Und dann sah ich es.

Der Hund kläffte noch einmal kräftig, die Kuh muhte triumphierend, und dann waren beide verschwunden.

Der Mann lag auf dem Rücken, und ihm war ein drittes Auge verpasst worden. Mitten in seiner Stirn war ein Loch. Das Kaliber konnte ich nicht schätzen, dazu fehlte mir die Erfahrung. Unter seinem Kopf war keine Blutlache, also war er nicht hier erschossen worden. Man hatte ihn nur im Wald abgelegt, und die Kuh und der Hund hatten ihn gefunden.

Kluge Viecher.

Ich bin kein Forensiker, aber selbst ich erkannte, dass der Mann noch nicht lange tot war. Die Totenstarre war noch nicht ausgebildet, und es gab keine kleinen Tierchen, die ihn bekrabbelten.

Mein Handy lag im Auto. Ich ging zurück und rief Keller an.

Er knurrte. »Du solltest in Therapie gehen, Dillinger. Dauernd Leichen zu finden ist eine überaus lästige Angewohnheit.«

»Das war nicht ich. Die Rosie hat sie gefunden.«

»Welche Rosie?«

»Die streunende Kuh.«

»Verscheißern kann ich mich selber.«

Nun gut, wenn er drauf beharrte.

Dem Erste-Hilfe-Kasten entnahm ich ein paar Einweghandschuhe, ging zurück in den Wald und besah mir die Leiche genauer.

In den Dreißigern. Bekleidet mit der Allerweltsuniform unserer Tage: Jeans, kariertes Hemd, Windjacke einer beliebten Marke. Derbe Schuhe, gemacht fürs Land.

Er trug sein dunkles Haar nach hinten gegelt wie Christoph. Und er hatte den gleichen Gürtel wie Christoph.

Aber es war nicht Christoph.

Ich machte ausgiebig Fotos mit meinem Handy und atmete dann tief durch.

Ich gruselte mich zwar nicht vor Leichen, aber sie zu befummeln gehörte trotzdem nicht zu meinen Lieblingsbeschäftigungen. Bestatter wäre definitiv kein Beruf für mich.

In seiner linken Gesäßtasche fand ich einen Geldbeutel. Ich fand, was man in einem Geldbeutel zu finden erwartete: Ausweis, Führerschein, Gesundheitskarte, Bankkarten, etwas Bargeld.

Sie alle lauteten auf Rüdiger Zack. Als Adresse war die Bahnhofstraße in Schwäbisch Hall angegeben, nicht weit weg von der Färbergasse, wo sich die Wohnung von Christoph Glick befand.

Mehr konnte ich jetzt nicht tun. Ich machte es mir in meinem Wagen bequem und surfte auf meinem Tablet. Die

Internetverbindung war nicht gut, aber sie reichte für eine Feststellung aus: Für das weltweite Netz war Rüdiger Zack unbekannt. Er hatte nicht einmal ein Facebook-Profil. Da ich schon mal dabei war, versuchte ich es mit Christoph Glick. Das Ergebnis war gleich.

Als ich Keller herfahren sah, stieg ich aus.

»Der einsame Wolf durchstreift die Pampa«, sagte ich zu ihm.

»Ich bin nur die Vorhut, die Kavallerie ist im Anmarsch. Die Jungs freuen sich vielleicht. Jetzt sind sie gerade zurückgefahren und dürfen gleich wieder los.«

»Mal kurz zum Tanken nach Aalen. Das spart Zeit und Geld, ist effektiver und entlastet die Umwelt. So hat es doch die Polizeireform versprochen, nicht wahr?«

»Diese Sesselfurzer! Zeig mir deine Leiche.«

Ich führte ihn in das Wäldchen. Schweigend sah er auf den Toten hinab.

»Du hättest mir gleich sagen können, dass es Christoph Glick ist«, sagte er schließlich.

»Ist er nicht.«

»Ist er doch.«

Wir sahen uns an.

»Das also ist der Mensch, der sich dir in Schwäbisch Hall als Christoph Glick vorgestellt hat?«, fragte ich. »Und der dir auch einen Ausweis mit diesem Namen gezeigt hat?«

Keller nickte.

»Und der Ausweis war echt?«

»Er sah so aus.«

»Mein Christoph Glick aus dem Camp ist das definitiv nicht. Und der Kunde hier heißt Rüdiger Zack, wohnhaft in Schwäbisch Hall in der Bahnhofstraße.«

Ich hielt seinen Geldbeutel in die Höhe.

Keller lief rot an. »Wo hast du den her?«

»Linke Arschtasche.«

»Du weißt, dass ich dir deswegen die Hölle heißmachen muss?«

»Was du hiermit getan hast. In dem Geldbeutel befindet sich das ganze Sammelsurium, das der moderne Mensch so mit sich zu tragen pflegt. Wir können mal davon ausgehen, dass das keine Fälschungen sind, das wäre ein zu großer Aufwand. Aber wir wissen nicht, ob dieser Mensch tatsächlich Rüdiger Zack ist. Auf dem Ausweis sieht er sich ähnlich. Aber er sieht auch Christoph Glick ähnlich, zumindest seinem Ausweisbild. Jetzt bist du dran.«

An Kellers Schläfe sah ich eine Ader pochen. Er war stinksauer. Kurz vorm Zerplatzen.

»Da hat dich jemand ganz schön eingeseift, was?«, sagte ich.

Er knurrte wie ein bissiger Hund. Ein sehr bissiger. »Ist doch schön, wenn man Freunde hat, die auch noch in der Wunde herumstochern.«

»Kann jedem passieren. Als Trostpflaster koche ich dir heute Abend was Schönes. Wie wär's mit Hirsebällchen und Brokkoli in Sojasahne, mit Hefeflocken verfeinert?«

Er schaute mich entgeistert an. »So was isst du tatsächlich?«

»Das habe ich nicht gesagt. Ich habe gesagt, dass ich für dich koche. Extra für dich. Ich begnüge mich bescheiden mit einem Filetsteak vom Boeuf de Hohenlohe.«

»Dann bin ich ja froh, dass ich heute Abend garantiert keine Zeit haben werde. Du musst dich wegen mir also nicht aufopfern.«

Er war wieder ganz der Alte, und mit grimmiger Entschlossenheit fingerte er sein Handy hervor.

»Kein Netz hier im Wald«, sagte ich. »Draußen geht's.«

Wir gingen hinaus ins Freie, und Keller polterte. »Jetzt kommt die ganz große Oper. Wir nehmen die beiden Wohnungen komplett auseinander.«

»Die Freundin des falschen Christoph Glick nicht zu vergessen. Sein angebliches Alibi. Wenn es die überhaupt gibt. Ich würde nicht mal ein Tofurostbratwürstchen drauf verwetten. Ich an deiner Stelle hätte das gleich überprüft, aber du wolltest ja nicht.«

Keller sah mich nur böse an, wählte und bellte seine Anweisungen ins Handy.

Als er fertig war, sagte ich: »Du weißt, welche Fragen dieser Identitätswirrwarr evoziert?«

»Sag's mir! Ich bin ja nur ein dummer Bulle, der sich aufs Kreuz legen lässt und nicht mal weiß, was ›evoziert‹ heißt. Geschweige denn, wie man es schreibt.«

»Üben, Keller, üben! Die Frage ist: Wer ist die Brandleiche? Doch Christoph Glick? Oder ist Christoph Glick in Wahrheit Rüdiger Zack? Oder umgekehrt? Moser ist es jedenfalls nicht. Der ist gesund und munter wieder aufgetaucht. Nein, das nehme ich zurück. Munter war er nicht, ganz und gar nicht. Vor allem nicht, als ich auf meine gewohnt dezente Art angedeutet habe, dass er möglicherweise etwas mit dem Brand zu tun haben könnte. Er hat übrigens ein Alibi. War in Damenbegleitung am Bodensee. Sagt er.«

»Du traust ihm nicht?«

»Ich traue im Moment niemandem. Außer mir selbst. Und sogar das fällt mir schwer.«

»Warum hat sich dieser Saftsack noch nicht bei uns gemeldet?«

»Ich habe ihm dringend geraten, Selbiges zu tun. Aber auf mich hört ja keiner.«

»Und wo war er die ganze Zeit? Auch bei einer Freundin wie der angebliche Christoph Glick?«

»Mann, welch kriminalistischer Scharfsinn! Ich bin platt. So ist es in der Tat. Vielleicht solltest du das ausnahmsweise prüfen? Ich wollte es ja selbst tun, aber dann kam mir diese Leiche in die Quere. Mach ruhig, du sollst auch mal ein Erfolgserlebnis haben.«

Was Keller darauf sagte, soll aus Gründen des Jugendschutzes verschwiegen werden. Es hatte was mit meinem Knie zu tun.

Wir lehnten an Kellers Dienstwagen und schauten auf die Landschaft um uns. Felder. Die Wälder, die sich auf der anderen Seite des Kochertals den Berg hinaufzogen. In der Ferne sah man Waldenburg auf seinem Bergsporn liegen. Die Luft war erfüllt von den üblichen Geräuschen der Natur. Und der Landwirtschaft. Irgendwo in der Ferne dieselte ein Traktor.

Richtig idyllisch war es hier. Wenn man mal davon absah, dass hinter uns in dem Wäldchen eine frische Leiche lag.

Keller zündete sich eine Zigarette an.

»Du wolltest das Rauchen aufgeben«, erinnerte ich ihn.

»Hab ich doch. Schon mehrmals. Erfolgreich. Ich möchte um nichts in der Welt dieses Glücksgefühl missen, wenn man sich danach die erste Fluppe wieder anzündet.«

»Das ist nicht gesund, mein Lieber!«

»Na und? Was hat die Welt sonst noch an Genüssen zu bieten?«

»Tofuhackbraten. Seitanschnitzel.«

»Ich habe was von Genuss gesagt, Dillinger. Hast du's schon probiert?«

»Natürlich. Dillinger probiert alles.«

»Und?«

»Vielleicht fange ich doch noch das Rauchen an. Wegen dem Genuss und so. Mich wundert ja sowieso, dass sie das Rauchen nicht ganz verboten haben.«

»Wollten sie ja. Aber dann hat die Tabaklobby darauf hingewiesen, dass es sich bei Zigaretten um ein rein veganes Produkt handelt, wenn man den Filter weglässt. ›Und was ist mit den Schadstoffen in eurem Tabak?‹, hatten die Behörden gefragt. ›Und was ist mit den Schadstoffen in eurem Gemüse?‹, hatte die Tabaklobby gekontert. Damit war das Thema erledigt.«

Keller paffte, ich schaute Löcher in die Luft und beobachtete die Wolken, die von Westen, von Waldenburg, hergezogen kamen.

»Warum traust du Moser nicht?«, fragte Keller.

»Er soll sich mit seinem Pseudoheu verzockt haben.«

»Ernst oder Gerüchte?«

»Gerüchte. Also wird was dran sein. Er bestreitet das natürlich.«

»Und wenn die Versicherung zahlt, ist er aus dem Schneider.«

»So sieht's aus.«

»Zahlt die Versicherung?«

»Wohl oder übel, wenn ihm keine Brandstiftung nachzuweisen ist. Die Brandstiftung ist doch amtlich, oder?«

Keller nickte. »Ein Benzinkanister neben der Brandleiche, das sagt doch alles, oder? Nicht sehr einfallsreich, aber wirkungsvoll. Aber wie willst du ihm das nachweisen? Er hat ein Alibi, hast du gesagt.«

»Das man erst einmal ...«

»Ja, ich weiß, und wir werden tief bohren, das kannst du mir glauben. Aber ich verspreche mir nichts davon, Dillinger. Wenn es sich tatsächlich so verhält, wie du vermutest, hat er sich garantiert abgesichert.«

»Davon gehe ich aus. Wie wär's damit: Er engagiert jemanden, der für ihn das Feuer legt?«

Keller schüttelte den Kopf. »Damit geht er ein hohes Risiko ein. Er macht sich erpressbar.«

»Nicht, wenn der Täter das Feuer nicht überlebt. Und er hat es nicht überlebt.«

Keller wiegte bedächtig den Kopf und zündete sich eine neue Zigarette an. Ich sah ihn strafend an.

»Hilft beim Denken«, erklärte er.

»Ist das so? Dann gib mir auch eine.«

»Nein. Du bist zu jung dafür.«

»Zu jung! Dass jemand noch so etwas über mich sagt! Gestern hat mich jemand einen alten Sack genannt.«

»Das kommt immer auf die Bezugsgröße an, Dillinger. Wie stellst du dir das genau vor?«

»Moser engagiert jemanden, der den Brand legen soll. Sagt ihm genau, wo und vor allem wann. Wahrscheinlich saß er zu dem Zeitpunkt mit seiner Thusnelda im Restaurant oder hat sich irgendwie so auffällig benommen, dass man sich garantiert an ihn erinnert. Ein Riesenstreit in aller Öffentlichkeit oder so was. Gleichzeitig hat er einen Zeitzünder installiert oder einen Zünder mit dem Smartphone aktiviert, die Scheune brennt, sein Komplize geht hops. Habt ihr irgendwas gefunden, das auf einen Zeitzünder hindeutet?«

Keller zögerte mit der Antwort. »Nein. Es wurde aber auch nicht speziell danach gesucht.«

»Das war der Plan. Die Leiche in der Nähe des Brandherdes hat die Sache so offensichtlich und so einfach gemacht, dass man andere Möglichkeiten ausblendet. Der menschliche Faktor. Den Trick beherrscht jeder Zauberer. Lenke die Aufmerksamkeit gezielt auf das Ablenkungsmanöver.«

Keller seufzte und griff zum Handy. »Jetzt werde ich mich mal bei der Spusi so richtig unbeliebt machen.«

»Dann spiele ich mal das Orakel. Wenn es da etwas zu finden gab, hat Moser schon lange aufgeräumt.«

»Wenn es etwas zu finden gibt, dann finden wir es auch.«

Während Keller telefonierte und dabei ziemlich laut wurde, schaute ich zum Himmel auf. Er hatte sich dramatisch verändert. Dunkle Wolken türmten sich wie verwehte Sandhügel.

Keller hatte sein Gespräch beendet und sah mich schräg an. »Was gibt's da oben Interessantes?«, fragte er. »Ufos?«

»Wolken.«

»Ganz was Besonderes.«

»Die schon. So etwas habe ich noch nie gesehen.«

Er blickte auf. »Stimmt. Und das Orakel Dillinger wird jetzt gleich daraus ablesen, dass uns etwas Schlimmes bevorsteht.«

»Regen auf alle Fälle.«

»Den kann ich jetzt gar nicht gebrauchen. Macht mir alle Spuren kaputt. Kannst du es nicht noch mal versuchen? Mit einer besseren Prognose?«

»Den Mächten des Schicksals kann man nicht entkommen.«

»Auch wieder wahr. Das Schicksal hat mich mit dir geschlagen. Und mit einer abstrusen Theorie. Nur mal angenommen, so als reines Gedankenspiel, du hättest Recht mit Moser – das wäre ja dann schon eine genauso üble wie raffinierte Kiste. Traust du ihm das zu?«

»Ich traue grundsätzlich allen Menschen das Schlimmste zu. Der lebende Beweis sind die Veganer.«

»Nun sei doch nicht so dogmatisch!«

»Dogmatisch? Ich? Wer will mir denn vorschreiben, was ich essen darf und was nicht?«

»Jetzt nimm das doch nicht so wörtlich. Das ist eine Empfehlung. Eine Idee. Nichts weiter.«

»Von wegen! Die meinen das ernst. Todernst.«

»Vegan kann doch auch ganz lecker sein. Neulich hatte ich gedünsteten Fenchel mit kleingehackten Tomaten, Zwiebeln und Knoblauch drüber. War richtig gut.«

»Mach ich auch. Dann mit Parmesan überbacken. Oder einem alten Appenzeller, wenn es richtig käsig sein soll.«

»Kann man machen, muss man aber nicht.«

»Das ist der Punkt! Weshalb soll ich nicht mehr können dürfen? Das ist ein Angriff auf meine persönliche Entscheidungsfreiheit. Wo leben wir denn? Im Mittelalter?«

»Jedem das Seine. Wo ist deine Toleranz geblieben?«

»Bei Bevormundungen und Verboten ist meine Toleranzgrenze erreicht. Von mir aus kann jeder essen, was er will. Aber das gleiche Recht fordere ich auch für mich. So sieht's aus.«

»Was ist denn plötzlich in dich gefahren?«

»Mir gehen diese selbsternannten Gutmenschen allesamt auf den Sack.«

Keller schaute in den Himmel. »Das ist das Wetter. Du hast ja Unheil vorausgesagt.«

Urplötzlich, wie ein hämischer Kommentar von oben, kam eine Windböe auf uns zu, beutelte die Bäume des

Wäldchens, ließ die Blätter rascheln, wirbelte unser Haar durcheinander. Na ja, viel zu wirbeln gab es bei uns beiden nicht mehr.

Keller sah mich gelassen an. »Wie heißt sie?«

»Wie heißt wer?«

»Die Laus weiblichen Geschlechts, die dir über die Leber gelaufen ist.«

»Meiner Leber geht's gut, danke der Nachfrage. Alles bestens.«

»Dann ist's ja gut. Dann kannst du mir ja verraten, was deine Ausfälle mit unserem aktuellen Problem zu tun haben. Nämlich: Wer ist die Leiche im Wäldchen? Wer hat den Kerl umgenietet? Und warum?«

»Ich war's nicht, ich schwöre! Vielleicht die Problemkuh? Nein, halt, ich weiß es! Der Typ ist von seinen Veganerkumpels an der Currywurstbude erwischt worden. Außerdem ist mir das egal. Das ist deine Leiche.«

Keller starrte mich entgeistert an. »Meine Leiche? Wie außerordentlich großzügig von dir.«

»Ja. Ich will sie nicht. Sie gehört dir. Ich begnüge mich mit der Brandleiche. Das ist doch eine gerechte Arbeitsteilung, nicht wahr?«

Keller schüttelte den Kopf. »Allmählich mache ich mir echt Sorgen. Dillinger, was ist mit dir? Burnout? Gehirntumor?«

»Alles gut. Höchstens zu viel veganes Essen. Das bringt die Hormone durcheinander.«

Die Silhouette Waldenburgs geradeaus vor mir war in den Wolken verschwunden. Mein Blick ging nach rechts, zu den riesigen Gewächshäusern. In der Ebene unten war es noch schlimmer. Eins reihte sich ans andere. Fast wie die Plastikplantagen in Andalusien. Dort schufteten die illegalen Immigranten und wurden gnadenlos ausgebeutet. Konnte man ausschließen, dass es bei uns anders war?

Wer Glück hatte, konnte sich der Abwärme einer nahegelegenen Biogasanlage bedienen. Alle anderen mussten heizen, heizen, heizen. Kein Wunder, dass wir immer mehr Windräder brauchten. Wer an Weihnachten Kirschen aus Chile kaufte, wurde vielleicht noch komisch angeschaut. Aber ansonsten waren wir es längst gewöhnt, dass wir immer alles und zu jeder Tageszeit zur Verfügung hatten. Tomaten, Zucchini, Auberginen, Fenchel, Bohnen, Erbsen, Salate. Sommergemüse. Im Winter. Das waren keine Gewächshäuser mehr, das waren Gemüsefabriken, getrimmt auf minimalen Aufwand und maximalen Ertrag.

Vor einem der Gewächshäuser stand ein Auto. Der Bauer, der nach dem Rechten sah.

Da fiel mir etwas ein.

»Hör mal, Keller, nur so eine Idee. Wer immer die Brandleiche ist, was immer dieser Mensch auch getan hat, wie ist er zu der Scheune gekommen? Zu Fuß? Unser Hohenlohe ist zwar ein beliebtes Wanderparadies, aber das glaube ich dann doch nicht. Vor allem nicht, wenn er im Begriff war, eine Scheune anzuzünden, und einen Kanister Benzin mitschleppen musste.«

Keller nickte bedächtig. Er ahnte, worauf ich hinauswollte. »Mit dem Auto. Hast du eins gesehen?«

»Viele. Gestern Abend und heute Morgen. So viele, dass man nicht wusste, welches zu wem gehört. Aber als ich vorhin dort war, war kein Auto zu sehen. Nirgends.«

»Jemand muss ihn hergebracht haben.«

»Und hätte ihn auch wieder mitgenommen.«

»Aber dann hat die Scheune gebrannt, und er kam nicht mehr heraus.«

»Oder jemand hat später sein Auto weggefahren. In all dem Durcheinander wäre das nicht aufgefallen.«

Keller stöhnte. »Du bist unerträglich, Dillinger! Warum musst du alles so kompliziert machen?«

»Auf jeden Fall muss es eine zweite Person geben, die in die Sache involviert ist. Vielleicht der junge Mann hinter uns im Wäldchen?«

»Frag ihn!«

»Habe ich schon getan. Er war nicht sehr gesprächig.«

Ein neuer Windstoß wirbelte heran. Von den Waldenburger Bergen trieb er eine Regenwand vor sich her.

»Jetzt geht's los!«, sagte ich. »Siehst du, ich hatte recht. Unheil dräut. Und da kommt noch mehr, verlass dich drauf. Das Orakel vom Lietenholz hat gesprochen.«

Die ersten Tropfen erreichten uns. Keller fluchte ausgiebig. Das konnte er gut.

»Ich mach mich mal vom Acker«, sagte ich. »Bevor ich nass werde. Viel Spaß mit deiner Leiche. Noch was tät mich interessieren. Bist du jetzt eigentlich auch zu denen übergelaufen? Mir recht. Dann gehört die Susi mir ganz allein.«

Ich rannte zu meinem Wagen. Keller schrie mir irgendetwas Unanständiges hinterher, was ich souverän ignorierte.

Kaum hatte ich die Autotür geschlossen, ging es wirklich los. Tropfen wie Golfbälle. Die Sintflut war nichts dagegen.

Ich blieb noch eine Weile still sitzen und lauschte dem Prasseln des Regens.

Keller hatte ja recht. Ich war übelster Laune und wusste selbst nicht, warum.

Bestimmt das Wetter. Alle reden übers Wetter, aber keiner tut etwas dagegen. Man stelle sich mal vor, es gäbe kein Wetter mehr! Auf was sollte man das dann schieben, wenn man mal neben sich stand?

Es hatte absolut nichts damit zu tun, dass ich meinen Besuch im Camp auf morgen verschieben musste. Im Schlamm zu waten hätte meine Laune bestimmt gehoben. Außerdem hatten sich die Wiesenbesetzer garantiert alle in die Hütte zurückgezogen, und das war nicht die Situation, in der man ein paar dumme Fragen stellen konnte.

Lange saß ich da und grübelte. Das Plattern des Regens hatte etwas ungemein Beruhigendes, wenn man im Trockenen war und nicht an einem Tatort herumkrabbeln musste.

Doch so sehr ich auch grübelte, ich kam mir nicht näher. Ich gab es auf. Wie sagt der Philosoph? Wovon man nicht sprechen kann, darüber muss man schweigen. Recht hat er.

Schließlich startete ich den Wagen, fuhr los und war noch nicht weit gekommen, als mein Telefon ging. Es war Sonja, wie das Display zeigte.

Was waren das noch für Zeiten, als man einfach eine Taste drücken musste, um einen Anruf entgegenzunehmen! Mit diesen Smartphones stand ich, bedienungstechnisch gesehen, auf Kriegsfuß und hatte demzufolge auch keine innige Beziehung dazu, nur eine rein pragmatische. Für mich war es nur ein … Ding.

Wie soll man gleichzeitig fahren und auf dem Ding herumwischen, zumal ich mich beharrlich weigerte, eine Freisprechanlage installieren zu lassen? Nicht das Telefon am Ohr war das Problem, sondern das Telefonieren an sich. Aber außer mir verstand das ja wieder mal niemand.

Natürlich flutschte mir das Ding aus der Hand und landete unter meinem Sitz.

Ich fuhr rechts ran, fluchte ausgiebig und fischte das Ding hervor.

»Was gibt's denn, Sonja?«, fragte ich.

»Kommst du heute noch ins Büro?« Ihre Stimme hatte diesen missbilligenden Ton, wenn sich auf meinem Schreibtisch unerledigter Papierkram stapelte.

»Wieso?«, fragte ich unfreundlich.

»Es gibt ein paar Dinge, die wir durchsprechen sollten.«

»Als da wären?«

»Geht nicht am Telefon.«

Papierkram! Na, das würde meine Stimmung gewaltig heben.

»Bei mir wird es spät werden«, log ich. »Ich möchte noch ein paar Sachen überprüfen. Hat das nicht Zeit bis morgen?«

»Hat es. Wollte nur wissen, ob ich auf dich warten soll.« Damit legte sie auf.

Ich schaute verblüfft auf das Display. Es schaute dumm zurück und war nicht imstande, meine Frage zu beantworten. Was sollte dieser Anruf? Es war erst ein paar Stunden her, dass wir uns im Büro gesehen hatten. Was sollte sich zwischenzeitlich ergeben haben, das besprochen werden musste? Ich schüttelte den Kopf. Frauen!

Langsam fuhr ich die Braunsbacher Steige hinab, langsam am Kocher entlang, unter der Autobahnbrücke hindurch. Das Wetter animierte nicht zu rasanter Fahrt.

Plötzlich merkte ich, dass ich dringend pinkeln musste. Ich hätte mir ja einen Baum suchen können, aber nicht bei diesem Regen. Also Beine zusammenkneifen, durchhalten und doch etwas mehr Gas geben. War ja nicht mehr weit bis zur Erlösung.

Wenigstens sorgte dieses dringende Problem dafür, dass ich mir über nichts anderes mehr Gedanken machte.

Ich sperrte die Garage zu und spurtete los. Das Bedürfnis wurde immer dringender. Die nächste Ecke? Ein Hund durfte gefahrfrei an jede Ecke pieseln und überall seine Spuren hinterlassen, ein Pferd jeden Weg vollscheißen, ich nicht.

Jetzt war es ja eigentlich eh schon egal, aber meine volle Blase trieb mich zu Höchstleistungen. Ich hätte sogar Usain Bolt stehen lassen. Komisch. Nasser konnte ich nicht werden. War es ein Instinkt, der einen dazu trieb, bei Regen die Schultern hochzuziehen und loszurennen, statt den Kopf zu heben und sich genussvoll vollregnen zu lassen? Oder war es der Verlust eines Instinkts?

Ich schloss die Wohnungstür auf, war mit drei Schritten beim Bad, riss die Tür auf – und erstarrte.

Unter der Dusche stand Bille.

Prinzipiell habe ich ja nichts gegen eine nackte Frau in meinem Bad, aber die Situation jetzt überforderte mich.

»Was machst du in meiner Dusche?«, stotterte ich.

»Was macht man normalerweise in einer Dusche?«

»Die Betonung lag auf *meiner* Dusche.«

»Hast du genug geglotzt? Dann gib mir bitte ein Handtuch.«

»Nein.«

»Dann hole ich mir's eben selbst.« Sie stieg aus der Dusche.

»Ich meinte, ich habe noch nicht genug geglotzt.«

»Blödmann!«

Ich reichte ihr das Handtuch. Auf dem Boden sah ich ihre nassen Kleider auf einem Haufen liegen.

»Ich bringe dir auch einen Bademantel.«

Mit dem Bademantel in der Hand kam ich zurück und klopfte an die Tür.

»Auf einmal so gschamig? Noch nackiger werde ich nicht.«

Sie war dabei, sich die Haare zu rubbeln.

»Könntest du diese Tätigkeit bitte nach draußen verlegen?«, fragte ich. »Mir platzt schier die Blase. Ich muss megadringend pinkeln.«

»Den Anblick muss ich mir nicht antun«, sagte sie, schnappte sich den Bademantel und verschwand.

Endlich! Was für eine Erleichterung!

Dann zog auch ich mich aus, warf meine nassen Kleider neben ihre nassen Kleider und stieg selbst unter die Dusche.

Das Handtuch um die Hüften geschlungen, ging ich ins Wohnzimmer. Bille hockte mit untergeschlagenen Beinen auf dem Sofa.

»Entschuldige diesen Anblick«, sagte ich, »aber du hast meinen einzigen Bademantel.«

»Du kannst ihn gerne wiederhaben und mich weiter angaffen.«

»Nein, nein!«, wehrte ich ab und ging schnell ins Schlafzimmer.

Ich zog mich an, suchte für sie eine alte Jogginghose und ein T-Shirt heraus und warf sie ihr zu.

»Umdrehen!«, befahl sie.

Umdrehen? Gerade noch hatte sie gesagt ... Und sie tummelte sich sowieso gern ohne alles, sie war nahtlos braun.

Ich drehte mich brav um.

»Fertig!«, sagte sie.

Ich drehte mich wieder ihr zu. »Ich glaube, ich habe auch irgendwo Hosenträger.«

Mit der einen Hand hielt sie die Hose fest, mit der anderen machte sie eine wegwerfende Handbewegung.

»So«, sagte ich. »Und nun zum ungemütlichen Teil. Wie kommst du in meine Wohnung?«

»Sonja hat mir den Schlüssel gegeben.«

Sonja! Sie hatte einen Ersatzschlüssel für meine Wohnung. Für Notfälle. Ich war mir nicht sicher, ob das ein Notfall war.

»Sonja? Ihr kennt euch?«

Sie nickte. »Wir sind befreundet.«

»Aha. Dann bist du also auch so eine?«

»Nein, ich bin nicht auch *so eine*. Und selbst wenn, was macht das für einen Unterschied?«

»Für mich als Mann einen fundamentalen. Ich muss doch wissen, ob es sich lohnt, dich zu beflirten.«

»Das kannst du dir abschminken. Das habe ich dir schon mal gesagt, und daran hat sich nichts geändert.«

»Ich weiß, ich rieche nicht gut.«

»Dein Duschgel ist in Ordnung.«

»Weshalb diese etwas zweideutige Nummer mit der Dusche?«

»Sonja hat gesagt, es dauert noch, bis du kommst. Ich wollte die Zeit nutzen. Ich war nass und völlig durchgefroren.«

Sonja! Deshalb dieser merkwürdige Anruf. Aber warum hatte sie nicht gesagt, was Sache ist? Und überhaupt ...

»Jetzt mal von vorn und ganz logisch. Du bist also mit Sonja befreundet. Demnach wusstest du von Anfang an, wer ich bin.«

»Nein. Ich wusste, dass sie Partnerin in einem Versicherungsbüro ist, aber über ihren Partner hat sie nie geredet.«

»Empörend!«

»Ich habe sie heute angerufen. Ob sie dich kennt. Ob man dir vertrauen kann.«

»Offenbar genug, um in meinem Bad herumzuhüpfen. Weshalb hast du nicht bei ihr geduscht? So ihr Mädels unter euch? Ihr geht ja auch zusammen aufs Klo.«

»Sonja hat gesagt, dass sie dringend wegmuss. Ich habe gedacht, du weißt Bescheid«, sagte Bille.

»Nein, wusste ich nicht. Und das irritiert mich. Und ich weiß nicht, was ich davon halten soll. Nun gut, du hast dich also zum Duschen in meine Wohnung geschlichen.«

»Die Waschgelegenheiten im Camp sind etwas eingeschränkt.«

»Das habe ich gerochen. Es freut mich, dass meine Dusche unter den Frauen offenbar einen guten Ruf genießt.«

»Ich wollte mit dir reden.«

»Wir sind uns in letzter Zeit des Öfteren über den Weg gelaufen. Es gab genügend Gelegenheiten, um zu reden.«

»Wir waren nie allein.«

»Oh! Jetzt kommt doch noch das große Liebesgeständnis.«

»Idiot!«

»Gut, reden wir. Aber zuerst brauche ich etwas zu essen. Hast du auch Hunger?«

Sie nickte.

»Dann haben wir ein Problem. Von dem Zeugs, das ihr pervertierten veganen Schleckermäulchen als Essen bezeichnet, habe ich nichts im Haus.«

»Du wirst dich wundern! Darf ich mal in deinem Kühlschrank stöbern?«

»Mein Kühlschrank gehört dir. Und da ich weiß, dass du sowieso nichts finden wirst, biete ich ganz großzügig an, auch eine Kleinigkeit zu kochen.«

»Wir kochen gemeinsam.« Sie stand auf und zögerte. »Ich habe allerdings ein kleines Problem«, sagte sie.

»Du kannst nicht kochen. Verziehen!«

»Nicht, wenn ich gleichzeitig die Hose festhalten muss. Und jetzt bitte kein dummer Spruch wie ›Lass sie einfach fallen, ich schau auch gar nicht hin‹!«

»So unverfroren lüge nicht mal ich. Schau in meinem Kleiderschrank, ob du etwas findest.«

Als sie zurückkam, trug sie einen meiner drei Anzüge. An mir saß er wie maßgeschneidert, was er ja auch war, ihr schlotterte er um Bauch und Busen, und sie war zwar schlank, aber kein Strich in der Landschaft. Ich sollte doch einmal die Eigenwahrnehmung meiner Figur hinterfragen.

»Eine Krawatte habe ich auch«, sagte ich. »Trotzdem nein. Nicht zum Kochen. Gelegentlich brauche ich meine Anzüge. Fettspritzer machen sich schlecht.«

»Ich habe keine Lust, deine sämtlichen Kleider durchzuprobieren. Ich ziehe besser wieder meine nassen Klamotten an.«

»Kommt nicht in Frage! Die werfen wir in den Wäschetrockner.«

Wir fanden dann eine Hose, die mir zu eng geworden war und die ich in der Hoffnung, dass die besseren Zeiten zurückkehrten, auf die Seite gehängt hatte. Mit Gürtel ging es gerade so. Für ihren Hintern war diese Hose nicht sehr vorteilhaft, aber das verschwieg ich.

»So, Frau«, sagte ich. »Und jetzt ab an den Herd! Schließlich hast du die Hosen an.«

So, wie sie sich anstellte, stand sie nicht zum ersten Mal in der Küche. Ich begnügte mich gern mit Handlangerdiensten und schaute ihr über die Schulter. Beim Kochen kann man immer etwas lernen. Sogar von Veganerinnen. Das Gemüse jedenfalls schnippelte sie schneller als ich.

Ich fand noch ein paar Salatblätter. Sie waren nicht mehr ganz frisch, aber Veganer waren ja Kummer gewohnt.

Dann machte ich mich an die Sauce.

Ich nahm: Maltrodexin, jodiertes Meersalz, Zucker, Petersilie, Schnittlauch, Knoblauch, Senfsamen, Pfeffer, Curcuma, Petersilienwurzel, Natriumdiacetat, Citronensäure, Stärke, Zwiebel, Milchzucker, Palmöl, Fruktose, Speisesalz, Zitronensaftpulver, Aromen, Hefeextrakt, Dextrose, Spuren von Gluten und Ei. Und drei Esslöffel Wasser und drei Esslöffel Olivenöl.

Quatsch.

Das war die Zutatenliste der Fertigpampe »Salatkrönung Gartenkräuter mit Knoblauch« aus dem Supermarkt.

In Wahrheit bereitete ich eine leichte Vinaigrette aus Balsamicoessig, Olivenöl, Salz, Pfeffer und einer Prise Zucker. Kein Senf diesmal, keine Sahne, obschon auch das eine Option gewesen wäre. Nein, rein vegan. Dazu an frischen Kräutern, was die Töpfe auf dem Fenstersims noch so hergaben um diese Jahreszeit, und einen Hauch frisch gepressten Knoblauch.

Balsamico und Olivenöl waren natürlich von guter, wenn auch nicht von erlesener Qualität. Die ganz edlen Tropfen blieben besonderen Tagen vorbehalten. Sie waren trotzdem teurer als die geizgeilen Produkte aus dem Discounterregal.

Der halbe Liter Balsamico war mit 13,49 Euro ausgezeichnet.

»Das ist mir zu teuer«, hatte die Kundin neben mir gesagt.

Klar, es gab auch einen Balsamico für 3,49 Euro, aber das war nur gefärbtes saures Wasser, jeder Cent dafür war verschwendet. Genauso verhielt es sich mit dem Olivenöl. Wer einmal billige Ware mit einem hochwertigen Öl verglichen hatte, merkte den Unterschied sofort. Aber solange die meisten mehr für Motoröl zahlen als für Olivenöl …

Es stimmt schon, nicht alles, was teuer ist, ist auch gut. Aber alles Billige ist auf jeden Fall von minderer Qualität.

Das hatte ich der Kundin neben mir zu verklickern versucht, aber sie hatte nur den Kopf geschüttelt und gesagt: »Diesen teuren Balsamico kann ich mir nicht leisten.« Dann hatte sie zielsicher zur »Salatkrönung« gegriffen. Fünf Portionen für 1,19 Euro, das war ja auch eine Ansage. Im Vergleich dazu war mein Balsamico der reinste Luxus. Also Verschwendung.

Tatsächlich?

Für zwei kleinere Portionen Salat wie jetzt nahm ich zwei Teelöffel Öl und einen Teelöffel Essig, das genügte, ich wollte den Salat ja nicht ertränken.

Das Öl konnte ich für meine Berechnung außen vor lassen, das brauchte ich ja auch für die Fertigpampe. Mein halber Liter Balsamico reichte für hundertdreißig Portionen. Macht gerade mal zehn Cent pro Portion. Die »Salatkrönung« hingegen schlug pro Portion mit dreiundzwanzig Cent und ein paar Zerquetschten zu Buche, macht auf hundertdreißig Portionen hochgerechnet stolze 30,94 Euro. Mein vermeintlich so teurer Balsamico war dagegen das reinste Schnäppchen. Und mein auch nicht gerade preiswertes Olivenöl gab es quasi als Dreingabe kostenlos dazu. Zugegeben, für meine Kräuter hatte ich auch investieren müssen. Ungefähr zweifünfzig pro Topf. Für einen ganzen Sommer frische Ernte.

Dafür bekam ich auch noch eine Sauce, die nicht in einer Fabrik mit allen Tricks der Lebensmittelchemie zusammengemixt wurde, die keine synthetisch erzeugten Stoffe enthielt (wie Aromen), die nicht mit Geschmacksverstärker aufgepeppt war (nichts anderes war Hefeextrakt), für die keine Regenwälder abgeholzt worden waren (wie für Palmöl).

Nein, die reine, unverfälschte Natur. Ein ruhiges ökologisches Gewissen. Und nichts, was mir hinterher komisch im Magen lag.

Ich ließ Bille probieren.

Sie verdrehte die Augen. »Wow! So gut schmeckt meine Salatsauce nie. Was ist dein Geheimnis?«

»Gutes Olivenöl. Guter Balsamico.«

»Werd ich mir merken.«

So was, eine Veganerin mit Geschmack.

Schließlich dampfte ihr veganer Gemüsetopf, gewürzt mit Koriander, Cumin und diversen anderen Ingredienzien und verfeinert mit einem Schuss Kokosmilch, in den Tellern, und ich probierte. Es schmeckte so, wie es duftete: wunderbar. Das sagte ich ihr auch.

»Siehst du«, meinte sie befriedigt, »vegan geht doch.«

Um sie nicht zu enttäuschen, verriet ich ihr nicht, dass so etwas bei mir auch gelegentlich auf den Tisch kam. Nur nannte ich es nicht vegan, sondern Thai-Curry und machte es im Wok und mit anderen Gewürzen. Zugegeben, ab und zu verirrten sich ein paar Stücke Fisch oder Garnelen in das Curry.

Ich servierte dazu einen Weißburgunder vom Grafen Adelmann.

»Ich kann aber nicht garantieren, dass er vegan ist«, sagte ich.

»Ich werde es überleben«, meinte sie.

Als sie zu reden anfangen wollte, stoppte ich sie: »Mein Kollege Nero Wolfe hat einen Grundsatz: keine geschäftlichen Themen beim Essen. Eine sinnvolle Devise, finde ich. Wir müssen uns also mit belanglosem Smalltalk abmühen.«

Was uns dann gar nicht schwerfiel. Nebenbei erfuhr ich, dass sie 36 Jahre alt war, in einer auslaufenden Beziehung lebte und aus Öhringen kam, weshalb sie vom Camp direkt zu mir gefahren sei. Bei ihrer beruflichen Tätigkeit blieb sie vage.

»Ein Bürojob. Nichts Besonderes«, sagte sie. »Danke übrigens für die Dusche. Nach ein paar Tagen im Camp hat man sie nötig.«

»Immer wieder gern. Wenn ich dafür jedes Mal mit diesem Anblick belohnt werde.«

»Denkste! Das war nur, weil ich dich erst später erwartet hatte. Ich mache die Dusche auch wieder sauber.«

»Dafür habe ich eine Putzfrau. Kommt aus Kasachstan. Oder aus Kirgisistan? Tadschikistan? Ich hab's vergessen. Irgend so ein -stan. Ich kenne mich in dieser Gegend nicht aus. Meine Geographiekenntnisse stammen noch aus der Zeit des Kalten Kriegs.«

Als die Teller leer gegessen waren und Bille das Besteck auf die Seite legte, sagte ich: »Jetzt. Du wolltest mit mir reden.«

Sie drehte das Weinglas in der Hand. »Ich weiß nicht, wie ich anfangen soll.«

»Du bist gar keine Veganerin.«

»Doch, seit langem. Schon bevor es Mode wurde. Allerdings nicht aus ideologischen Gründen. Sondern einfach, weil ich gemerkt habe, dass es mir besser geht, wenn ich auf tierische Produkte verzichte. Ich sehe das allerdings nicht verbissen, siehe den Wein. Ich persönlich bin zwar aus ethischen Gründen dagegen, dass man Tiere tötet, um sie zu essen, aber das muss jeder mit sich selber ausmachen.«

»Im Camp klang das anders. Radikaler. Verbissener.«

»Das gehört zu meiner Rolle.«

»Jetzt wird's interessant. Du bist undercover dort und spionierst das Camp aus.«

»Könnte man so sagen. Ich bin in Öhringen in einer Umweltgruppe aktiv, und einige unserer Gruppe sind auch im Camp. Die meinen, dass dort seltsame Dinge vor sich gehen, und haben mich gebeten, sich das mal anzuschauen.«

»Warum dich?«

»Ich komme von außen und bin nicht in die Hahnenkämpfe involviert, die sich in einer solchen Gruppe unweigerlich entwickeln. Außerdem bin ich in der Lage, mich durchzusetzen, vor allem gegen machohafte Allüren.«

Sie lächelte mich spöttisch an, aber ich fühlte mich in keiner Weise angesprochen.

»Und warum kommst du zu mir?«

»Weil du auch in diese Sache verwickelt bist.«

»Welche Sache?«

»In diese Tierbefreiung mit der entlaufenen Kuh.«

»Ist eigentlich nicht mein Fall, aber lassen wir das mal so stehen. Sagen wir mal: Tierbefreiungen allgemein, und wir schließen die Problemkuh großzügig mit ein. Warum macht ihr eigentlich so einen Schwachsinn? Was wollt ihr damit erreichen?«

Sie ging nicht darauf ein, sondern griff zu einem bewährten Trick. »Ich möchte dich gern um deine Hilfe bitten.«

Welcher Mann schmilzt nicht dahin, wenn eine ganz gut aussehende und sehr gut gebaute Frau das sagt?

Auch ich griff in die Trickkiste. »Ich müsste mal in meinem Kalender nachschauen, aber ich denke, der weiße Ritter hat noch einen Termin frei. Warum ich?«

»Sonja hat gesagt, dass du nicht ganz so zickig bist, wie es den Anschein hat.«

»Dieses Miststück! Die kann was erleben! Die nächsten vier Wochen rühre ich keinen Papierkram mehr an. Im Ernst jetzt?«

»Du kommst viel rum. Du kennst dich aus. Du kennst viele Leute. Dir sagen die Bauern vielleicht manches, was sie mir nicht sagen würden.«

»Stimmt. Klingt ganz nach mir.«

»Sonja hat gesagt, dass du etwas eingebildet bist, dass man dir aber vertrauen kann.«

»Das wird ja immer besser. Ich glaube, ich gehe heute mit Krawatte ins Bett. Das mit dem eingebildet will ich jetzt mal unkommentiert lassen. Noch einen Espresso?«

Sie nickte.

Ich machte mich an meinem Hochglanzgerät zu schaffen. Das gab mir Zeit, meinen Hormonspiegel zu senken.

Ich bin durchaus empfänglich für Schmeicheleien, wer ist das nicht, zumal wenn sie aus dem Mund einer aparten Frau kommen. Das genau war aber das Problem. In meinen Ohren klang das zu dick aufgetragen. Das roch nach Honigfalle. So hatte ich mich schon mal einfangen lassen und es zu spät bemerkt. Katrin Nemhagen! Was aus der wohl geworden war?

Ich servierte den Espresso. Sie nahm Zucker, ich trank ihn schwarz. Schwarz wie die Hölle. So ähnlich fühlte ich mich gerade. Es kam heiß von unten her.

Sie plauderte nicht gleich los. Wenn man misstrauisch war, konnte man das als kommunikationstechnisch geschickten Zug ansehen. Ich tat ihr den Gefallen.

»Also, um was geht es?«, fragte ich. »Was geht im Camp Seltsames vor? Abgesehen davon, dass das Camp als solches seltsam ist?«

»Im Camp treffen sich Menschen, denen der Tierschutz am Herzen liegt. Für einen Veganer ist das eine selbstverständliche Haltung. Und dazu gehört auch, dass keine Tiere geschlachtet werden. Gar keine mehr. Deshalb die Tierbefreiungen.«

»Ein hehres Ziel. Und völlig idiotisch. Das werdet ihr nie erreichen. Bevor die Bauern aufgeben, werden sie sich wehren.«

»Schon geschehen. Wir hatten gestern Abend eine Aktion geplant und sind beschossen worden. Es ist nichts passiert, aber ich nehme an, sie hätten auch treffen können, wenn sie gewollt hätten.«

»Ich kann's den Bauern nicht verdenken. Mit dem Risiko müsst ihr leben. Oder ihr müsst aufgeben. Ihr, nicht die Bauern.«

»Manche nehmen eben viel auf sich für ihre Überzeugungen, während die meisten am Stammtisch hocken und mosern. Das Seltsame ist, dass die Bauern genau dort waren, wo wir hinwollten, nirgendwo anders.«

»Ich verstehe. Ich soll die undichte Stelle bei euch ausfindig machen. Den Maulwurf, der sich in euer Camp gegraben hat.«

»In der Tat, aber ganz anders, als du dir das vermutlich vorstellst. Lass mich weitererzählen. Eigentlich sind wir eine basisdemokratische Gruppe, alles wird diskutiert. Aber im Camp hat sehr schnell, so wurde es mir berichtet, ein Mann die Zügel in die Hand genommen.«

»Christoph?«

»Christoph.«

»Der scheint mir nicht gerade eine charismatische Persönlichkeit zu sein.«

»Ist er auch nicht. Er ist eher so der Basta-Typ. Aber er kann auch sehr überzeugend sein.«

Ich war auch so der Basta-Typ. Ich entkorkte eine Flasche Chianti, ohne nachzufragen, und schenkte uns ein. Bille nippte ohne Widerrede und verzog nicht mal angewidert das Gesicht.

»Und wo ist das Problem? Wie komme ich ins Spiel? Soll ich ihm eine auf die Fresse hauen? Warum habt ihr ihn nicht einfach überstimmt? Oder ihn rausgeworfen?«

»Gruppendynamische Prozesse sind manchmal eigenartig. Es gibt immer genügend, die ganz froh sind, wenn ihnen jemand sagt, was zu tun ist. Vor allem, wenn er das überzeugend tut.«

»Solche Typen nennt man Mitläufer. Und hinterher will's keiner gewesen sein. Ich weiß immer noch nicht, worauf du hinauswillst. Eure Machtspielchen interessieren mich ehrlich gesagt überhaupt nicht. Schlagt euch ruhig die Köpfe ein.«

Meine Einwände berührten sie überhaupt nicht. Sie ignorierte sie einfach. Vielleicht lernt man das als Aktivistin, die sich mit Basta-Typen herumärgern muss.

»Christoph hat vor allem die Auswahl von Aktionszielen an sich gerissen«, sagte sie. »Also wo wir eine Tierbefreiung machen. Weil er sich am besten auskennt, wie er sagte. Er hat immer sehr geheimnisvoll getan und die Ziele erst kurz vorher bekannt gegeben. Wegen des Überraschungsmoments. Seine Worte. Kurz vorher aber ist jeweils ein Typ im Camp aufgetaucht, hat mit Christoph geredet und ist dann wieder verschwunden.«

»Wer war das?«

»Sein Informant, wie er ihn genannt hat.«

»Klingt in der Tat geheimnisvoll. Und imposant.«

»Nicht wahr? Wer wagt da schon zu widersprechen?«

Ich stand auf. Auf Gemüse pur bekomme ich immer ganz schnell wieder Hunger. Doch offenbar hatte ich meinen Haushalt in letzter Zeit arg vernachlässigt. In meinem Kühlschrank befand sich nichts Brauchbares mehr. Nicht mal mehr die toskanische Wildschweinsalami, die mich sonst immer rettete.

Nun, ein Butterbrot war auch nicht zu verachten.

»Du auch?«, fragte ich.

Sie schüttelte den Kopf. »Schon vergessen? Ich bin Veganerin, keine Vegetarierin.«

»Ja, richtig hardcore, ich weiß. Du bist bestimmt ein ›Shades of Grey‹-Fan.«

»Wie kommst du da drauf?«

»Dieser Hang zum Masochismus. Zur Selbsterniedrigung. Zur Kasteiung. Jeglichem Genuss abhold.«

»Vielleicht haben wir unterschiedliche Vorstellungen von Genuss. Für mich hängt Genuss nicht von einem Stück Fleisch ab.«

»Es geht um mehr als das Stück Fleisch. Um Grundsätzlicheres. Darum, dass wir uns selber immer mehr Verbote auferlegen. Alles soll glutenfrei sein, laktosefrei, frei von irgendwas. Am besten frei von allem. Sicher, für manche mag das gesundheitlich wichtig sein, aber das sind verschwindend wenige. Anstatt uns zu freuen über all die guten Dinge, die wir zur Verfügung haben, verdammen wir sie. Man lebt vegan, paleo, clean, low-carb oder sonst wie. Bloß nicht normal. Und jeder ist natürlich überzeugt, dass sein Lebensstil, oder genauer: sein Verzicht das einzig Wahre ist. Wie bescheuert ist denn das? Da rennt man doch irgendwelchen Hypes hinterher und fühlt sich gleich als besserer

Mensch. Als aufgeklärter Mensch, weil man ja weiß, was gut ist, während die anderen noch im Zustand der Dummheit sind. In selbstverschuldeter Unmündigkeit sozusagen. Des Unvermögens, sich seines Verstandes ohne Leitung eines andern zu bedienen.«

»Du willst mich provozieren, ich weiß. Aber dieses hirnlose Geschwätz höre ich oft genug, und es wird durch die Wiederholung nicht besser.«

»Hast du dir schon mal die Frage gestellt, wer einen solchen Hype in Gang bringt und ihn am Laufen hält? Chia, Moringa, Maca, Açai, Goji, diese ganzen Superfood-Dinger, die fallen doch nicht vom Himmel. Die müssen zuerst eine aufwendige Prüfung durchlaufen, damit sie bei uns überhaupt verkauft werden können. Das tut sich kein kleiner Bauer in den Anden an. Das sind handfeste wirtschaftliche Interessen, weil wir allem hinterherrennen, was angeblich so gesund ist. Und der kleine Bauer in den Anden hat bestimmt am allerwenigsten davon. Wie ist das denn mit dem Victoriabarsch? Seit der global vermarktet wird, ist den Menschen am Victoriasee die Lebensgrundlage entzogen. Für die bleiben nur die Abfälle übrig.«

»Ein Grund mehr, vegan zu leben.«

Wir standen uns gegenüber wie zwei Kampfhähne.

Falsch. Nur ich. Sie blieb gelassen.

Sie sah nicht so aus, als wollte sie mir den Rotwein über den Kopf kippen wegen so viel Verbohrtheit. Ich ihr schon.

Sie nahm einen Schluck.

»Bist du fertig mit deiner selbstgefälligen Litanei?«, fragte sie. »Ich wollte mit dir was besprechen.«

Ich atmete tief ein. Herrgott, manchmal konnte ich mich aufregen!

»Wo waren wir?«, fragte ich. »Ach ja, bei Christoph, der die Aktionen immer kurzfristig angesetzt hat, nachdem er mit seinem Informanten gesprochen hat. Was für ein Informant? Hat er sich undercover in eine Kuhherde eingeschlichen und gefragt, wer befreit werden möchte?«

»Kannst du einmal ernst bleiben? Diese Aktion bei Jechtinger, du weißt, wo die Kuh entlaufen ist.«

»Ich kenne die Rosie. Persönlich.«

»Die Aktion habe ich angeordnet. Ganz spontan. Obwohl Christoph ausdrücklich gesagt hat, wir sollten Jechtinger im Moment in Ruhe lassen. Aus strategischen Gründen.«

»Machtspielchen. Wie nett, dass es das auch bei euch gibt.«

»Ich wollte wissen, wie Christoph reagiert.«

»Und wie hat er reagiert?«

»Er war an diesem Abend nicht dabei. Er war ein paar Tage verschwunden und hat erst gestern davon erfahren. Von dir. Als du weg warst, ist er völlig ausgerastet und hat mich niedergemacht. Auf sehr wüste Art.«

»Mit welcher Begründung?«

»Er hat wieder etwas von strategischen Gründen gesagt. Und dass ich alles kaputtmachen würde.«

»Welche strategischen Gründe?«

»Ich habe gehofft, du kannst mir das sagen. Du kennst dich hier besser aus.«

»Strategische Gründe für eine Tierbefreiung fallen mir beim besten Willen nicht ein. Höchstens dagegen. Hast du nicht nachgefragt?«

»Natürlich habe ich das. Aber er hat gar nicht drauf reagiert, sondern mich weiter heftig beschimpft. Das wurde dann ganz schnell auch persönlich. Gegen Frauen im allgemeinen.«

»Worauf willst du eigentlich hinaus? Hast du irgendeinen Verdacht?«

»Mir kam es seltsam vor, dass er so reagiert hat. Sicher, man streitet sich schon mal über Aktionen, aber doch nicht so. Und auch für verletzte männliche Eitelkeit war es zu heftig. Irgendetwas läuft da. Kannst du dich nicht mal umhören? Vielleicht erfährst du etwas.«

»Wer kann schon widerstehen, wenn einen so schöne braune Augen so treuherzig anschauen. Klar, mache ich, kein Problem.«

Das Versprechen ging mir leicht von den Lippen. Umhören, das war ja genau das, was ich die ganze Zeit tat. Und das wusste sie. Was wollte sie wirklich von mir?

»Hast du schon irgendetwas erfahren?«, fragte sie.

»Rein gar nichts. Außer dass ihr Jechtingers Kühe freigelassen habt. Aber ich glaube, das weißt du schon.«

Sie wechselte plötzlich das Thema. »Schön hast du's hier. Da kann man einen richtig kuscheligen Abend auf dem Sofa verbringen.«

Ich wusste, was jetzt nicht kommen musste, aber kommen konnte. Und ich hatte keine Lust darauf. Nicht einmal auf knisternde Spielchen.

»Nimm's mir nicht übel«, sagte ich, »aber ich muss jetzt in mein Bett. Ich bin hundemüde. War ein anstrengender Tag.«

»Du hast recht. Ich brauche auch meinen Schönheitsschlaf. Aber ich fürchte, ich kann nicht mehr fahren. Dein Wein war zu gut.«

»Du kannst in meinem Gästezimmer schlafen. Man kann es übrigens abschließen.«

»Schön, dass du das ausdrücklich erwähnst. Muss ich Angst vor dir haben?«

»Überhaupt nicht. Ich würde sowieso auf einer schriftlichen Erklärung bestehen, dass wir in beiderseitigem Einverständnis … du weißt schon. Man muss sich ja heutzutage gegen alles absichern. Unsittliche Belästigung wäre meinem Ruf abträglich.«

»Das würde mich jetzt mal rein praktisch interessieren. Müssen wir dann vorher auch genau festlegen, wie wir's miteinander treiben?«

»Unbedingt. Man will ja keine Überraschungen erleben.«

»Wo ist nur die Romantik geblieben!«

»Mit dem Aufkommen der Veganer ausgestorben. Es hat etwas mit Genuss zu tun.«

Sie sah sich um, als suchte sie etwas, das sie nach mir werfen konnte.

Ich verschwand schnell in meinem Schlafzimmer.

Ich für meinen Teil schloss ab. Zweimal. Man musste das Schicksal nicht herausfordern. Ich fürchtete Verwicklungen, denen ich im Moment nicht gewachsen war.

Als ich am nächsten Morgen erwachte, so allein, wie ich zu Bett gegangen war, und später, als ich eigentlich wollte, fand ich auf dem Küchentisch einen Zettel: »Vielen Dank für Kost und Logis. Und die Dusche. Sehen wir uns im Camp?« Daneben lag der Schlüssel, den sie von Sonja erhalten hatte.

Bille hatte eine großzügige, schwungvolle Handschrift. Leider befand sich in meinem Bekanntenkreis kein Graphologe. Hätte interessant werden können. Vielleicht hätte man ihre wahren Absichten herauslesen können.

Ich frühstückte also allein und ging hinunter ins Büro, wo Sonja bereits bei der Arbeit war.

Sie schaute mich unschuldig an. »Na, schöne Nacht gehabt?«

»Eine ganz heiße Nacht.«

Sie grinste. Ihren Gesichtsausdruck konnte man wohl als zufrieden bezeichnen.

»Jeder in seinem Bett«, sagte ich.

Dann explodierte ich. Es machte Spaß, mal so richtig rumzubrüllen.

»Was hast du denn da für eine Nummer abgezogen? Bist du noch bei Trost? Du kannst doch nicht eine von deinen Gespielinnen in meine Wohnung lassen, ohne mich vorher zu fragen!«

»Bille ist nicht …«

»Und dann schickst du sie auch noch unter die Dusche, gerade als ich in die Wohnung stürme! Perfektes Timing, muss ich schon sagen!«

»Unter die Dusche?« Sonja lachte schallend.

»Lach du nur! Das war so was von peinlich! Ich stand da wie der letzte Idiot!«

»Was hast du denn? Die Bille ist doch niedlich. Die würde auch ich nicht von der Bettkante schubsen.«

»Über meine Bettkante entscheide ich immer noch selbst! Willst du mich etwa verkuppeln?«

»Warum nicht? Alleine kriegst du zur Zeit ja doch nichts gebacken.«

»Noch ist es nicht so weit, dass ich für meine amourösen Abenteuer Hilfestellung brauche. Nicht mal von dir. Oder besser gesagt: Von dir erst recht nicht. Wir sind bisher gut miteinander ausgekommen, ohne größere Konflikte. Und warum? Weil wir unser Privatleben gegenseitig respektiert haben. Keiner hat sich eingemischt. Du hast jetzt eindeutig eine Grenze überschritten. Wen ich in meine Wohnung mitnehme oder gar in mein Bett, ist allein meine Sache, und das geht dich, verdammt noch mal, nichts an!«

»Jetzt halt mal die Luft an!«

Das hatte ich sowieso vor. Genauer gesagt, musste ich erst mal wieder zu Atem kommen.

Sonja wurde jetzt auch etwas lauter. »Du bist an dieser Sache dran. Bille wollte mit dir reden. Genau darüber. Außerhalb des Camps. Und zwar so, dass niemand von den anderen etwas mitbekommt. Da lag das gestern Abend doch auf der Hand, oder nicht? Ja, ich gebe zu, ich hatte ein paar Hintergedanken. Du hast in letzter Zeit so … einsam gewirkt. War ein Fehler, okay, wird nicht wieder vorkommen. Und jetzt erzähl mal ganz von vorne, Dillinger. Fang am besten mit der Dusche an, das interessiert mich. Das war nämlich nicht abgesprochen. War doch ein schöner Anblick, oder nicht?«

»Woher weißt du … Also doch!«

»Nix also doch! Mädels treffen sich ab und zu unter der Dusche, weißt du? Wie Jungs auch. Wir haben mal eine

Zeitlang miteinander Volleyball gespielt. Daher kenne ich sie. Sie und ihren Body.«

»Ich wusste gar nicht, dass du Volleyball spielst.«

»Ist auch schon eine Weile her. Die Gruppe hat sich zerschlagen. Du weißt ja, wie das ist. Die einen ziehen weg, die anderen haben keine Zeit mehr, und man verliert sich aus den Augen. Auch von Bille habe ich eine Ewigkeit nichts mehr gehört. Bis sie gestern angerufen und gefragt hat, ob ich einen Versicherungsvertreter namens Dillinger kenne, und der kam mir irgendwie bekannt vor. So weit mein Bericht. Jetzt bist du dran.«

Ich wanderte im Büro umher, mit nachdenklich zerfurchter Stirn, und sagte erstmal nichts. Alter Psychotrick. Die Spannung steigt ins Unermessliche. Und dann verkündet man die schreckliche Wahrheit. Brutalmöglichst.

Also verkündete ich: »Ich gedenke, mich zu verehelichen.«

»Schon wieder? Für wie lange diesmal?«

»Für immer. Aus rein gesundheitlichen Gründen.«

»Wegen des ausgeglichenen Hormonspiegels?«

»Warum denkt ihr Frauen immer nur an das eine? Nein, es geht um mein Herz.«

»Ja, ja, die Liebe.«

»Doch nicht so Profanes! Die Rede ist von meinem Herzinfarktrisiko. Eheleute leben gesünder und länger als Singles.«

»Sagt wer?«

»Studien.«

»Na dann! Glaubst du alles, was in der Zeitung steht?«

»Wenn es mir in den Kram passt, schon. Gefährlich sind Scheidungen. Ganz ungesund! Bei Männern schlägt das allerdings erst nach der zweiten Scheidung voll durch.«

»Wie oft bist du schon geschieden?«

»So richtig erst einmal. Aber ich denke mal, jede gescheiterte Beziehung zählt.«

»Dann musst du dir ernsthafte Sorgen machen, Dillinger.«

»Du dir erst recht. Frauen geht das noch mehr aufs Herz. Wir Männer sind offenbar robuster. Richtig dumm dran sind die Polygamisten. Sehr gefährlich! Kannst du eigentlich gleich den Löffel abgeben. Da siehst du mal, welchen Stress so ein Scheich mit seinem Harem hat. Vierkommasechsfach höheres Herzinfarktrisiko!«

»Warum werden die Scheichs dann alle so alt?«

»Wie alt hätten sie werden können mit nur einer Frau?«

»Deshalb willst du heiraten?«

»Beschlossen und verkündet! Gesund leben. Alle Risiken vermindern. Darum geht es doch heutzutage. Dafür tun wir alles. Sogar Unsinniges.«

»Wie heiraten.«

»Hat ja auch andere Vorteile. Nicht nur gesundheitliche.«

»Und wer ist die Glückliche?«

»Muss ich erst noch finden.«

»Ist das nicht gesundheitlich zu gefährlich? Dieser Stress bei der Partnersuche. Diese vielen Enttäuschungen!«

»Darüber sagt meine Studie nichts.«

»Vielleicht Bille?«

»Geh mir weg mit der! Wer sich in mein Bad einschleichen muss, kann keine Frau fürs Leben sein. Sie hätte nur zur fragen brauchen. Ich hätte ihr sogar den Rücken eingeseift. Wie kann man mich nur so verkennen? Also wirklich, Sonja, was du mir da angetan hast! Ich weiß nicht, ob ich dir das jemals verzeihen kann.«

»Also gut. Lass uns verhandeln. Was ist meine Auslöse? Zwei Wochen kein Papierkram für dich?«

Wieder zog ich mich in effektvolles Schweigen zurück. Auch unser Büro verfügte über einen dieser Hightech-Kaffeevollautomaten. Ich machte mich daran zu schaffen und brachte zwei ganz ordentliche Cappuccini zustande. Es ging natürlich noch besser. Professioneller. Aber dagegen hatte bisher die Finanzministerin unseres Büros ihr Veto eingelegt.

Ich überlegte. Vielleicht war das jetzt der richtige Moment. Meine Partnerin befand sich im Zustand höchster Erpressbarkeit. Ich musste nur noch eine Zeitlang den Beleidigten spielen …

Ich servierte den Kaffee und fragte: »Was weißt du über Bille?«

»Nicht viel. Sie war eine gute Mittelblockerin, aber privat weiß ich wenig. Sie hat mich damals nicht interessiert, wenn du verstehst, was ich meine.«

»Aber man redet doch miteinander. Unter der Dusche zum Beispiel.«

»Die Mädels haben meist über Männer geredet. Aus einleuchtenden Gründen ist das nicht das Thema, zu dem ich viel beitragen kann.«

»Gerade du.«

»Dillinger, ich binde nicht jedem gleich auf die Nase, dass ich nicht auf Männer stehe. Vor allem nicht in der Gemeinschaftsdusche mit anderen Mädels.«

»Das Sportlersyndrom.«

Sie nickte.

»Irgendwas wirst du doch über sie wissen«, beharrte ich.

»Sie war locker und hatte immer einen dummen Spruch parat. Aber wenn ich's so recht überlege, über ihr Privat- und Berufsleben hat sie nie gesprochen. Würde dir auch nichts nützen, das ist ja schon sechs oder sieben Jahre her.«

»Und der aktuelle Stand? Ihr habt euch jahrelang nicht gesehen, sie ruft plötzlich an, da tauscht man sich doch aus, was so ist im Leben!«

»Am Telefon hatte sie keine Zeit, und ich nicht, als sie den Schlüssel geholt hat. Wir wollten uns die Tage mal treffen.«

»Und das wirst du tun. Heute. Jetzt. Ohne Birnur. Und du wirst sie ausquetschen. Ich will alles über sie wissen. Was sie denkt. Was sie tut. Einfach alles.«

»Höre ich da doch gesteigertes Interesse heraus?«

»Nein. Nur ein gesundes Misstrauen.«

»Das verstehe ich nicht.«

»Halte dir das noch mal vor Augen. Ich komme heim und finde eine nackte Frau unter der Dusche …«

»Angezogen wäre befremdlich.«

»… und keine, die entsetzt Zeter und Mordio schreit und die entscheidenden Stellen mit den Händen bedeckt, sondern sich begucken lässt und den Eindruck erweckt, als hätte sie nichts dagegen, wenn ich zu ihr in die Wanne steige. Das ist doch der feuchte Traum jedes pubertierenden Jungen. Und ausgerechnet in meinem Bad wird er wahr.«

»Das sind wir emanzipierten Frauen von heute. Wir warten nicht mehr, bis der andere mit den Balzritualen beginnt, sondern holen uns, was wir wollen.«

Ich schüttelte den Kopf. »Nein. Ich habe sie im Camp dumm angemacht, und sie hat mich ziemlich deutlich abfahren lassen.«

»Na ja, so ein paar alte Spielchen müssen halt doch noch sein.«

»Abermals nein. Zu dem Zeitpunkt wusste sie nicht, wer ich bin, was ich weiß und was ich will. Ich muss irgendwas gesagt haben, was sie alarmiert hat. Und sie hat dann überlegt, wie sie an mich herankommt. Ich wette mit dir, sie wusste genau, wie wir beide zusammenhängen, als sie sich ganz unschuldig bei dir nach mir erkundigt hat. Ist ja nicht schwer herauszufinden, du musst nur ins Telefonbuch schauen. Und dann zieht sie die bewährte Nummer ab. Ein bisschen mit den Titten gewackelt, und der Mann fängt an zu sabbern und kann nicht mehr klar denken.«

»Aber du doch nicht!«

»Nicht immer, nein. Diesmal nicht. Aber fast. Ich habe eine Weile gebraucht, bis ich kapiert habe, was da läuft. Eine aparte Frau bittet dich um deine Hilfe, zudem in einer Sache, an der du sowieso dran bist? Aber bitte doch, Madame, jederzeit, alles, was Sie wollen! Nur war ihre Geschichte von den seltsamen Vorgängen im Camp recht dünn. Das merkst du nicht gleich, wenn du noch das Bild aus der Dusche im Kopf hast, wenn man ein bisschen flirtet und etwas zu viel Wein trinkt.«

Sonja überlegte. »Klingt so weit logisch. Aber das Ganze basiert darauf, dass du sie in der Dusche überrascht hast.«

»Man kann den Zufall auch herbeiführen. In meinem Bad funktioniert die Lüftung nicht richtig, ich muss mal danach schauen lassen. Schon nach ganz kurzer Zeit stehst du im Wasserdampf. Aber als ich Bille ›überrascht‹ habe, war die Sicht prächtig. Sie hat gewartet, bis sie mich zur Tür hereinkommen hörte, und dann den Hahn aufgedreht.«

»Vielleicht bist du zu misstrauisch. Vielleicht will sie tatsächlich was von dir. Solche Frauen soll es geben, auch wenn mir das absolut unverständlich ist.«

»Ich bin ja durchaus von mir eingenommen, vor allem was meine Anziehungskraft auf das andere Geschlecht betrifft, aber blöd bin ich nicht. Sie hat mit mir gespielt, und zwar auf sehr raffinierte Weise. Wie früher, als die Damen mal kurz die Fesseln unterm langen Rock hervorblitzen ließen. Gott, muss das erotisch gewesen sein! Locken und dann den Rock wieder fallen lassen.«

»Warum sollte sie das tun?«

»In einem Punkt hast du recht: Sie will was von mir. Aber nicht das, was du denkst. Oder was ich denken soll. Sie will wissen, was ich weiß. Über die Aktionen. Über die Leichen. Und da kommst du ins Spiel. Wenn ihr euch trefft, wirst du sie dezent ausfragen.«

Sonja schaute mich an und dachte nach. Dann schüttelte sie den Kopf.

»Das wird nicht funktionieren. Wenn du recht hast, wird sie gerade mir nichts verraten. Sie weiß doch, dass ich dir brühwarm alles erzähle.«

»Genau das ist der Plan. Sie wird dir das erzählen, was ich erfahren soll.«

»Und was soll das sein?«

»Ich gebe zu, dass mein Plan noch gewisse Schwachstellen hat. Ich weiß es schlichtweg nicht.«

»Gut«, sagte Sonja entschlossen. »Dann lass uns mal überlegen, was wir bisher wissen.«

Drei Cappuccini später wussten wir ziemlich genau, was wir nicht wussten, und hatten auf dieser famosen Grundlage eine Strategie entwickelt.

»Ob das klappt?«, meinte Sonja zweifelnd.

»Muss. Du machst das schon. Ruf Bille an und frag, wo sie ist. Und lass dich nicht abwimmeln. Du willst dich jetzt mit ihr treffen. Jetzt oder nie. Alles oder nichts.«

Sonja sah mich an. »Seltsam. Sie hat mir ihre Nummer nicht gegeben.«

»Mir auch nicht. Moment mal, wenn sie hier angerufen hat, dann hat sie ja von Anfang an gewusst, wer ich bin.«

»Sie hat auf meinem Handy angerufen. Das ist immer noch die alte Nummer.«

»Du hast in all den Jahren nicht den Anbieter gewechselt?«

»Ich bin ein treuer Mensch. In jeder Beziehung. Deshalb muss ich mir auch keine Gedanken um mein Herzinfarktrisiko machen. Anruferliste.«

Bille war im Camp und freute sich unbändig darauf, mit Sonja zu plaudern.

Der Weg zu Keller führte über einen Zerberus an der Pforte, der mich nicht kannte und stur darauf beharrte, dass ich abgeholt werden müsse, wenn ich zu dem Herrn Kommissar wolle. Wie war doch gleich der Name? Und Ihr Begehr? Neue Erkenntnisse im Mordfall Zack? Aha. Der sei ihm nicht bekannt. Ich solle warten.

Ich sah, wie er zum Telefon griff, und er musste wohl einen ziemlichen Anschiss einstecken, denn er öffnete mir mit mürrischem Gesicht die Tür und wollte mir den Weg erklären. Danke, sagte ich, den kenne ich.

Es hatte sich viel verändert bei der Polizei in den letzten Jahren, und nicht unbedingt zum Besseren, aber bei einem Kommissar mit dem Beharrungsvermögen von Keller blieb eines wenigstens gleich: die gute, alte Amtsstube, die mit ihrem Bewohner altert.

Keller sah übernächtigt aus.

»Auch eine heiße Nacht gehabt?«, fragte ich.

»Erst eine nasse, dann eine lange.«

»Du hast dir's natürlich nicht nehmen lassen, die beiden Wohnungen selbst zu inspizieren.«

Er knurrte nur.

»Zu welchen Erkenntnissen bist du gelangt?«

»Dass dich das alles nichts angeht.«

»Und ob! Zumindest die Brandleiche ist auch mein Fall. Ein Versicherungsfall.«

»Dann wird deine Versicherung warten müssen, bis die Untersuchungen abgeschlossen sind und sie einen offiziellen Bericht erhält.«

»Das wird in diesem Leben nicht mehr der Fall sein. Du hast nämlich nichts in der Hand. Du hockst auf deinem Beamtenarsch und wartest auf deine Pensionierung.«

»Du bist ja nur neidisch.«

»Worauf sollte ich neidisch sein?«

»Dass mein wohlgeformtes Beamtenhinterteil mehr aushält als dein Allerwertester.«

Manchmal war es ein hartes Stück Arbeit, Keller so weit zu provozieren, dass er mit Informationen herausrückte. Manchmal klappte es auch gar nicht. Wie jetzt. Mir fiel nichts Passendes ein. Was er sofort ausnützte.

Er lehnte sich in seinem Stuhl zurück und zeigte mit einem Kugelschreiber auf mich. »Du willst Informationen? Machen wir einen Deal. Du kriegst Informationen. Entgegen allen Dienstvorschriften. Aber du kriegst sie nicht umsonst. Wenn du etwas hast, was ich noch nicht weiß, sind wir quitt. Andernfalls … Lass mich überlegen. Es soll ja wehtun. Ach ja! Hängt nicht drüben in Jungholzhausen eine Hällische, die auf ihre Abnehmer wartet? Wie hieß sie noch gleich? Susi? Dein Drittel von der Hälfte ist der Einsatz.«

»Ich bin entschieden im Nachteil«, protestierte ich. »Du kannst immer behaupten, du hättest das schon gewusst.«

»Das traust du mir zu?« Keller riss die Augen auf und tat so, als sei er überrascht.

»Natürlich«, sagte ich.

»Da könntest du recht haben«, sagte er.

Keller liebte solche Spielchen, und ich normalerweise auch. Ob das heute auch der Fall war, würde sich noch herausstellen. Aber ich wollte die Kabbelei abkürzen.

»Deal«, sagte ich.

»Na also«, sagte er befriedigt. »Du kannst nur verlieren. Du bist der geborene Verlierer. Zunächst zu den Identitäten. Rüdiger Zack, unsere Schussleiche, ist tatsächlich Rüdiger Zack. Fingerabdruckvergleich. Bei der Brandleiche wird's schwieriger, die hat uns dummerweise keine Fingerabdrücke hinterlassen. Es gibt da so einen neuen DNA-Schnelltest, absolut vage, nur so ein Anhaltspunkt. Danach könnte die Brandleiche Christoph Glick sein. Aber wir müssen die richtige Untersuchung abwarten, bis wir sicher sein können.«

»Wie kommt Rüdiger Zack zum Ausweis von Christoph Glick?«

»Der lag auf dem Küchentisch in Glicks Wohnung. Und jetzt möchtest du bestimmt wissen, wie er dorthin kommt?«

»Allerdings.«

Keller beugte sich zu mir vor und flüsterte: »Ich verrate dir ein großes Dienstgeheimnis: Ich weiß es nicht.«

»So was aber auch! War der Glick ohne Perso unterwegs! Hat er sich damit nicht strafbar gemacht?«

»Es gibt bei uns keine Verpflichtung, einen Ausweis bei sich zu haben. Es ist nur anzuraten.«

»Falls die Staatsmacht mal wieder eine unbegründete Kontrolle macht.«

»Nie unbegründet. Nur bei begründetem Verdacht.«

»Ein dehnbarer Begriff.«

»Sehr dehnbar. Zum Beispiel könnte ich jetzt den Verdacht haben, dass du mir wichtige Informationen vorenthältst und damit die polizeiliche Ermittlungsarbeit behinderst. Darf ich bitte deinen Ausweis sehen?«

»Der Polizeistaat ist auch nicht mehr, was er war. Seit wann sagt ihr ›bitte‹? Aber ich knicke vor der Staatsgewalt ein. Beide waren in diesem Wiesenbesetzercamp aktiv. Christoph Glick regelmäßig, Rüdiger Zack nur sporadisch.«

»Ich will das mal als relevante Information gelten lassen. Du hast dir deine Susi gerettet. Im Camp, sagtest du? Das ist zwar idiotisch, aber nicht strafbar. Es sei denn, die vom Camp haben etwas mit den Tierbefreiungen zu tun, wie man so munkelt. Haben sie?«

»Ich weiß auch nicht alles.«

»Und was du weißt, sagst du nicht. Habe ich recht?«

»Ich glaube, in deinen Kreisen nennt man das Ermittlungstaktik. Wieso weißt du überhaupt, was man so munkelt?«

»Auch wenn wir nicht mit Nachdruck ermitteln, so halten wir doch die Ohren offen. Für den Fall, dass doch mal jemand eine Strafanzeige stellt. Einer der Viehbauern beispielsweise.«

»Das ist noch nicht erfolgt?«

»Komisch, nicht? Natürlich ermitteln wir von Amts wegen gegen Unbekannt. Aber nur pro forma. Ohne Nachdruck. Anweisung von oben. Wegen der angespannten Personallage. Auch in unseren Kreisen scheint es Hardcoreveganer zu geben, die solche Aktionen gutheißen.«

»Und damit Kriminelle decken?«

»Bewahre! Das ist nur eine Sache der Prioritäten. Noch ein paar technische Details. Die Tatwaffe bei Rüdiger Zack war ein Jagdgewehr, übliches Kaliber, was die Möglichkeiten enorm einschränkt, wie du dir vorstellen kannst, hier hat schließlich nur etwa jeder Dritte so ein Gewehr. Fundort ist nicht gleich Tatort, die Leiche ist in das Wäldchen geschleppt worden, es gibt Schleifspuren, sogar welche, die du nicht zertrampelt hast. Sollte es sonst noch irgendwelche Spuren gegeben haben, hat der Regen sie gestern Abend weggewaschen. Gutes Timing des Mörders, würde ich sagen. Unsere Techniker haben geflucht wie die Bierkutscher. Über den möglichen Tatort wissen wir nichts, aber irgendwie muss der Tote dort hingekommen sein. Möglicherweise mit dem eigenen Auto. Wo das ist, wissen wir nicht, jedenfalls nicht in der Nähe seiner Wohnung und auch nicht in irgendeinem der Haller Parkhäuser. Guck nicht so erstaunt! Ja, wir waren fleißig. Hier hast du Modell und Kennzeichen, nur für den Fall, dass du irgendwo über ein herrenloses Auto stolperst. Aber wehe, du lässt nicht die Finger davon.«

Er schob mir einen Zettel zu.

»Und das Auto von Christoph Glick?«, fragte ich.

Keller lehnte sich in seinem Schreibtischstuhl zurück, worauf dieser protestierend ächzte.

»Tja«, meint er, »das ist ein gewisses Mysterium. Auf Christoph Glick ist nämlich kein Auto zugelassen.«

»Wie ist er dann übers Land gekommen? Auf dem Besen geflogen?«

»Es gibt Busse. Die fahren sogar nach Nesselbach und Obersteinach. Oder er wurde von jemandem mitgenommen.«

»Der dann möglicherweise vor der brennenden Scheune auf ihn gewartet hat. Darüber haben wir schon spekuliert. Ich werde mich mal umhören.«

»Mach das. Und hier, Dillinger, siehst du unsere beiden Opfer, als sie noch jung und schön und lebendig waren.«

Es waren vergrößerte Ausweisfotos, auf denen jeder verbissen und dämlich guckt. Für ein Datingportal wären sie nicht geeignet gewesen.

»Kann ich die Fotos haben?«, fragte ich.

»Natürlich nicht. Wozu auch? Das ist meine Ermittlung. Ich bin die Kripo. Du nicht.«

»Ach, Keller, müssen wir das denn jedes Mal aufs Neue durchkauen?«

»Mit Vergnügen.«

»Musst du nicht mal aufs Klo?«

»Sehe ich aus, als hätte ich eine Konfirmandenblase? Warum sollte ich müssen?«

»Damit ich die Fotos heimlich abfotografieren kann. So macht man das in unseren Kreisen.«

»Warum, glaubst du, habe ich diese Fotos hier liegen? Frag rum. Setz deinen Charme ein. Ich habe zu wenig Leute.«

»Ist das mit deinen Vorgesetzten abgesprochen?«

»Seit wann spreche ich etwas mit meinen Vorgesetzten ab?«

»Ich frage ja nur, wann ich endlich meinen Stern als Hilfssheriff kriege.«

»Bei uns laufen genügend Hilfssheriffs rum«, knurrte Keller. »Kennst du zufällig einen Kerl namens Johannes Scheuerle?«

»Meinen wir den gleichen? Meiner ist so ein dumpfer Veganblockwart.«

»Das ist er. Er hat Bierbaum angezeigt wegen illegaler Schlachtungen, Betrug mit der Quote und einigem mehr. Dich hat er übrigens als Zeugen benannt. Irgendwann muss ich dich also mal vernehmen.«

»Ihr ermittelt im Ernst wegen diesem Quatsch?«

»Müssen wir, ist ja eine offizielle Anzeige. Dumm nur, dass ich die Akte nicht finden kann. Muss irgendwo in diesem Berg hier vergraben sein. Aber wer weiß, wann ich zum Aufräumen komme. Sonst noch Fragen?«

»Ja. Warum bist du heute so rede- und auskunftsfreudig? Warum beziehst du mich in deine Ermittlungen ein? Habe ich was falsch gemacht? Dich verärgert?«

»Weil ich dich liebe, Dummkopf. Weil ich dir ein paar Stücke Susi verdanke. Was macht eigentlich das gute Stück?«

»Hängt ab bei Bierbaum im Kühlhaus.«

»Ist Bierbaum Jäger?«

»Ich denke schon, aber ich weiß es nicht mit Sicherheit.«

»Dann finde es heraus!«

Irgendwann hatte Sonja sich geweigert, mir ihren Privatwagen zur Verfügung zu stellen, wenn ich unerkannt durch die Lande brausen wollte. Was heißt brausen! Gemächlich dahinzockeln. Meine Partnerin konnte schnellen Autos nicht viel abgewinnen, es sei denn, sie saß neben mir auf dem Beifahrersitz und wollte sich mal so richtig gruseln.

Jedenfalls wurde die Anschaffung eines Firmenwagens beschlossen. Elektrisch, versteht sich. Ich plädierte für so einen Tesla-Sportflitzer. Das Kostenargument konnte ich noch mit dem Hinweis auf die Seite wischen, dass ein Firmenwagen ja auch repräsentativ sein sollte, da durfte man nicht am falschen Ende sparen. Außerdem gab es die gebraucht zu akzeptablen Preisen. Doch Sonja punktete souverän mit dem Argument, dass so eine Karre nicht weniger aus dem Rahmen fiel wie mein alter Porsche. Ich beugte mich grummelnd.

Deshalb war ich jetzt in einem garantiert unauffälligen Nullachtfünfzehnmassenstandardwagen unterwegs und hatte schlechte Laune. Konnte man als Konstrukteur eines solchen Gefährts noch ruhig schlafen? Die Existenzberechtigung eines Autos beschränkte sich doch nicht darauf, von einem Punkt zum andern zu gelangen. Noch nie was von Fahrspaß gehört? Aber Spaß war in diesen Zeiten so verpönt wie Genuss.

Genuss. Das war das Stichwort. Ich parkte in Braunsbach vor dem Gasthaus, missachtete den Speiseraum und ging schnurstracks in die Küche.

Der Wirt werkelte in den dampfenden Töpfen und sah nur kurz auf.

»Ah, der Versicherungsdetektiv!«, sagte er. »Haben Sie Ihre Kuh wieder eingefangen?«

»Das ist nicht meine. Die gehört dem Herrn Versicherungsvertreter von der Konkurrenz. Aber ich habe sie gesehen. Scheint ihr gut zu gehen.«

»Kann ich mir vorstellen. Die große Freiheit und abwechslungsreiches Essen. Wenn Sie sie wieder mal treffen, dann sagen sie ihr, sie soll sich in Acht nehmen. Unter den Gemüsebauern grummelt es gewaltig. Wenn der Jechtinger sie nicht bald einfängt, wollen sie die Sache selbst in die Hand nehmen, hört man. Und die fackeln nicht lange. Die haben Gewehre dabei und werden sie auch benutzen.«

»Das nennt man Lynchjustiz.«

Er zuckte mit den Schultern. »Ist ja nur eine Kuh.«

»Das wäre schon ein Witz, wenn es so weit käme. Da haben die Tierschützer die Kuh freigelassen, weil sie gegen das Schlachten von Tieren protestieren, und dann wird sie hinterrücks erschossen.«

»Ich kann die Gemüsebauern verstehen. Die Kuh zertrampelt ihre Existenz.«

»Für den Schaden kommt die Versicherung auf.«

»Wenn sie's überhaupt tut, wird es ewig dauern. Ich will Ihnen ja nicht zu nahe treten, aber die Versicherungen stehen nicht umsonst in dem Ruf, dass sie Entscheidungen mit allen möglichen fadenscheinigen Begründungen hinausziehen. Jeder hat da so seine Erfahrungen.«

Ich seufzte. »Ich weiß schon, woher der schlechte Ruf meines Berufsstandes kommt. Dabei kann ich nicht mal was dafür. Das wird in der Zentrale entschieden, was soll ich tun?«

»Der Zentrale in den Arsch treten. Das ist das mindeste, was ihr für eure Provision tun könnt.«

»Soll ich Ihnen mal die Schwielen an meinem rechten Fuß zeigen?«

Er lachte und zeigte mit einer Schöpfkelle auf mich, von der irgendetwas tropfte.

»Den wahren Schaden kann keiner ersetzen«, sagte er. »Die meisten Großbauern stehen bei der Fabrik oder einem Discounter unter Vertrag. Wenn sie die vereinbarte Menge nicht liefern können, sind sie schnell raus aus dem Geschäft, da interessiert eine entlaufene Kuh nicht. Und es gibt genügend andere, die nur darauf warten, in die Bresche zu springen. Bei den Kleineren, die die regionalen Märkte beliefern oder uns Restaurants, sieht's nicht besser aus. Natürlich muss ich mich nach Ersatz umsehen, und vielleicht bleibe ich bei dem, weil er billiger oder besser ist. So sieht's aus! Die Herrschaften im Camp sollten mal ihr Gehirn einschalten. Ideale sind gut und schön, aber manchmal zerbrechen sie, wenn sie sich an der Wirklichkeit reiben.«

Diesen Aspekt hatte ich auch noch nicht bedacht. Und er brachte mich auf eine Idee. Eine abstruse, völlig abwegige Idee.

Der Wirt rührte wieder in einem Topf. »Aber Sie sind bestimmt nicht hier, um sich meine Monologe anzuhören. Womit kann ich dienen?«

»Ich habe noch ein paar Fragen. Aber die möchte ich nicht vor neugierigen Ohren erörtern.«

Er nickte. »Ich verstehe. Hocken Sie sich an den Chef's Table und verbinden Sie Ihre Fragen mit einem Mittagessen.«

»Das hört sich gut an. Dann machen Sie mir mal den Mund wässrig. Was haben Sie auf der Karte?«

»Wie wäre es denn damit: panierter Kohlrabi auf Kartoffelpüree, dazu Karotten und Rote-Beete-Gemüse an röstiger Soße. Mais, Hafer, Lauch und Rotwein sind auch drin. Und Sellerie. Sag ich nur, weil das eine allergene Zutat ist. Heutzutage ist ja jeder gegen irgendwas allergisch. Gluten, Laktose, Zucker und was weiß ich noch alles.«

»So rottet sich die Menschheit selber aus. Bald kann man gar nichts mehr essen, weil man gegen irgendwas allergisch ist.«

»Nein, Dillinger, das läuft anders. Die meisten sind ja gar nicht wirklich allergisch oder vertragen irgendwas nicht. Die reden sich das ein. Vielmehr lassen sie sich's einreden. Haben Sie sich schon mal gefragt, von wem? Die Antwort darauf werden Sie bald im Supermarkt finden, glauben Sie's mir. Da werden Sie lauter Fertiggerichte in bunten Verpackungen sehen, in denen rein gar nichts mehr ist, was irgendwie an normale Lebensmittel erinnert, denn die Liste der möglichen allergenen Stoffe wird lang und länger. Und oh Wunder, es schmeckt trotzdem. Besser sogar als zuvor. Syntho-Food. Reine, unverfälschte Chemie, aufgepeppt mit künstlichen Aromen. Die gibt es heute schon. Ich könnte Ihnen eine Pizza machen, die so wunderbar nach Basilikum duftet, wie Sie es noch nie erlebt haben. Ich gehe da nur mal kurz mit der Aromasprühflasche drüber. So sieht's aus. Aber ich halte schon wieder einen Monolog. Was ist nun mit dem Kohlrabi?«

»Macht es eigentlich Spaß, Sachen zu kochen, die man selber nicht mag?«

Er zuckte mit den Achseln. »Ich mag auch keine Spätzle, aber ich mache sie trotzdem, weil meine Kunden sie wollen. Richtige Spätzle. Mit Ei und nicht nur mit Wasser, wie das Veganer machen. Können Sie sich das vorstellen? Ohne Ei? Das würde nicht mal der allersparsamsten schwäbischen Hausfrau einfallen. Also kein Kohlrabi? Gut. Für besondere Gäste, die sich vor nichts fürchten, habe ich noch was auf der Karte. Kalbsnieren in Senfsoße mit Bratkartoffeln.«

»Das ist ein Wort.«

Er grinste. »Wusst ich's doch.«

Das Letzte hatte Gesa, die Wirtstochter, gehört, die gerade in die Küche kam.

»Der Detektiv! Das essen Sie aber besser nicht draußen. Sind nur hartgesottene Veganer da heute. Und die überlegen gerade lautstark, wie sie die übrig gebliebenen Fleischesser ausmerzen können. Das sind ihre Worte. Ausmerzen.«

»Ist der Pograbscher auch dabei?«

»Und wie! Mit einer neuen Variante. Er hat mich draußen im Gang abgepasst. Da ist es etwas eng, er ist gestolpert und wäre doch glatt hingefallen, wenn er sich nicht an meinem Busen festgehalten hätte.«

»Was?«, schrie der Wirt. »Jetzt reicht's aber wirklich! Dem schneid ich die Eier ab!«

Er ließ den Rührlöffel fallen und griff nach dem großen Messer, das ich schon kannte.

»Nicht nötig, Papa!«, sagte Gesa schnell. »Papa, hast du nicht immer gesagt, ich soll freundlich zu den Gästen sein? Und auf ihre Wünsche eingehen?«

Er sah sie verblüfft an. »Natürlich. Aber was hat das jetzt damit zu tun?«

»Nun, als er sich da an mir festgehalten hat, habe ich ihm in den Schritt gegriffen.«

»Gesa!«, rief der Wirt entsetzt.

Gesa sah ihn mit todernster Miene an. »Ich glaube, er war angenehm überrascht. Bis ich dann zugedrückt habe. Jetzt rutscht er unruhig auf seinem Stuhl hin und her und weiß nicht, wie er verbergen soll, wo's ihm weh tut. Aber ich glaube, seine Frau ist misstrauisch geworden.«

Der Wirt schüttelte den Kopf und wandte sich an mich. »Haben Sie das gehört? Da versucht man, seine Tochter zu einem anständigen Menschen zu erziehen, und dann macht sie so was!«

»Du hast mich zu einem selbständigen und selbstbewussten Mädchen erzogen, Papa, das sich nicht so leicht ins Bockshorn jagen lässt. Ich kann mich wehren. Aber nicht so männermäßig mit Messer und so. Wir Frauen machen das subtiler.«

»Subtiler!« Der Wirt stöhnte, und ich stöhnte innerlich mit.

Gesa grinste schelmisch. »Oder soll ich sagen: effektiver?«

»Gesa, Gesa!« Der Wirt schüttelte immer wieder den Kopf. »Das hast du richtig gemacht, Mädchen! Trotzdem setze ich den Kerl vor die Tür, und er kriegt Hausverbot. Wer weiß, was dem sonst noch einfällt.«

»Gar nichts!«, sagte Gesa. »Der ist in Zukunft ganz brav. Weißt du, wie ich den von jetzt an begrüße?«

Sie streckte die Hand aus, mit der Handfläche nach oben, und ballte sie ein paar Mal zur Faust. Es waren die Hände eines Maurers. Hände, die wirklich zupacken konnten. Ich konnte mir vorstellen, wie der Pograbscher litt.

»Ach ja«, sagte Gesa. »Eigentlich wollte ich nur einen Salat holen. Papa, ich glaube, du solltest mal nach den Bratkartoffeln schauen, denen geht's nicht so gut.«

Und damit verschwand sie im Gastraum.

»Mist!«, fluchte der Wirt. »Über dem ganzen Theater sind mir die Bratkartoffeln verbrannt. Dieses Mädchen! Haben Sie Kinder, Dillinger?«

Ich schüttelte den Kopf. »Ich weiß von keinen.«

»Seien Sie froh, sonst hätten Sie genauso wenige Haare auf dem Kopf wie ich. Manchmal ist mir meine Gesa ein bisschen zu selbstbewusst.«

»Um die Gesa müssen Sie sich keine Sorgen machen. Sie ist ein patentes Mädchen.«

»Nicht wahr?« Der Wirt strahlte.

Ich bekam dann doch noch Bratkartoffeln, die in Ordnung waren, und die Nierchen schmeckten himmlisch. Während ich aß, erzählte der Wirt mir Geschichten aus Gesas Leben. Sie war wohl schon immer ein wildes Kind gewesen, das lieber auf Bäume kletterte, als mit Puppen zu spielen. Aus jedem Satz sprach der Stolz des Vaters.

Als ich mich zufrieden zurücklehnte und den Verdauungsschnaps schlürfte, erinnerte mich der Wirt an den eigentlichen Zweck meines Kommens.

»Sie wollten mich doch was fragen?«

»Richtig!«, sagte ich. »Sie haben mir doch erzählt, dass Ihnen billiges Fleisch angeboten wurde. War das einer von denen?«

Dabei legte ich die Fotos von Christoph Glick und Rüdiger Zack auf den Tisch.

Der Wirt schüttelte den Kopf. »Die beiden habe ich noch nie gesehen. Nein, das war ein ganz anderer Typ. Mehr so putinmäßig. Hatte auch einen Akzent.«

Gesa kam herein und gluckste.

»Der Pograbscher ist gegangen. Und der ist so komisch gelaufen. So breitbeinig. Und ich habe ein dickes Trinkgeld gekriegt. Muss ich mir merken.«

Sie sah die Fotos. »Was sind das für niedliche Kerlchen? Den da kenne ich.« Sie tippte auf das Foto von Rüdiger Zack.

»Auch so ein Pograbscher?«, fragte ich.

»So nahe bin ich ihm nicht gekommen. Leider. Bei dem hätte mein Spezialgriff sogar Spaß machen können. Ich habe ihn mit Jechtinger gesehen.«

»Was haben Sie bei Jechtinger gemacht?«, fragte ich.

»Er ist einer unserer Lieferanten«, erklärte der Wirt. »Gesa schaut bei allen unseren Lieferanten regelmäßig vorbei, redet mit ihnen und schaut sich die Tiere an. Sie macht das viel besser als ich.«

»Subtiler«, ergänzte Gesa grinsend.

»Wann war das?«

»Vor ein paar Tagen.« Sie überlegte. »Ich weiß nicht mehr genau, wann. Auf alle Fälle, bevor seine Kühe freigelassen worden sind, da bin ich mir sicher. Der Typ da hat auf Jechtinger eingeredet, und Jechtinger hat finster geguckt. Ich habe dann gar nicht angehalten und bin weitergefahren. War wohl eine ernste Unterhaltung, da wollte ich nicht stören.«

Hätte sie es doch getan, dann wäre ich jetzt vielleicht schlauer.

»Was ist mit denen?«, fragte Gesa. »Haben die was ausgefressen?«

»Das weiß ich nicht. Deshalb frage ich ja rum.«

»Hoffentlich nicht«, sagte Gesa. »Der andere da ist richtig süß. Haben Sie seine Adresse?«

»Gesa!«, empörte sich ihr Vater.

Der arme Wirt. Sein forsches Töchterlein hielt ihn emotional ganz schön auf Trab. Merkte er gar nicht, wie sie mit ihm spielte? Oder war das ein eingeübtes Ritual zwischen ihnen?

Bierbaum hatte sich wieder gefangen, war aber denkbar schlechter Laune. Ich konnte es nachvollziehen. Er sah aus, als ob in seinem Schädel ein ganzes Bergwerk fröhlich werkelte.

Und dann war da natürlich noch die Susi. Sicher hatte er ein persönliches Verhältnis zu seinen Tieren gehabt, gleichzeitig aber auch, wie jeder Bauer, ein nüchternes. Irgendwann landeten sie auf dem Teller. So war das eben, dazu waren die Schweine da. Wie man auch die Löwen im Zoo bewundern konnte und dann nicht entsetzt darüber war, dass andere Tiere geschlachtet werden mussten, um sie zu füttern.

»Was willst du denn schon wieder?«, blaffte er mich an.

»Mal schauen, wie's der Susi geht«, antwortete ich fröhlich. »Wo ist sie denn?«

»Im Kühlhaus. Wo sollte sie denn sonst sein? Hast du meinen Scheck mitgebracht?«

Ich schüttelte den Kopf. »Wir brauchen noch den Polizeibericht.«

»Kannst du die Sache nicht beschleunigen? Heute war einer meiner Mieter da und hat mir die Hölle heiß gemacht, weil die Sau, die er geleast hat, nicht mehr da ist. Kann ich was dafür? Den konnte ich gerade noch auszahlen, aber wenn jetzt alle kommen?«

»Es geht seinen Gang.«

Er spuckte vor mir auf den Boden. »Scheißversicherungen!«

Ich nahm es nicht persönlich und zog die beiden Fotos aus der Tasche. »Hast du die schon mal gesehen?«

Er warf nur einen kurzen Blick darauf.

»Nein«, sagte er mürrisch.

»Die könnten was mit deinen Schweinen zu tun haben.«

»Ach?«

Jetzt war er doch interessiert. Er studierte die Fotos genau, ließ seinen Blick hin und her wandern.

»Der da!«, sagte er schließlich und deutete auf Rüdiger Zack. »Der war in der Nähe der Weide. Du weißt schon, der mit der Susi.«

»Bist du dir sicher?«

»Ziemlich.«

»Was hat er da gemacht?«

»Weiß nicht. Spazieren gehen vielleicht.«

»Wann war das?«

»Weiß nicht. Vor ein paar Tagen.«

»Geht es nicht genauer?«

»Dillinger, ich bin jeden Tag dort draußen. Ich führe nicht Buch, wem ich da begegne.«

»Hast du mit ihm geredet?«

»Nein.«

»Ist dir irgendwas aufgefallen? An seinem Benehmen? An seiner Kleidung?«

»Nein.«

»Gar nichts?«

»Nein.«

Bierbaum log, davon war ich überzeugt. Dieser seltsame Totenkopfgürtel musste jedem auffallen. Er war ein Erkennungszeichen wie mein gelber Porsche. Aber warum sollte er lügen? Kam ihm ein möglicher Verdächtiger gerade recht, um von etwas anderem abzulenken?

Ich hakte vorerst nicht nach und setzte meine Tour fort. Moser war nicht da, und auch bei Jechtinger machte niemand auf.

»Der ist unterwegs«, rief mir ein Nachbar zu. »Seine Rosie suchen.«

Und es begab sich, dass der Herr vierzehn Hasen zu sich nahm. Es war ein Akt der Barmherzigkeit, eine Nachbarin musste ihre Hasenzucht aufgeben. Der Herr rettete die Hasen vor dem Schlachter.

Er brachte die Hasen in einem alten Stall unter, Männlein und Weiblein schön getrennt, man weiß ja, was Hasen sprichwörtlich so treiben. Bei der Geschlechtsbestimmung musste allerdings etwas schiefgegangen sein, denn aus den vierzehn Hasen wurden im Handumdrehen vierzig.

Nun muss man wissen: Ein Hasenweibchen trägt ungefähr einen Monat, wirft bis zu zehn Junge und kann schon eine Woche vor der Geburt wieder trächtig werden, da es über einen doppelten Uterus verfügt. Die Jungen werden mit drei bis fünf Monaten geschlechtsreif.

Fortan gab es kein Halten mehr. Die Rammler hießen nicht umsonst so, sie folgten ihrer Natur. Aus den vierzig Hasen wurden vierhundert.

Man hätte daraus ein gutes Geschäft machen können. Doch der Herr war überzeugter Veganer, und seine Haltung gebot es ihm, die Tiere zu schützen. Deshalb hatte er sie gerettet. Und was würde geschehen, wenn er sie jetzt verkaufte? Richtig. Sie würden im Kochtopf landen.

Eines Nachts, die Hasen mochten auf ungefähr tausend angewachsen sein, genau wusste das keiner, sie waren längst nicht mehr zu zählen – eines Nachts wurde in dem Stall eingebrochen. Es passierte nichts weiter, zumindest nichts Sichtbares, konnte schon sein, dass die Herde um einige Exemplare abnahm – es passierte nichts, außer dass hernach die Stalltür nicht wieder zugemacht wurde.

Wer die Übeltäter waren, wusste man nicht, und ebenso wenig kannte man ihre Beweggründe. War es ein Dummejungenstreich? Oder auch ein Akt der Barmherzigkeit? Man konnte sich leicht ausrechnen, dass das Futter für die Hasen Unsummen verschlingen musste.

Das gab es nun sozusagen frei Haus. Und wenn sich eine Horde Hasen über ein Wirsingfeld hermachte, war das wie ein Schwarm Stare im Kirschbaum: Übrig blieb nichts. Immer öfter hörte man Gewehrschüsse, erst bei Nacht, dann auch tagsüber. So leicht kam man sonst nicht zu seinem Sonntagsbraten.

Doch obschon reichlich Strecke gemacht wurde, schien die Hasenpopulation nicht abzunehmen. Im Gegenteil.

Jetzt hatten die Veganer aber ein gewaltiges moralisches Problem.

So konnte es nicht weitergehen, das war klar. Die Hasen wurden mehr, das Gemüse auf den Feldern weniger. Ein Mathematiker mit viel freier Zeit hatte eine Formel entworfen, die so kompliziert war, wie sie aussah, und berechnete, wie lange es dauern würde, bis die Hasen, unter Berücksichtigung ihrer Fortpflanzungsfreude, sämtlichem Gemüse den Garaus gemacht haben würde. Ergebnis: nicht mehr lange. Und der überzeugte Veganer und Tierschützer musste sich die Frage gefallen lassen, ob er nicht dadurch, dass er vierzehn Hasen gerettet hatte, den Tod von Hunderten, ja Tausenden verursachte.

Dem Herrn Hund waren derlei Überlegungen gleichgültig. Er folgte, wie die Rammler, einfach seiner Natur. Für ihn war das wie Weihnachten und Ostern zusammen. Und trotz der vielen Gewehrschüsse war er praktisch ohne Konkurrenz. Bis zu dem Luchs, der irgendwo einsam durch die Gegend streifte, hatte sich noch nicht herumgesprochen, wie reich hier der Tisch gedeckt war.

Zufrieden ließ der Hund sich nieder. Die Hasen, die um ihn herumwuselten, interessierten ihn im Moment nicht im Geringsten. Er war so satt, dass ihm fast schon schlecht war. Er mochte an Hasen gerade nicht mal denken.

Müde schloss er die Augen.

Rosie guckte hingegen ziemlich missmutig. Sie konnte zusehen, wie der Wirsing auf dem Feld weniger wurde. Rosie hatte ja ein ziemlich großes Maul im Vergleich zu einem Hasen, aber die Hasen fraßen schneller.

Sie bahnte sich einen Weg durch die Hasenhorde, und es war ihr egal, ob sie dabei auf einen Hasen trampelte, die mussten selber auf sich aufpassen.

Am Straßenrand hielt ein Auto. Ihm entstieg ein Mann. In der Hand hielt er einen Strick, über der Schulter hing ein Gewehr.

Jechtinger. Auf der Suche nach seiner Rosie.

Er betrachtete das Gewusel auf dem Feld. Viele, viele Hasen und eine Kuh. Seine Kuh.

Er legte an, zielte und schoss.

Mit einem Satz war der Hund auf den Beinen und sah sich um. Er verstand. Rosie war in Gefahr.

Er sprintete los.

Allerdings gab es da ein kleines Missverständnis. Jechtinger hatte nicht im Mindesten die Absicht, seine Rosie einfach abzuknallen, wenn sie sich nicht einfangen ließ, obschon er das seinen Nachbarn versprochen hatte. Dazu war die Kuh viel zu wertvoll. Sie war noch jung und hatte ein langes Leben als Mutter vor sich. Von ihr waren mindestens noch fünfzehn Kälber zu erwarten. Was kümmerte ihn, dass sie sich ihr Futter auf den Feldern holte? Dazu gab es schließlich die Versicherung. Überdies hatte Rosie etwas an Aufmerksamkeit verloren. Die Bauern sorgten sich nicht mehr um die Problemkuh, sondern um die Problemhasen.

Nein, Jechtinger war lediglich auf der Suche nach einem saftigen Braten, wie zur Zeit jeder, der mit einem Gewehr halbwegs zielen konnte. Das war wie Blumenschießen auf dem Rummel. Jeder Schuss ein Treffer. Die Hasen fraßen und rammelten und ließen sich durch das bisschen Geknalle nicht stören.

Eher schon durch einen Hund, der wie ein Bekloppter mitten durch sie hindurchraste. Die Hasen stoben in alle Richtungen davon.

Jechtinger fluchte. Bisher war das so einfach gewesen. Draufhalten, und irgendein Hase fiel um. Wenn die Viecher aber jetzt durcheinanderrannten, musste er sich richtig anstrengen. Und überhaupt, was hatte ein Hund hier zu suchen?

Er legte wieder an, zielte diesmal notgedrungen sorgfältiger und schoss.

Der Hund legte einen Zahn zu. Der Mensch war wohl kein guter Schütze. Zweimal hatte er geschossen, und zweimal daneben. Rosie war unverletzt und kaute in aller Ruhe ihr Grünzeug. Aber ein drittes Mal …

Jechtinger war jetzt richtig sauer. Der Hund verdarb ihm alles.

Der Hund setzte zum Sprung an.

Jechtinger legte an.

Der Hund sprang.

Ein Schuss.

Ein Jaulen.

Ich musste zugeben, dass so ein lautlos dahinrollendes Dings, das andere Auto nannten, auch seine Vorteile hatte. Wenn man die Fenster öffnete, roch man die vom gestrigen Regen noch feuchte Erde, hörte man die Stimmen der Natur, den Wind, das Rauschen der Bäume, Schüsse.

Schüsse? Ach ja, die Hasenplage.

Dann sah ich es.

Ich sah Jechtinger anlegen.

Ich sah den Hund springen.

Ich hörte das Jaulen. Es kam von Jechtinger.

Der Hund hatte sich in dessen Arm verbissen. Jechtinger ließ das Gewehr fallen.

Die Hasen hoben kurz den Kopf und fraßen weiter.

Rosie stand da und glotzte.

Der Hund schnappte sich das Gewehr und rannte mit ihm davon.

Ich rannte zu Jechtinger. Der fluchte und schimpfte wie ein Rohrspatz. Und wenn ein Hohenloher Bauer so richtig flucht, sollten die Jungfrauen aus dem Kirchenchor sich besser die Ohren zuhalten.

Blut troff von seinem Arm.

Ich eilte zu meinem Gefährt, suchte den Verbandskasten, fand ihn nicht gleich, rannte zurück zu Jechtinger.

Der Verbandskasten war noch eingeschweißt, und wie immer, wenn man es eilig hat, widersetzte sich das Ding hartnäckig all meinen Bemühungen. Jechtinger und ich fluchten gemeinsam.

Endlich war die Folie weg, ich öffnete den Verbandskasten und stand ratlos davor. Klar, ich hatte auch mal einen Kurs gemacht, sogar einen richtigen Erste-Hilfe-Kurs, aber das war gefühlt hundert Jahre her, und ich hatte seitdem das, was ich dort gehört hatte, nie anwenden müssen.

Ich griff irgendwas, das wie ein Verband aussah. Natürlich auch eingeschweißt. Natürlich auch hartnäckig. Ich aber auch.

Jechtinger hatte sich unterdessen mit einem Taschentuch das Blut abgewischt, so gut es ging, und inspizierte seine Wunden. Das Taschentuch sah aus, als sei es schon häufig benutzt worden. Nicht gut für die Wunden, dass wusste ich noch.

Endlich hatte ich über den Verband gesiegt und wickelte ihn um Jechtingers Arm.

»Das war doch der entlaufene Hund vom Scheuerle, oder?«, schimpfte er. »Das nächste Mal brenne ich ihm eins aufs Fell. Und dem Scheuerle ziehe ich die Ohren lang. Wenn der nicht auf seinen Köter aufpassen kann, sehen wir uns vor Gericht wieder! Ich kann für ihn nur hoffen, dass er gut versichert ist!«

Auf meinen Berufsstand kam ordentlich Arbeit zu. Die Hasen. Die befreiten Kühe. Die streunende Susi. Die verschwundenen Säue. Der Hund. Und immer musste der Verantwortliche dafür ausfindig gemacht werden. Scheuerle würde argumentieren, dass Bierbaum mit seiner Susi seinen Hund provoziert habe, so dass er weggerannt sei. Ich sah schon, wie sehr viele Anwälte sich sehr erfreut die Hände rieben.

»Sie müssen zum Arzt«, sagte ich.

»Ach was! Das sind nur ein paar Kratzer, das gibt sich schon wieder. Wo ist mein Gewehr?«

»Das ist im Moment ja wohl nicht das Wichtigste. Ihre Wunde muss versorgt werden.«

»Wo ist mein Gewehr?« Jechtinger schrie fast.

»Der Hund hat es mitgenommen.«

»Ich muss mein Gewehr suchen!«

Er machte Anstalten, davonzugehen. Ich packte ihn am Arm. Dem anderen.

»Sie müssen gar nichts. Außer zum Arzt.«

Er versuchte, sich loszureißen. Ich packte fester zu. Er zog. Ich ließ nicht los.

Ich gewann.

»Los, kommen Sie, ich fahre Sie«, sagte ich.

»Fahren kann ich selber, so schlimm ist das nicht. Aber erst muss ich mein Gewehr suchen.«

Hohenloher Bauern können so stur sein! Wenn sie sich was in den Kopf gesetzt haben, bringen sie keine zehn Pferde davon ab. Ach was, kein 500-PS-Schlepper.

»Gut, dann fahren Sie«, sagte ich. »Aber sofort. Die Wunde kann sich entzünden.«

Ich dachte an sein Taschentuch. Dann fielen mir noch ein paar Argumente ein.

»Der Hund streunt schon einige Zeit herum. Wer weiß, ob er nicht die Tollwut hat? Und wenn Sie nicht freiwillig gehen, rufe ich einen Krankenwagen. Und die Polizei. Immerhin war das ein tätlicher Angriff auf Sie. Ihr Gewehr suche ich, versprochen. Weit kommt der Hund damit nicht, das ist viel zu schwer für ihn. Und die paar Hasen, die Sie geschossen haben, können Sie später noch holen. Ich nehme sie Ihnen nicht weg.«

Ich war überzeugend.

Jechtinger fluchte noch mal ausgiebig, stieg dann aber in seinen Pick-up und fuhr davon. Nachdenklich sah ich ihm hinterher.

Hinter mir war ein Knurren zu hören. Himmel! Wappnete sich die Bestie zu einem Angriff auf mich?

Vorsichtig drehte ich mich um.

Der Hund kam auf mich zu. In seinem Maul hielt er Jechtingers Gewehr.

Behutsam legte er es vor mich hin, setzte sich auf seine Hinterbeine und wartete.

Klar! Apportieren. Dem Herrchen das Stöckchen bringen. So hatte er es gelernt. Er sah mich aus großen Augen an und hechelte. Dann wuffte er. Als ob er mir etwas sagen wollte.

Blödsinn. Ein Hund wuffte nun mal, das war seine Natur.

Ich hatte es ja nicht so mit diesen kläffenden, sabbernden, fressenden, scheißenden Kötern, doch ich musste zugeben, dieser war ein schönes Exemplar. Er sah viel besser aus als vor ein paar Tagen, als er mit einem Stück Susi ausgerissen war. Zufriedener. Lebendiger. In sich ruhend.

»Braver Hund«, sagte ich.

Er wuffte.

»Schöner Hund«, sagte ich. »Pass auf dich auf, alter Junge. Wenn du dem Jechtinger noch mal vor die Flinte läufst, ist es um dich geschehen. War aber auch nicht nett, was du da gemacht hast.«

Er winselte. Er hatte es eingesehen und war ganz zerknirscht. Ich sollte mich als Hundeflüsterer verdingen.

»Was mache ich jetzt mit dir? Eigentlich sollte ich dich mitnehmen und zu deinem Herrchen zurückbringen. Hier draußen ist es viel zu gefährlich. So viele Menschen mit Gewehren.«

Ich streckte vorsichtig die Hand nach ihm aus, jederzeit darauf gefasst, dass er zubeißen könnte.

Er wich ein kleines Stück zurück, setzte sich wieder hin und bellte.

»Und dich auch gleich«, sagte ich zu Rosie, die hinter ihm aufgetaucht war, mich anglotzte und bedächtig wiederkäute.

Der Hund sprang auf, stellte sich vor Rosie und knurrte mich an. Sein Blick war böse. Es sah aus, als ob er Rosie beschützen wollte.

Ich schüttelte den Kopf. Was fantasierte ich mir da zusammen! Ich hätte den Schnaps heute Mittag nicht trinken sollen.

Aber die Frage blieb: Was sollte ich mit den beiden anstellen? Die Bürgerpflicht gebot eigentlich, zumindest Rosie einzufangen. Weiterem Schaden vorbeugen und so.

Ich brachte es nicht übers Herz. Die beiden sahen so wohlgenährt und zufrieden aus. Die offizielle Rechtfertigung vor mir selber war freilich: Sie würden sowieso davonrennen.

Ich sah den Hund nochmals genauer an. Er machte eigentlich keinen bösartigen Eindruck. Weshalb hatte er dann Jechtinger angefallen? Bloß weil er auf die Hasen geschossen hatte? Futterneid?

Als ob er meine Gedanken lesen könnte, robbte er auf dem Bauch zu mir hin und stupste mit seiner Nase das Gewehr an, das zu meinen Füßen lag.

Dann sprang er auf seine vier Beine und bellte mich ausdauernd an. Rosie muhte dazu kräftig. Sie drehten sich um und rannten davon.

Ich machte einen halbherzigen Versuch, ihnen nachzulaufen, nur um mein Gewissen zu beruhigen. Ich hatte es doch gewusst. Die beiden waren schneller.

Ich hob das Gewehr auf, um das Jechtinger so ein Gewese gemacht hatte. Es war einfach ein normales Jagdgewehr. Keine Kerben im Schaft für erfolgreiche Abschüsse. Keine schöne Arbeit wie Winnetous Silberbüchse.

Jechtinger stand ja ohnehin auf meiner Liste. Er würde erfreut sein, wenn ich ihm sein Gewehr zurückbrachte. Über einen Finderlohn würde er mit sich reden lassen. Vielleicht ein schönes Steak?

Aber nicht von der Rosie.

Rosie und der Hund sahen mir nach, wie ich davonfuhr.

»So ein Dackel!«, empörte sich der Hund. »Er hat nichts verstanden, gar nichts!«

»Halbdackel«, bekräftigte Rosie.

Im Camp wuselten mehr Leute herum als sonst. Irgendetwas war im Busch. Der Informationsfluss zwischen Sibylle Breiteich und mir war offenbar nur ein dünnes Rinnsal. Sie hatte mir nichts von anstehenden Aktionen gesagt.

Ich stolperte als Erstes über die verpeilte Franzi. Sie sah verwirrt aus, um nicht zu sagen verstört. Vielleicht war sie von dem Gewusel überfordert. Ich konnte nicht einschätzen, was in ihrem Kopf vor sich ging.

»Na, großer Tag heute?«, fragte ich sie.

Sie nickte.

»Ist Christoph da?«

Sie schüttelte den Kopf.

»Wann hast du ihn das letzte Mal gesehen?«

Sie zuckte mit den Schultern.

»Wo geht's denn hin heute?«

Sie zuckte mit den Schultern.

Prima Konversation. Sehr ergiebig. Ich konnte da locker mithalten. Schweigend standen wir nebeneinander und harrten der Dinge, die da kommen mochten.

Plötzlich wandte sie sich mir zu. »Die Kuh. Die entlaufen ist. Der ist doch nichts passiert?«

Ich schüttelte den Kopf.

»Wo ist sie jetzt?«

Ich zuckte mit den Schultern.

»Der Kuh darf nichts geschehen.«

Ich nickte.

»Du musst sie retten.«

Ich nickte.

Sie nickte. Sie lächelte.

Manchmal ist es doch ganz einfach, jemanden glücklich zu machen.

»Die Kuh heißt übrigens Rosie«, sagte ich.

»Rosie«, wiederholte sie. »Ein schöner Name.«

»Und eine schöne Kuh«, bekräftigte ich. »Ich habe vorhin mit ihr gesprochen. Es geht ihr gut.«

»Gesprochen? Hältst du mich für blöd? Seit wann kann eine Kuh sprechen?«

In der Tat, ich hatte sie schon für etwas geistig minderbemittelt gehalten, aber das war sie nicht. Vielleicht etwas einfältig, gutgläubig, naiv.

»Nicht direkt gesprochen«, sagte ich. »Ich habe sie gesehen. Aber ich weiß nicht, wie lange das noch gut geht. Sie richtet ziemlich viel Unheil an. Die Bauern sind sauer. Und wenn sie nicht eingefangen wird …«

»Ich weiß. Dann wird sie erschossen. Deshalb müssen wir sie vorher einfangen.«

»Ich glaube nicht, dass sie das will. Wer einmal die Freiheit kennen gelernt hat, gibt sie nicht freiwillig wieder auf.«

Sie brütete vor sich hin. Man konnte ihr beim Denken zusehen. Es musste anstrengend sein.

Plötzlich gab sie sich einen Ruck. »Daran ist nur Christoph schuld. Das hat er jetzt davon.«

»Wieso Christoph?«

»Der hat immer gesagt, wo wir hinsollen.«

»Aber die Aktion bei Jechtinger hat doch Bille entschieden.«

»Das hat Christoph auch gesagt. Aber ich habe ihm nicht geglaubt. Der wollte sich nur rausreden. Immer hat er das bestimmt.«

»Kerle, jetzt lass amol des Mädle in Ruh«, ertönte eine Stimme hinter mir.

Verärgert drehte ich mich um. Ich hatte den Eindruck, dass Franzi gerade dabei war, etwas Wichtiges zu sagen, was vielleicht das Geheimnis dieses Camps erklären konnte.

Die Kampfrentnerin. Wie hieß sie noch gleich?

»Emma, richtig?«

Sie strahlte mich an. »Genau, d' Emma Öchsle aus Schtuagert zu Gascht auf dem Land. Franzi, gang mal nieber zum Hans, dem solltesch was helfe.«

Brav trottete Franzi davon. Im Gehen warf sie mir einen Blick zu, den ich nicht deuten konnte.

Nachdenklich sah ich ihr hinterher. Emma auch.

»Sie plagt was«, sagte sie.

»Die Sache mit der entlaufenen Rosie scheint sie mitzunehmen«, sagte ich.

»Das auch. Aber da muss noch was anderes sein.«

Ich sah sie fragend an.

Sie schüttelte den Kopf. »Ich weiß es doch auch nicht. Es ist so schwer, an sie ranzukommen.«

Ich musterte Emma Öchsle. Kampflustig vorgerecktes Kinn, blitzende Augen, in denen der Schalk saß. Sie wechselte übergangslos von breitestem Schwäbisch in ein Hochdeutsch mit einigen Verunreinigungen.

»Was wissen … was weißt du über Franzi?« Es fiel mir immer noch schwer, das campübliche Du auf eine Best Agerin anzuwenden.

»Nicht viel. Hauptsächlich, was ich beobachtet habe. Sie ist ein Mensch auf der Suche. Auf der Suche nach sich selbst. Komm, hocket mr na! In meinem Alter ist das lange Stehen etwas beschwerlich.«

Wir setzten uns auf zwei Campingstühle, die abseits standen. Sie kramte in ihrer großen Handtasche, zog eine Selbstgedrehte hervor und zündete sie an.

»Also Emma!«, sagte ich. »In deinem Alter noch rauchen!«

»Das ist kein Tabak, das ist Gras. Gute Ware.«

Ich schwieg betreten. Cannabis in diesem Alter, das ließ nur eine Schlussfolgerung zu.

»Aus medizinischen Gründen?«, fragte ich einfühlsam.

»Noi, weil's Spaß macht.«

Ich schüttelte den Kopf. »Ihr unverbesserlichen Alt-Hippies!«

»Auch nicht. Irgendwann muss man mal nachholen, was man in seiner Jugend versäumt hat.«

»Zum Beispiel in einem Wiesencamp herumstehen und darauf warten, dass die Welt besser wird?«

»Nicht warten, kämpfen, Kerle, mit aller Gewalt!«

»Höre ich da eine gewisse Skepsis heraus?«

»Ha scho! Mei Freindin, die wo i grad bsuach, isch da voll dabei. Des merksch au, wenn se kocht.«

»Das klingt aber nicht nach fester veganer Überzeugung.«

Sie lachte. »Meine Rouladen mit Spätzle und Kartoffelsalat sind berühmt. Und von dene lass i em Läbe net!«

»Was führt dich dann in dieses Camp? Zu lauter Tierschützern und verbissenen Veganern?«

»Tierschutz ist doch immer gut, oder? Und das andere ... Ich habe in meinem Leben schon so viele Moden kommen und gehen sehen. Und Überzeugungen auch. Ich wollte einfach mal sehen, was die jungen Leute hier so machen. Hab ja auch nicht viel anderes zu tun. Irgendwie bin ich auch auf der Suche.«

»Kenne ich. Der Sinn des Lebens. Ich war ihm schon hinterher. Aber er war schneller. Ich habe ihn nicht mehr eingeholt.«

»Mir Schwoba. Jetzt kommet mr ganz schee ens Philosophiere, gell?«

»Ich bin Hohenloher.«

»No schlimmer. Mir hent wenigstens den Schiller ond den Hegel und den Hauff, aber was hent ihr?«

»Die Franzi?«

»Ja, die Franzi. Sie hat eine Ausbildung gemacht, irgendein Bürojob, aber der hat ihr nicht gefallen. Sie weiß nicht, was sie machen soll, und probiert mal dieses und jenes.«

»Ist doch gut, wenn sich die jungen Leute ausprobieren. Ich kenne einige, die lange Zeit nur rumgehängt sind und ihre Eltern zur Verzweiflung gebracht haben. Und irgendwann haben sie das gefunden, was zu ihnen passt, und jetzt sind sie glücklich. Und manche auch erfolgreich.«

Emma wiegte zweifelnd den Kopf. »Stimmt schon. Aber bei Franzi mache ich mir Sorgen. Sie ist irgendwie in diese Gruppe reingerutscht. Die Gruppe gibt ihr Halt, sie hat eine Aufgabe. Das tut ihr offensichtlich gut. Aber auf der anderen Seite ...«

»... ist sie gutgläubig und leicht zu beeinflussen?«

»Sie hat sich ziemlich an Christoph gehängt.«

»Geschmäcker sind verschieden.«

»Oh, Christoph ist ein gut aussehender junger Mann, er ist redegewandt, er ist entschlussfreudig, er hat einen ungeheuren Charme, wenn er will – das kann ein Mädchen wie Franzi schon beeindrucken.«

»Sie hängt gläubig an seinen Lippen?«

»Könnte man so sagen.«

»Ist sie verknallt in ihn? Nützt er das aus? Läuft da was zwischen den beiden?«

»Ich würde es eher als Kleinmädchenschwärmerei bezeichnen. Wie man für einen Popstar schwärmt. In meiner Jugend haben sich die Mädchen bei den Beatles das Höschen nass gemacht. Was aber ist, wenn das Bild vom großen Idol Risse bekommt? Oder auch der Glaube an die gute Sache, der sie sich verschrieben hat?«

»Seit wann ist Franzi so komisch?«

»Seit Montag. Seit du gekommen bist und von der entlaufenen Kuh erzählt hast und der gekreuzigten Sau.«

»Was genau ist passiert?«

»Du hast für ganz schön Wirbel gesorgt. Als du weg warst, haben sich erst Franzi und Christoph in die Haare gekriegt und dann Christoph und Bille. Es ging hoch her. Franzi hat Christoph einige sehr schlimme Dinge angedroht, falls der entlaufenen Kuh was passiert. Christoph hat gesagt, dass er damit nichts zu tun hat, und Bille angebrüllt, weil sie sich nicht an seine Anweisungen gehalten hat. So habe ich das wenigstens verstanden, aber ich weiß nicht, was er damit gemeint hat. Christoph war auf jeden Fall ziemlich angefressen.«

Nachdenklich starrte ich auf das Gewusel im Camp, ohne wirklich etwas zu sehen. Der Teil von Billes Geschichte stimmte also wohl.

»Was macht ihr eigentlich da?«, fragte ich Emma. »Die nächste Tierbefreiung vorbereiten?«

»Nein, da geht es um eine Wiese, die umgepflügt werden soll, irgendwo hier in der Nähe, keine Ahnung. Mit den Tierbefreiungen ist vorerst mal Schluss, das hat Bille durchgesetzt. Diese entlaufene Kuh ist doch ein gewisser Schock für alle. Vielleicht hat sich Christoph deswegen nicht mehr blicken lassen seitdem. Jetzt hockt er wahrscheinlich stocksauer daheim und schmollt.«

Oder lag in einem Kühlfach in der Pathologie und wartete darauf, dass seine DNA ausgewertet wurde.

Emma Öchsle stand auf und streckte sich. »I werd no ganz zappelig von dere Rumhockerei auf dr Wies. Ond an Honger han i! An Joint macht mi emmer hongrig. Du hosch net zufällig a Läberkäsweckle dabei? Odr an Schwartemage?«

Ich lachte. »Unter lauter fanatischen Veganern sind das aber lebensgefährliche Wünsche.«

»Desdewege ben i au nemme lang dabei. Die paar Tag langet. I will bloß no warte, was mit dere Kuh passiert.«

»Wie lange war denn Christoph am Montag im Camp?«, fragte ich.

Emma zuckte mit den Schultern. »Weiß ich nicht mehr genau. Nicht lang nach dir ist er weggefahren. Er hat Franzi mitgenommen.«

»Wohin mitgenommen?«

»Nach Hause vermutlich. Zum Duschen. Das habe ich durchgesetzt, das regelmäßige Duschen. Sonst hält man's hier ja nicht aus.«

Ich musste sie fragend angeschaut haben, denn sie erläuterte: »Franzi hat kein Auto, wie viele hier nicht. Manchmal hat sie sich von jemand eins ausgeliehen, manchmal hat sie jemand mitgenommen. Ist ein bisschen mühsam, das zu organisieren, aber meistens klappt es. Es sei denn, ein hübscher junger Mann vergisst seine Verabredung mit einer alten Frau.«

Hübscher junger Mann? Ich fühlte mich nicht angesprochen. Von etwas anderem schon.

»Franzi ist also mit Christoph zusammen weggefahren?«, hakte ich nach.

Emma nickte.

»Wo wohnt sie?«

»In irgendeinem Kaff«, antwortete sie. »Den Namen habe ich mir nicht gemerkt. Ich kenne mich ja nicht aus hier.«

»Kannst du mir ihre Adresse besorgen? Aber heimlich.«

»Verdeckte Ermittlung?«

»Sozusagen.«

Ihre Augen blitzten. »Spannend.«

Sie wuselte davon und kam kurze Zeit darauf zurück.

»Wolpertshausen heißt das Nest«, sagte sie strahlend. Sie nannte mir auch die Straße.

Ich überlegte. Von Nesselbach nach Wolpertshausen führte die Straße über Obersteinach. Dort, wo die Scheune gebrannt hatte. Dort, wo möglicherweise Christoph Glick verbrannt war. Das legte eine ganz bestimmte Schlussfolgerung nahe und würde die liebe Franzi in ganz anderem Licht erscheinen lassen.

Andererseits: Er konnte natürlich Franzi auch abgesetzt und wieder zurückgefahren sein. Würde ich jemanden wie Franzi dabeihaben wollen, wenn ich die Absicht hatte, eine Scheune anzuzünden?

Oder hatte im Gegenteil Franzi Christoph an der Scheune abgesetzt und war mit seinem Wagen nach Hause gefahren? Er konnte ihr sonst was erzählt haben, sie hätte ihm wahrscheinlich alles geglaubt.

Dann musste es noch einen zweiten Mann gegeben haben. Einen, der Christoph an der Scheune abholen sollte. Kaum anzunehmen, dass er hernach zu Fuß zurück ins Camp wollte. Rüdiger Zack?

Ziemlich verworren, das alles. Und ziemlich an den Haaren herbeigezogen. Und vor allem fehlte mir für den Scheunenbrand noch ein Motiv. Wenn es Moser nicht selber war. Und wie passte Rüdiger Zack in die Geschichte? Und Bierbaums gekreuzigte Sau?

»Weißt du, wie Franzi am Dienstag ins Camp zurückgekommen ist?«, fragte ich Emma.

»Da war sie gar nicht da. Und heute Morgen war sie schon da, als ich gekommen bin. Soll ich das für dich herausfinden?«

»Nicht so wichtig. Welches Auto fährt Christoph eigentlich?«

»Das weiß ich nicht. Darauf habe ich nicht geachtet. Wieso?«

»Nur so. Ist eigentlich Bille hier?«

»Die mogsch, gell?«

»Ehrliche Antwort?«

»I sag's au net weiter.«

»Ich liebe knackige Frauen. Also, ich meine Frauen, die man knacken muss. Aber aus Bille werde ich nicht schlau.«

»So sen mr halt, mir Fraue. Undurchschaubar.«

»Manche mehr, manche weniger. Bille mehr.«

Emma nickte nachdenklich. »Ich glaube, du hast recht. Ich werde auch nicht schlau aus ihr. Sie ist so widersprüchlich. Einerseits sehr gewinnend, andererseits hat sie so was Hartes an sich. Noi, sie isch net do. Grad weggfahre.«

»Dann werde ich mal ein bisschen durchs Camp schlendern und die Aktivisten bei ihren Vorbereitungen beobachten.«

»Mach des. Aber mach die Franzi net schalu, gell?«

Der Regen gestern Abend hatte die zertrampelte Wiese in einen Sumpf verwandelt. Ich hatte damit gerechnet und mir Gummistiefel angezogen. Andere waren nicht so vorausschauend gewesen. Es war eine ziemliche Sauerei.

Ich schlenderte, spitzte die Ohren, fragte dies und das. Ich erfuhr, dass Christoph einen uralten braunen Mercedes Diesel fuhr, den er mit billigem Salatöl aus dem Supermarkt betankte. Ich empfand das als eine sehr sinnvolle Verwendung. Die sinnvollste eigentlich.

Auf Franzi traf ich nicht mehr. Sie sei weggefahren, hieß es, mit dem Hans. Wohin, wollte man mir nicht sagen.

War das nun verdächtig oder nicht? Aber ich hatte sie doch nichts Schlimmes gefragt. Vielleicht war sie auch gar nicht so verpeilt, wie sie tat.

Der Hund leckte sich die Lippen. Endlich! Endlich hatte er mal wieder kraftvoll zubeißen dürfen. Der Wolf in ihm hatte sich erhoben.

Wenn er früher die Zähne gefletscht hatte und andere deswegen erschraken, hatte sein Sklavenhalter immer gesagt: »Der macht nichts. Der will nur spielen.«

Von wegen! Er hatte überhaupt noch nie spielen wollen, er hatte immer nur müssen. Zähnefletschend. Noch nie hatte er einfach nur Hund sein dürfen. Er war immer nur das knuffige Spielzeug gewesen.

In Wahrheit hatte der Wolf sich nicht erhoben, sondern nur kurz geblinzelt. In Wahrheit hatte er nicht kraftvoll zugebissen, sondern nur ein bisschen. Schließlich war er mal ein Jagdhund gewesen. Er wusste, dass man die Wildente nicht mit zwei Bissen hinunterschlang, sondern sie ganz zart ins Maul nahm und sie brav den Jägern vor die Füße legte.

So eine frühkindliche Erziehung prägt einen doch gewaltig.

»Ach, Rosie!«, seufzte er. »Du hast ja keine Ahnung, wie saublöd so ein Hundeleben ist. Alle sprechen von der Käfighaltung der Hühner. Wer spricht über die Wohnzimmerhaltung der Hunde? Rumliegen, brav sein. Nicht mal an den Gummibaum pinkeln darfst du. Nicht mal scheißen, wann du willst. Ist das ein Leben?«

Rosie brummte, hob den Schwanz und ließ einen kräftigen Fladen platschen.

Es war später geworden, als ich gedacht hatte. Den Rest meiner Liste konnte ich heute nicht mehr abarbeiten, ich hatte eine Verabredung, die ich nicht absagen konnte. Ich ärgerte mich kurz, aber heftig. Dann hätte ich den unauffälligen Dienstwagen ja zu Hause lassen können.

Mein Navi fand Franzis Wohnung auf Anhieb. Wie hatten wir das nur früher gemacht? Ich hätte herumfragen müssen, der eine oder andere hätte mich erkannt und ganz unverblümt gefragt, was ich dort wollte.

Natürlich stand Christophs Auto nicht vor der Tür, das wäre auch zu einfach gewesen. Ich kurvte kreuz und quer durch die Siedlung und war für mein langweiliges Gefährt nun dankbar. Ein Auto sah ja aus wie das andere, da fiel es nicht auf, wenn ich immer wieder dieselben Straßen kreuzte.

Nichts.

Ich musste mir eine andere Theorie überlegen.

Beim Sonnenhof ging ein knorriger Mann über die Straße. Der Schlapphut war sein Markenzeichen wie der gelbe Porsche meins. Weil ich automobiltechnisch inkognito unterwegs war, erkannte er mich nicht. Sonst hätten wir uns gegrüßt.

Was hätte er wohl gesagt, wenn er wüsste, dass eine ganze Herde Mohrenköpfle verschwunden und eine Sau perfide gemeuchelt worden war? Die alte Rasse hatten er und ein paar andere Unbeugsame einst vor dem Aussterben gerettet. 1984 war das gewesen.

Gerade mal sieben Sauen und ein Eber hatten überlebt, weil die Verbraucher mittlerweile magererem Fleisch den Vorzug gegeben hatten. In mühevoller Arbeit war der Bestand gesichert und erweitert, ihr Fleisch zu einem begehrten Produkt geworden. Und dann hätte die vegane Wende ihnen fast endgültig den Garaus gemacht. Ein Glück, dass sie auf der Liste der gefährdeten Nutztierrassen standen.

Das hatte den Mörder der armen Susi aber nicht abgehalten.

Der Mann mit dem Schlapphut war eine lebende Werbung für sich selbst. Und ich sprang voll darauf an. Wenn ich schon mal hier in Wolpertshausen war, dachte ich, konnte ich ja im hiesigen Regionalmarkt meine Vorräte auffüllen. Für den Fall, dass ich nach meiner Verabredung heute Abend noch Appetit auf etwas Richtiges hatte.

Natürlich musste auch der Regionalmarkt mit der Zeit gehen. Die Bekehrten gingen starren Blicks an der Fleischtheke vorbei und holten sich aus dem Kühlregal ein veganes Schnitzel.

Es enthielt: Weizenproteine, Sojaproteine, Weizenmehl, Wasser, Rapsöl, Streuwürze (Meersalz, Zwiebeln, Kürbis, Karotten, Zucker, Maismaltodextrin, Knoblauch, Pfeffer, Liebstöckel, Macis, Fenchelsamen, konzentrierter Gemüsesaft (Karotten, Zwiebeln), Sonnenblumenöl, Trennmittel: Magnesiumcarbonat, Kräuter), Pfeffer, Weizenhalmfasern, Verdickungsmittel: Methylcellulose, Kochsalz, Zwiebeln, Hefe und Hefeextrakt, Sellerieknollenpulver, Erbsenfasern, Zitronenpulver, Gemüsebouillon (Kochsalz, Reismehl, Pastinaken, Zwiebeln, Karotten, Olivenöl, Curcuma), Gewürze und Gewürzextrakte, Maisstärke, Aromen, Zitronensaft, Zitronenöl, Backtriebmittel: Diphosphate, Natriumcarbonat.

Hm.

Viel Chemie drin im Essen. Der unvermeidliche Geschmacksverstärker in Form von Hefeextrakt natürlich. Methylcellulose zum Beispiel, der Hauptbestandteil von Tapetenkleister, auch in Shampoos enthalten, das auch gern in Pornos verwendet wird, wenn man einen Cumshot simuliert. Oder Natriumcarbonat, das die alten Ägypter zum Mumifizieren einsetzten und das seit dem Altertum als Reinigungsmittel diente. Früher musste man diese Zusätze mit ihren E-Nummern angeben, heute genügte der Name. Methylcellulose klingt ja auch viel harmloser als E 461.

Dann die Aromen natürlich, diese diffusen Aromen. Nicht mal »natürliche« Aromen, was sich wenigstens gut anhörte, aber auch eine widerwärtige Täuschung war. Das »natürliche« Aroma im Erdbeerjoghurt beispielsweise stammt von Holzspänen; ist ja auch Natur.

Geschmacksverstärker und Aromen. Die Geißeln der Menschheit. Sie hatten unseren Geschmack gelenkt und auf ewig verdorben. Überhaupt: Geschmacksverstärker. Eine interessante Wortschöpfung, eines Heideggers würdig. Sie suggerierte, dass da etwas sei, das man verstärken kann. Aber wie verstärkt man das Nichts?

Bei den »normalen« Fertiggerichten war das nicht anders als bei den veganen. Aber vegan war doch gleich gesund, oder?

Nun ja, man durfte nicht kleinlich sein.

Ich hingegen ließ mir eine Scheibe richtiges Schnitzel abschneiden, von einem echten Schwäbisch-Hällischen Landschwein.

Es enthielt: Schnitzel.

Ich fühlte mich unwohl. Die bösen Blicke stachen mir in den Rücken.

Ich schämte mich.

Ich fühlte mich schuldig.

Ja, ich war es.

Ich war derjenige, der die Chemie- und Lebensmittelindustrie – gab's da einen Unterschied? – in den Ruin trieb. Ich war derjenige, der sich ihren Segnungen verweigerte.

Mein Gott, ich war ja so was von unsozial. Ich war so altmodisch, dass ich an die Kraft guter Naturprodukte glaubte, die alles mitbrachten, was mein Körper brauchte, sofern ich sie nur ausgewogen kombinierte. Ich aß, was mir schmeckte und was mir guttat, und merkte selber, wenn das nicht der Fall war. Ich brauchte für mein Wohlbefinden keine Studien, die vor diesem und jenem warnten. Ich brauchte für meine Gesundheit keine Nahrungsergänzungsmittel. Ich ließ mich nicht von den neuesten Trends durchs Dorf treiben, die von irgendeiner Interessensgruppe, sprich: dem großen Geld erfunden worden waren. Ich war schandbar. Dachte ich denn gar nicht an den Shareholder Value?

Um mein schlechtes Gewissen zu beruhigen, ließ ich mir ein Saitenwürstle auf die Hand geben. Da war doch wenigstens Pökelsalz drin, oder?

Ich schlenderte durch den Regionalmarkt und betrachtete das Angebot. Mehr noch betrachtete ich, was davon in den Einkaufswägen landete. Man konnte interessante Studien betreiben. Sag mir, was du isst, und ich sage dir, wer du bist. Alter Spruch, aber wahr.

Zwei Kinder, ein Junge und ein Mädchen, so zehn, elf Jahre alt, kurvten um die Ecke. Das Mädchen sagte zu ihrem Bruder: »Mama hat gesagt, dass wir uns jetzt ganz gesund ernähren. Freust du dich da auch drauf?«

Vor dem Regal mit den Fertigprodukten stand eine Frau in den Dreißigern, nett anzusehen, gut gekleidet, und konnte sich nicht entscheiden. Sie nahm mal dieses, mal jenes und stellte es dann wieder zurück.

Offenbar hatte ich sie zu intensiv beobachtet, denn sie sprach mich an.

»Gefällt Ihnen was nicht an mir?«

»Ich habe ein gespaltenes Verhältnis zu Fertigprodukten«, antwortete ich diplomatisch.

Sie seufzte. »Ich habe eine Familie und bin berufstätig. Was will ich machen.«

»Ich habe keine Familie, bin aber auch berufstätig. Trotzdem koche ich jeden Abend.«

»Dafür habe ich nicht die Zeit.«

»Das ist keine Frage der Zeit, sondern des Wollens. Was ist es mir wert, ein gutes und gesundes Essen auf den Tisch zu bringen? Ich kann Ihnen auf Anhieb zehn Rezepte sagen, für die Sie einschließlich Vorbereitung nicht länger als eine halbe Stunde brauchen. Gibt's ganz umsonst, Sie brauchen deswegen die Millionen des Jamie Oliver nicht mehren.«

»Eines würde mir schon genügen: für heute Abend.«

»Der Klassiker: Hauen Sie ein Steak oder ein Schnitzel oder eine Hühnerbrust in die Pfanne, dazu irgendein Gemüse oder Salat.«

»Lieber kein Fleisch. Nicht dass ich es nicht mag. Wir versuchen, uns dem Zeitgeist anzupassen. Auch wegen der Kinder. Sie sollen sich nicht als Außenseiter fühlen.«

»Klassiker Nummer zwei: Spaghetti in allen Variationen. Am einfachsten eine schlichte Sauce aus Büchsentomaten, aber nehmen Sie nicht die billigsten, die schmecken nach nichts, am besten frische Kräuter dazu. Man kann das abwandeln, mit Kapern und Oliven oder mit Gemüse.«

»Spaghetti kommen bei den Kindern gut an, deswegen gibt es sie so oft.«

»Mit der Fertigsauce aus dem Chemielabor, richtig?«

Sie sagte nichts. Ich fuhr fort mit meiner Kochschule für den gehetzten Berufstätigen.

»Wie wär's denn mit Zucchini? Wenn es kleine sind, und die sind sowieso die besten – diese Riesenoschis taugen nur als Hasenfutter – also die schneiden Sie in dünne Scheiben. Bei größeren Exemplaren nehmen Sie nur die Haut mit etwas Fruchtfleisch dran und schneiden sie in dünne Streifen. Dann mit Knoblauch in die Pfanne, auch Chili, wenn man's mag, Cocktailtomaten dazu, nicht zu lange braten, die Zucchini soll noch knackig sein. Ich persönlich lasse dann noch Feta leicht anschmelzen, aber das ist dann nicht mehr vegan, nur noch vegetarisch. Oder Sie nehmen verschiedene Gemüse, schneiden auch die in dünne Scheiben oder Streifen, geben sie am besten in den Wok, weil sie dann auch knackig bleiben, dann …«

»Halt, halt!«, sagte sie lachend. »Sie überfordern mich! Wollen Sie nicht zu uns kommen und uns bekochen?«

»Ihr Mann wäre bestimmt nicht begeistert.«

»Schon, wenn Sie auch den Abwasch machen.« Sie schaute mich von der Seite an. »Sie kochen tatsächlich jeden Abend? Für sich allein?«

»Wenn ich nicht essen gehe, was hin und wieder vorkommt, wenn ich nicht eingeladen bin, was auch hin und wieder vorkommt – ja. Kochen entspannt mich. Es macht den Kopf frei. Ich schüttele alles ab, was sich im Laufe des Tages in mir angesammelt hat und was weiterarbeiten würde, wenn ich mich nicht voll und ganz auf das Kochen konzentriere. Und ich bekomme auch noch ein gutes Essen dafür. Manchmal misslingt es, das kommt vor, aber ich weiß wenigstens, was drin ist.«

Sie kaute daran herum und sagte: »Mein Mann hat auch seine Qualitäten.«

»Davon bin ich überzeugt. Sonst hätte er nicht so eine attraktive Frau wie Sie.«

Sie lächelte, und ich fuhr fort: »Vielleicht sollte man doch über Vielweiberei oder Vielmännerei nachdenken. Kein Partner kann alle Bedürfnisse befriedigen. Einen fürs Bett, einen fürs Kochen, einen für den sonstigen Alltagskram, das wäre doch die ideale Kombination.«

»Glauben Sie, das funktioniert?«

»Ich fürchte nein. Bei mir bestimmt nicht. Ich teile nicht gern. Höchstens einen sehr guten Wein. Mit sehr guten Freunden.«

Sie wirkte nachdenklich. »Vielleicht sind wir zu sehr gefangen in überkommenen Vorstellungen und Rollenmodellen. Vielleicht muss sich unser Bewusstsein verändern.«

»Vielleicht. Man muss daran arbeiten. Geben Sie mir Ihre Telefonnummer?«

Sie lachte. »Wenn ich keine Familie hätte, würde ich sie Ihnen vielleicht sogar geben.«

»Wenn Sie keine Familie hätten, würde ich vielleicht ganz ernsthaft danach fragen.«

Sie stellte ins Regal zurück, was sie in Händen hielt, und sagte: »Ich schau mich mal in der Gemüseabteilung um. Ist ja alles aus der Region, nicht wahr?«

Ich sah ihr befriedigt hinterher. Schon wieder eine Seele gerettet. Der Anblick ihrer schönen Beine war Belohnung genug.

Wir hatten uns in Sonjas Wohnung in der Pfarrgasse verabredet. Als ich eingelassen wurde, schaute meine Partnerin betreten, während ihre Partnerin in der Küche mit den Töpfen klapperte.

»Kleines Missverständnis«, murmelte Sonja.

»Setz dich hin, das Essen ist gleich fertig«, rief Birnur.

Sie lugte um die Ecke und sah mich erstaunt an. »So habe ich dich ja noch gar nicht gesehen. Steht dir, dieser Vollbart. So richtig männlich.« Sie zog den Kopf wieder zurück.

»So war das aber nicht gemeint, dass ihr mich zum Essen einladet«, sagte ich. »Ich wollte vegan kochen lernen!«

»Beim Kochen kann ich keinen Mann gebrauchen!«, rief Birnur.

»Sonst auch nicht«, murmelte ich.

Birnur kam aus der Küche und gab mir artig die Hand. »Das habe ich gehört! Und es stimmt nicht. Ich brauche einen Mann, der bei mir in der Wohnung ein paar Regale an die Wand schraubt. Wir sollten nachher einen Termin ausmachen.«

»Schön, dieses moderne Rollenbild. Die Frau steht in der Küche, der Mann bohrt Löcher in die Wand.«

»Man nennt das Arbeitsteilung, Dillinger. Jeder macht das, was er am besten kann. Außerdem haben zwei Frauen, die zusammenleben, die gendermäßige Rollenverteilung auf elegante Art überwunden. So sieht Fortschritt aus!«

»Wegen deiner Regale: Kochen kann ich besser als Löcher bohren. Nur das Vegane kriege ich nicht hin. Es schmeckt einfach nicht. Oder ist das ein grundsätzliches und nicht zu behebendes Problem?«

»Lass dich überraschen!«, sagte Birnur und verschwand in der Küche.

Sonja lächelte gequält. Oder wissend.

»Ist sie immer so?«, fragte ich.

»Sie spielt gern die Gastgeberin. Und sie kocht wirklich gut. Außerdem will sie dich beeindrucken.«

»Warum denn das, um Himmels willen?«

»Ich glaube, sie hat Schuldgefühle. Das hat was mit eurer kurzen Gemeinsamkeit zu tun. Weil sie dir etwas vorgespielt hat.«

»Ich ihr auch. Also sind wir quitt. Kein Thema mehr. Kannst du ihr das nicht ausreden? Aber ich habe gerade so etwas wie ein Déja-vu-Erlebnis.«

»Bille?«

Ich nickte. »Erzähl! Was hast du bei eurem gemütlichen Kaffeekränzchen im Camp erfahren?«

»Nicht viel. Alle persönlichen Fragen hat sie mehr oder weniger elegant umgangen. Sie hat irgendeinen langweiligen Bürojob, wollte aber nicht sagen, was und wo, ist nach mehreren gescheiterten Beziehungen seit längerem Single …«

»So?«, unterbrach ich sie. »Mir hat sie gesagt, sie lebt in einer auslaufenden Beziehung.«

»Gibt es eine dezentere Einladung, wenn man zusammen duscht?«

»Wir haben nicht zusammen geduscht. Außerdem hat sie es erst später gesagt. Und sonst weißt du nichts über sie?«

»Nein.«

»Merkwürdig. Wenn sich zwei Freundinnen nach langer Zeit wiedertreffen, wird doch normalerweise alles durchgehechelt, was in der Zwischenzeit so passiert ist, und meistens protzt man dann auch ein bisschen.«

»Das hat sie strikt vermieden. Dafür hat sie sich eingehend nach dir erkundigt.«

»Und du hast mich natürlich in den höchsten Tönen gelobt. Meinen Charme. Meine Intelligenz.«

Birnur kam aus der Küche gewirbelt. »Die Vorspeise«, sagte sie stolz. »Tranchen von der geräucherten Karotte mit Maniok-Püree und Kressesaat-Chips.«

Wir griffen zu. Es schmeckte sogar. Und ich gab das auch zu.

»Siehst du«, sagte Birnur befriedigt, »es muss nicht totes Tier sein.«

»Dafür eine tote Karotte«, erwiderte ich.

»Das kann man ja nun wirklich nicht vergleichen!«

»Warum nicht? Auch eine Karotte ist ein Lebewesen. Sie wurde getötet in dem Moment, als sie aus der Erde gezogen wurde, und verwest seitdem. Hast du sie nicht schreien gehört? Die Karotte muss sterben, damit sie als Vorspeise auf meinem Teller wieder zum Leben erweckt wird.«

Birnur war verunsichert. »Das ist aber eine arg verquere Denkweise.«

»Stimmt. Wir müssen genau unterscheiden, welche Lebewesen wir zum Zwecke des Essens töten dürfen und welche nicht. Und fühlen uns dadurch doch gleich ethisch erhaben den anderen gegenüber.«

Birnur gab noch nicht auf. »Wenn du das weiterdenkst, darfst du wie die Fruktarier nur noch die Früchte essen, die vom Baum gefallen sind.«

»Das ist vielleicht nicht gesund, aber ethisch konsequent. Wobei man natürlich auch das in Zweifel ziehen und rabulistisch fragen kann: Ist es die Bestimmung des herabgefallenen Apfels, dass er gegessen wird? Ist es nicht vielmehr seine Bestimmung, sich zu vermehren? Was du unterbindest.«

Sonja sagte: »Ich habe mal was über die Jain gelesen, eine alte indische Religion. Die machen das bis zur letzten Konsequenz. Die fegen den Boden vor sich her, um keine Ameisen oder andere Tiere zu zertreten. Sie betreten deswegen keine Wiese. Sie kochen kein Wasser, weil das Mikroben töten würde und weil auch Einzeller das Recht auf Leben haben.«

»Ich habe das auch gelesen«, sagte ich. »Aus diesen Gründen kochen sie auch nicht. Alles schlecht für das Karma und die Wiedergeburt. Die betteln sich ihr Essen zusammen. Das Karma der anderen ist ihnen wohl egal.«

Birnur stand auf. »Ich hole den nächsten Gang.«

Es war eine Kartoffel-Lasagne mit marinierten Steinpilzen, gebeiztem Kohlrabi und Spinat.

»Und außerdem Seitanschnitzel und Tofuwürstchen als Fleischersatz«, verkündete sie.

Da musste ich mich natürlich ereifern.

»Ersatz! Warum Ersatz, wenn ich auch das Original haben kann? Wir haben doch keine Notzeiten, wo es Ersatzkaffee und so Zeugs gab!«

»Vielleicht kommt es noch so weit, wenn die Erde weiter so ausgebeutet wird.«

»Da will ich dir gar nicht widersprechen. Ich stoße mich an den Begriffen. Und dem, was dahinter steht. Vegane Leberwurst. *Wie* Salami oder *wie* Lyoner. Tofuwürstchen. Seitanschnitzel. Ein Schnitzel ist ein Schnitzel ist ein Schnitzel, Punkt. Ihr Veganer habt da ein Problem mit euch selbst. Insgeheim sehnt ihr euch nach Fleisch und Wurst und überdeckt das durch Imitate, weil ihr ja die Gutmenschen seid. Mögen tät ich schon, aber trauen darf ich mich nicht. Warum steht ihr nicht zu dem, was ihr esst, und nennt das auch so? Und noch etwas. Diese Imitate sind ja Industrieware, ein elendiges Gepansche mit haufenweise Chemie, die ganze E-Liste rauf und runter.«

Ich nahm noch etwas von der Lasagne.

»Durchaus genießbar«, sagte ich.

»Aus seinem Mund ist das ein Kompliment«, stichelte Sonja.

»Aber dieses Tofuröllchen ist grässlich. Nun ja, Geschmackssache. Aber ihr solltet nicht so viel von diesem Sojazeugs essen. Das hebt den Östrogenspiegel.«

»Nichts dagegen«, sagte Sonja und warf Birnur einen schelmischen Blick zu.

»Ich schon«, sagte ich. »Ich merke, wie mir der Busen wächst und wie die Hüften rundlicher werden.«

»Waren früher die mit Antibiotika vollgestopften Hühner und Kälber etwa besser?«

Die Diskussion führten Birnur und ich allein. Sonja hielt sich heraus und aß. Mit verhaltenem Genuss, wie ich ihrem Gesichtsausdruck entnahm. Vom Seitanschnitzel hatte sie nur ein Stück probiert und den Rest liegen lassen.

Mir machte es Spaß, Birnur zu provozieren. Auch weil sie voll darauf einstieg. Im Gegensatz zu Bille, die, im Rückblick betrachtet, gestern Abend merkwürdig zurückhaltend gewesen war. Vor allem für jemanden, der sich im Camp engagierte und bereit war, im Dienste des strikten Veganismus Straftaten zu begehen. Wie die Tierbefreiungen.

Birnur hingegen war mit Engagement dabei, hatte gerötete Wangen und fuchtelte mit Messer und Gabel. Vielleicht führten wir nicht nur eine ideologische Auseinandersetzung, sondern auch eine ganz persönliche.

»Ich bin der Letzte, der die Massentierhaltung verteidigt«, sagte ich. »Jeder, der halbwegs bei Verstand war, hat von den Zuständen gewusst. Und alle haben weggesehen oder es zumindest verdrängt. Hauptsache, das Stück Fleisch lag schön verpackt und billig im Supermarkt. Es ist gut, dass das vorbei ist. An dieses Thema hat sich doch früher kein Politiker getraut. Diese Schlappschwänze! Die kamen sich schon ganz großartig vor, wenn sie den Käfig einer Legehenne um eine Briefmarke vergrößert haben. Reden wir nicht mehr von der Massentierhaltung. Reden wir von der Massengemüsehaltung. Oder allgemeiner von der industriellen Landwirtschaft.«

»Das ist ja nun was völlig anderes. Dabei werden keine Tiere getötet.«

»Bist du dir da so sicher? Wenn der Bauer seinen Acker mit Roundup, also einem Breitbandherbizid, plattmacht, wächst da gar nichts mehr. Das heißt, den ganzen Kleinlebewesen wird der Lebensraum kaputt gemacht. Das wiederum geht zu Lasten anderer Tiere, die sich von den Kleinlebewesen ernähren. Vom massenhaften Kunstdünger, der reinen Chemie also, mal gar nicht zu reden.«

»Es gibt auch bio.«

»Aber damit kannst du nicht die ganze Welt ernähren. Vor allem nicht billig. Das ist doch das Einzige, was die Verbraucher interessiert, egal, ob mit Fleisch oder ohne: Hauptsache, es kostet nichts. Und das ist das Grundproblem. Niemand macht sich Gedanken darüber, warum die Sachen so billig sind. Unter welchen Bedingungen sie produziert werden. Mit welchen Begleiterscheinungen und Folgeschäden. Und das gilt für Gemüse genauso.«

»Das kannst du aber nicht uns Veganern in die Schuhe schieben.«

»Gewiss nicht. Aber tut doch nicht so, als würdet ihr mit eurer Art zu essen die Welt retten. Ihr verlagert die Probleme nur.«

Birnur stand auf und wandte sich an Sonja. »Wie hältst du es mit dem nur den ganzen Tag aus?«

Sonja lachte. »Ich seh ihn ja wenig. Der Herr hält sich ja lieber draußen auf als im Büro. Und als Ausgleich habe ich ja dich, mein Schatz.«

»Ich hole das Dessert«, sagte Birnur.

Was sie vor uns auf den Tisch stellte, sah verführerisch aus.

»Ich würde das als Mousse au chocolat einordnen«, sagte ich.

»Ich nenne es ganz schlicht Schokoladencreme.«

»Die Bescheidenheit ehrt dich, Birnur.«

Ich kostete und bemühte mich, nicht das Gesicht zu verziehen.

»Von sehr besonderem Geschmack«, sagte ich.

»Ich gestehe, da sind Sojamilch und Sojasahne drin«, sagte Birnur.

»Schon wieder!«

»Sojaprodukte sind nun mal ein wichtiger Bestandteil der veganen Küche.«

»Und dafür wird der Regenwald abgeholzt. Und du weißt schon, dass über siebzig Prozent der Sojapflanzen genmanipuliert sind? Tolle Ökobilanz.«

»Ha! Du kommst mir gerade recht mit deiner Ökobilanz, du Fleischesser!«

Birnur deutete so schwungvoll mit ihrem Löffel auf mich, dass die Schokoladencreme über den ganzen Tisch spritzte. Sie bemerkte es nicht einmal.

»Ich kann die Leute im Camp schon verstehen, dass sie radikal Schluss machen wollen mit der Tierproduktion. Nicht nur aus ethischen Gründen.«

»Heuchlerin! Erinnerst du dich an die getötete Karotte?«

»Es geht auch um die Ressourcen. Hast du eine Ahnung, welcher Aufwand getrieben werden muss, um Fleisch zu produzieren? Unterm Strich hast du nur ein Neuntel der eingesetzten Kalorien. Ein Kilo Rindfleisch verbraucht über fünfzehntausend Liter Wasser. Was für eine gigantische Verschwendung! Allein das ist schon Grund genug, auf Fleisch zu verzichten.«

»Ich habe dich neulich in Hall gesehen. Du hast einen Kaffee getrunken.«

»Das ist wieder typisch! Wenn man die unangenehmen Wahrheiten nicht hören will, wechselt man schnell das Thema.«

»Du trinkst gern Kaffee?«

»Und ob!«

»Schlecht. Ganz schlecht. Ein Kilo Kaffee braucht fast zwanzigtausend Liter Wasser. Für einen Latte macchiato verschwendest du eine ganze Badewanne voll. Etwa zweihundert Liter. Gigantisch, nicht?«

Birnur wurde still und dachte nach.

Dann sagte sie: »Ich weiß, worauf du hinauswillst. Wenn man schon ökologisch argumentiert, dann muss alles auf den Prüfstand und nicht nur das, was ins eigene Weltbild passt.«

»Das ist doch menschlich«, erwiderte ich. »Machen wir alle so. Das ist jetzt ein gutes Stichwort. Sonja, was ist denn mit dem Weltbild von Bille? Was treibt sie um?«

»Das wenn ich wüsste! Dass sie bei allem Persönlichen abgeblockt hat, habe ich ja schon gesagt. Dafür hat sie mich mit der Camp-Philosophie zugetextet. Umweltschutz, Tierschutz, keine Tiere töten, du kennst das ja. Ein richtiger Redeschwall. Aber das kam mir so aufgesetzt vor. Wie auswendig gelernt. Als ob mir auf dem Jakobimarkt einer dieser fliegenden Händler die ultimative Bratpfanne andrehen wollte.«

»Du meinst, sie ist unaufrichtig?«

»Das weiß ich nicht einmal. Mir kam es nicht so vor, als wollte sie mich überzeugen, sondern als wollte sie mich ablenken. Wovon auch immer. Ich glaube, sie hat gleich gemerkt, dass ich nicht als alte Freundin komme, die plauschen will, sondern dass ich sie aushorchen will. Tut mir leid, Dillinger, ich hab's wohl vermasselt.«

»Im Gegenteil, Sonja, das ist hochinteressant. Gibt es in einem Frauenhaushalt eigentlich etwa Schnapsartiges? Das könnte ich jetzt brauchen.«

Birnur, die eifrige Gastgeberin, sprang auf und stellte eine Flasche auf den Tisch.

»Ein Gin aus dem Schwarzwald«, sagte sie. »Hach, ich liebe diese kleinen Destillerien! Und jetzt sag mir nichts über ökologische Produktionsbedingungen!«

»Darüber weiß ich nicht Bescheid«, musste ich eingestehen. »Aber ich denke, das ist der richtige Weg, nicht nur beim Gin. Kleine Betriebe, regionale Produkte, Sinn für Qualität. Klein, aber fein. Teurer als die Massenware, klar, aber lieber weniger konsumieren, dafür dann mit Genuss.«

»Was findest du bei Bille interessant?«, fragte Sonja.

»Ich glaube, sie wollte dich einlullen und schnell wieder loswerden. Bevor du Fragen stellst, die sie nicht so leicht umgehen kann.«

»Mich loswerden? Warum mich? Bei dir hat sie sich doch geradezu eingeschlichen.«

»Bei mir hat sie es auf andere Art versucht. Das ist dieses alte Mann-Frau-Ding, weißt du. Davon verstehst du nichts, Sonja.«

Aus den Augenwinkeln sah ich, wie Birnur die Augen senkte. Sie verstand das nur zu gut. Unsere Vergangenheit wurden wir nicht los. Zwischen uns hatte dieses Mann-Frau-Ding ja funktioniert. Von beiden Seiten.

»Da ist noch was«, sagte Sonja. »Als sie von ihren Aktionen im Camp erzählt hat, sehr weitschweifig natürlich, hat sie etwas Seltsames gesagt. So in der Art, dass dabei manche ihr privates Süppchen kochen.«

»Welches Süppchen?«

»Hat sie nicht gesagt, und ich habe nicht nachgefragt, ich habe gehofft, dass sie noch mal etwas Derartiges von sich gibt. War aber nicht.«

»Bille hatte Streit mit Christoph, weil sie die Aktion bei Jechtinger angeordnet hat, obwohl er ihn für tabu erklärt hat. Hat sie mir erzählt und wurde mir im Camp auch bestätigt. Ich habe gedacht, da ging es nur darum, wer der Platzhirsch ist, aber vielleicht steckt doch was anderes dahinter.«

»So ein Mann-Frau-Ding?«, spöttelte Birnur.

»Vielleicht sogar das. Manche Männer können es nicht vertragen, wenn sie von einer Frau verdrängt werden. Und soweit ich weiß, gibt es für so ein Camp noch keine Frauenquote. Hat Bille sich verplappert oder wollte sie dir einen Hinweis geben?«

»Ich bin mir nicht sicher. Und noch was. Sie hat dir doch erzählt, dass sie in Öhringen in einer Umweltgruppe aktiv ist.«

Ich nickte.

»Ich habe ein bisschen rumtelefoniert. Viel, um genau zu sein. Die Gruppe gibt es. Aber eine Sibylle Breiteich ist dort nicht bekannt.«

Ich starrte sie an. »Und das sagst du mir jetzt erst?«

»Ach«, sagte Sonja schelmisch. »Wir Frauen sind doch immer für eine Überraschung gut, nicht wahr?«

Birnur lachte schallend.

Ich schüttelte den Kopf. »Also ist Bille nicht das, was sie vorgibt. Was hat das nun wieder zu bedeuten? Egal! Mädels, es ist schon spät, mein einsames Bett ruft.«

Birnur stichelte: »Und jetzt geht er heim und haut sich erst einmal ein Steak in die Pfanne.«

»Ganz bestimmt nicht. Ich bin angenehm gesättigt.«

»Du musst zugeben, dass man auch vegan mit Genuss essen kann.«

»Ich gebe zu, dass vegan auch schmecken kann. Aber vegan und Genuss sind ein Widerspruch in sich. Vegan ist Einschränkung. Verzicht. Abgrenzung. Selbstkasteiung. Die Unterwerfung unter bestimmte Regeln. Quasi ein Heilsweg zum besseren Leben. Genuss ist das genaue Gegenteil davon. Das Leben in seiner ganzen Fülle und Vielfalt. Und ich suche mir selbst heraus, was ich will, was mir guttut, und lasse mir das nicht vorschreiben. Vegan ist wie Sex nur zum Kinderzeugen. Im Gegensatz zu Sex als Spaß.«

»Das ist ein Spaß, den sich nicht jeder leisten kann. Ich meine jetzt auf die Nahrung bezogen.«

»Das ist ein Missverständnis. Genuss heißt nicht Luxus. Luxus in dem Sinne, dass ich konsumieren muss, was selten geworden und deshalb teuer ist. Hummer. Kaviar. Trüffel. Im 19. Jahrhundert gab es in Russland einen Topf Kaviar zum Frühstück, auch bei den kleinen Leuten, und an der Maine-Küste war Hummer ein Arme-Leute-Essen und Gefängniskost. Vielleicht doch Luxus. Ja, Genuss ist Luxus geworden. In dem Sinne, dass man sich all den Verboten und Einschränkungen und Suggestion entzieht und sich wieder auf sich selbst verlässt. Auf seinen eigenen Geschmack, auf seinen eigenen Körper, der sich schon meldet, wenn ihm etwas nicht bekommt. Aber das kennen die meisten ja nicht mehr, weil sie zugedröhnt sind mit all der Chemie, die in den Lebensmitteln steckt. Genuss kann auch ein Schwarzbrot mit Butter sein. Wenn das Brot ehrlich gebacken worden ist, ohne Fertigmischung und künstliche Zusätze. Wenn die Butter von glücklichen Kühen kommt, so klischeehaft das auch klingt, und nicht von Hochleistungsmilchproduktionsmaschinen, die ihr eigenes Euter kaum schleppen können. Ich habe gesprochen. Und jetzt gehe ich.«

»Das Wort zur Nacht. Sein letztes Wort«, spöttelte Birnur.

»Oh, ich habe zu dem Thema noch viel zu sagen«, sagte ich.

»Ich auch«, konterte Birnur. »Beim nächsten Mal?«

»Ich lasse mich von euch gern zum veganen Essen einladen. Ich selber bin in der Beziehung ja etwas unterbelichtet, und was ich koche, wirst du nicht wollen. Vielleicht ist der Spuk auch bald wieder vorbei.«

»Spuk! Jetzt fängt er schon wieder an! Du hast überhaupt nichts kapiert. Das müssen wir ausdiskutieren.«

»Das nächste Mal, ja?«

Zum Abschied umarmten wir uns sogar. Mit ganz viel Körperabstand.

Sonja lächelte.

Auf dem Rückweg in die Gelbinger Gasse fiel mir etwas ein: Wenn Bille in der Öhringer Umweltgruppe nicht bekannt war, dann konnte sie von ihren Freunden auch nicht in das Camp gerufen worden sein, weil dort angeblich etwas faul war.

Ach, ich liebe Frauen mit Geheimnissen!

Keller hatte versprochen, mich anzurufen, wenn es neue Erkenntnisse gab. Hatte er aber nicht. Ich kannte diese Spielchen. Er wollte, dass ich vor ihm auf die Knie fiel und um Informationen bettelte.

Konnte er haben.

Der Herr Hauptkommissar saß gewohnt breitärschig und übellaunig auf seinem Beamtenstuhl und hob nicht den Kopf, als ich eintrat.

»Wann gehst du eigentlich in Pension?«, fragte ich.

»Warum willst du das wissen?«

»Damit mal frischer Wind in die Amtsstube kommt.«

»Ich kann ja das Fenster öffnen.«

»Das wird nichts helfen. Weißt du, das ist eher substanzieller Art.«

»Stiehl mir nicht meine Zeit mit unsinnigem Geplapper. Ich habe zwei Leichen.«

»Drei.«

»Noch eine? Dillinger, jetzt reicht's aber!«

»Die Susi.«

»Die zählt nicht. Die hübscht meine Aufklärungsquote nicht auf. Mit der kann ich bei meinem Vorgesetzten nicht punkten. Der ist überzeugter Veganer.«

»Immer schon? Und er hat nur auf den richtigen Zeitpunkt für sein Coming-out gewartet, weil er sich vorher nicht getraut hat?«

»So ungefähr. Solche Typen findest du jetzt häufig. Erst mal abwarten, ob es auch wirklich gut ist für die Karriere, und dann hat man sein Erweckungserlebnis.«

»So gesehen, ist deine Karriere ziemlich am Arsch, du unverbesserlicher Fleischfresser, du!«

»Ich gehöre zu der kleinen Minderheit, die sich ihre Karriere erarbeiten muss. Bei mir zählt die Quote.«

»Das, Keller, war das Stichwort. Wie kann ich dir helfen? Welche neuen Erkenntnisse gibt es?«

»Keine, die ich einem Außenstehenden mitteilen dürfte.«

»Keller, ich bin Teil des Teams.«

»Das wüsste ich aber.«

»Du hast mir ausdrücklich erlaubt, dass ich ermitteln darf. Soll ich dir's vorspielen? Ich habe unser Telefongespräch mitgeschnitten.«

»Das bezog sich nur auf die Susi.«

»Und wenn das alles zusammenhängt?«

»Ach ja? Rüdiger Zack schlitzt die Susi auf, und die rächt sich, indem sie ihn erschießt?«

»Ja, und die Brandleiche war von dieser Idee Feuer und Flamme. Was ist mit Mosers Alibi?«

»Hat sich bestätigt. Fast so, wie du dir's zusammengesponnen hast. Ein Kellner hat seiner Begleiterin die heiße Suppe auf den Rock gekippt, und an den Aufschrei haben sich alle erinnert.«

»Gut. Ich wusste ja, dass er's nicht selber gemacht hat. Er hat jemanden beauftragt.«

»Bemerkenswerte Schlussfolgerung. Wen? Willst du mir das gleich verraten oder behältst du's noch eine Weile für dich, um die Spannung zu erhöhen?«

»Wer wohl? Christoph Glick natürlich. Die Brandleiche dürfte doch mittlerweile identifiziert sein.«

»Ja, sie ist identifiziert.«

»Na also! Was red ich denn!«

Keller lehnte sich in seinem knarzenden Stuhl zurück und sah sehr zufrieden aus.

»Aber die Brandleiche ist nicht Christoph Glick.«

»Was? Wer dann?«

»Sagen wir mal so: Es ist schon der Mensch, der hier als Christoph Glick bekannt war und der unter diesem Namen auch eine Wohnung in Schwäbisch Hall gemietet hatte. Wobei er sich hier nie angemeldet hat. Seine Papiere sind gefälscht, nicht erste Sahne, aber gut genug, dass es bei einer flüchtigen Prüfung nicht auffällt.«

»Wie ein gewissenhafter Hauptkommissar bestätigen kann.«

»Das wird mir ewig nachhängen, ich weiß. Aber was tut's der Eiche, wenn sich die Sau dran rubbelt? Aufgrund gewisser Indizien, die wir in der Wohnung gefunden haben und die dein Spatzenhirn überfordern würden, handelt es sich bei Christoph Glick in Wahrheit um einen gewissen Hubert Meillert, zuletzt gemeldet in Köln. Dort wohnt er allerdings nicht mehr, wie die Kollegen vor Ort überprüft haben. Und da er sich hier nicht angemeldet hat, ist er dort auch nicht abgemeldet.«

»Das heißt, er ist vom Radar verschwunden. Wie hat er dann eine Wohnung mieten können, wenn er die nötigen Papiere nicht hat?«

»Wer in der Lage ist, sich einen gefälschten Personalausweis zu besorgen, kriegt eine Meldebestätigung der zuständigen Behörde für ein Taschengeld obendrauf. Ich hab noch was für dich.«

Er kramte in den Papieren auf seinem Schreibtisch, als ob er tatsächlich etwas suchen würde. Ich kannte das. Ich wartete anstandshalber. Und ich wusste, er würde gewinnen, weil ich heute noch ein paar andere Dinge zu erledigen hatte.

»Jetzt sag schon!«, sagte ich und legte die richtige Dosis Genervtheit in meine Stimme.

So ein armer Polizeibeamter brauchte auch sein bisschen Spaß jeden Tag. Und in der Tat, er guckte schon wieder höchst zufrieden.

»Unser Kunde, nennen wir ihn der Einfachheit halber weiterhin Christoph Glick, ist aktenkundig. Es gab da mal eine Anzeige wegen Erpressung. Der Fall wurde nicht weiterverfolgt, weil das Opfer seine Anzeige plötzlich zurückgezogen hat. Dünne Begründung. Deshalb haben die Kollegen die Akte auch nicht geschlossen. Sie wussten, dass da was faul war, sie konnten es nur nicht beweisen und haben auf bessere Zeiten gewartet.«

»Das ist ja interessant, hilft uns aber auch nicht weiter. Und ändert nichts an meiner These. Egal, wie der Kerl heißt, Moser kann ihn trotzdem beauftragt haben. Hat Mosers Begleiterin übrigens einen Namen?«

»Nicht bekannt. Sie haben sich als Herr und Frau Moser eingetragen. Leider gibt es keine Ausweispflicht beim Check-in.«

»Wieso leider? Willst du etwa die totale Überwachung? Dann wäre ja kein romantisches Wochenende mit der Geliebten mehr möglich. Wie im Falle Moser.«

»Ich bin Polizist. Mich interessiert Romantik nicht.«

»Gibt es wenigstens eine Beschreibung?«

»Gibt es. Wenn ich sie finde. Obwohl das für uns bedeutungslos ist. Moser hat sein Alibi, er kann sich vergnügen, mit wem er will.«

Jetzt suchte er tatsächlich in seinen Papieren.

»Hier hab ich's. Mitte dreißig, gutaussehend, lange, hellblonde Haare, ziemlich langer Pony. Ist das dein Typ? Willst du sie Moser abspenstig machen?«

»Ganz bestimmt nicht.« Ich hatte es plötzlich eilig. Aber eins interessierte mich noch. »Was macht eigentlich dein ehemaliger Assistent Nissen?«

»Karriere in Aalen.«

»Auch so ein Wendehals? Das hätte ich nicht von ihm gedacht.«

»Es gab wohl im weiblichen Teil der Familie schon immer gewisse vegetarische Tendenzen. Die haben sich dem Zeitgeist gemäß verschärft. Er leidet.«

»Da wird es Zeit für einen richtigen Männerabend. Ich stifte meinen Teil der Susi dafür.«

»Er wird dir die Füße küssen.«

Aber zuerst fuhr ich nach Orlach, zu Frieder Bergel. Er war der Bauer mit den Monsterkarotten, ich hatte herumgefragt. Ich war wieder mit dem einzig wahren Auto unterwegs. Es gab keinen Grund, Verstecken zu spielen.

Er öffnete mit einem Gewehr im Arm. Das neue Willkommensritual Hohenloher Bauern.

»Begrüßen Sie Ihre Besucher immer so?«, fragte ich ganz gelassen.

Allmählich gewöhnte ich mich daran.

»Manche schon«, erwiderte er. »Wer sind Sie? Was wollen Sie? Ach ja, ich erkenne Sie. Sie haben mich doch neulich über meine Karotten ausgefragt. Meinen Sie, das hätte ich nicht bemerkt?«

»Was heißt ausgefragt? Mich hat's halt interessiert.«

Ich stellte mich vor.

»Darf ich Ihren Ausweis sehen?«, fragte er.

»Misstrauisch sind Sie ja gar nicht«, sagte ich und kramte ihn hervor.

»Man kann nicht vorsichtig genug sein in diesen Zeiten.«

Er studierte meinen Ausweis und verglich das Foto mit mir. Ich fand ja, dass es überhaupt keine Ähnlichkeit mit mir hatte, so bescheuert sah ich in Wirklichkeit nicht aus.

Er war anscheinend zufrieden und gab mir den Ausweis wieder zurück.

»Dillinger«, sagte er. »Hab schon von Ihnen gehört. Sie rennen hier herum und stellen Fragen.«

»Ich bin halt wissbegierig.«

»Was wollen Sie? Ich habe schon genügend Versicherungen.«

»Wahrscheinlich sogar zu viele und zu teure. Darüber können wir bei Gelegenheit gern mal reden. Aber jetzt komme ich wegen was anderem. Wegen der Karotten.«

»Die Karotten. Von denen sind Sie besessen, was?«

»Als Salat mag ich sie. Als Gemüse? Nun ja, grenzwertig.«

»Ich verstehe. Sie bringen mir den Scheck. Meine Entschädigung.«

»Leider nein. Für den Fall ist die Konkurrenz zuständig. Darf ich trotzdem hereinkommen? Ich gehe auch ganz brav vor Ihnen her, dann haben Sie mich mit Ihrem Gewehr besser unter Kontrolle.«

Er ließ mich tatsächlich vorausgehen. Und plötzlich spürte ich den Gewehrlauf im Rücken. Ich erstarrte und hob die Hände.

Er lachte. »Kleiner Scherz.«

»Haben hier eigentlich alle Bauern Gewehre? Das ist ja wie im Wilden Westen.«

»Der war gar nichts im Vergleich zum wilden Hohenlohe. Ich bin Jäger. Wie viele hier.«

»Und sind allzeit bereit? Warten Sie darauf, dass die Hasen an Ihre Tür klopfen und nach dem Kochtopf fragen?«

»Fünf liegen schon in der Gefriertruhe. Aber man will ja nicht dauernd Hase essen.«

»Ich hätte zur Abwechslung eine freilaufende Kuh anzubieten. Damit wären wir schon beim Thema.«

Er dirigierte mich in die Wohnküche. Auf dem Tisch lagen ein Laib Brot, ein Schinken und Büchsenwurst.

»Ich war gerade beim Vespern«, sagte er. »Halten Sie mit?«

»Ich höre mich nicht nein sagen. Bei dem Angebot! Ich dachte, bei einem Gemüsebauern kommt nur Gemüse auf den Tisch.«

»Ich würde mir sogar ein paar Schweine für den Hausgebrauch halten, wenn es noch erlaubt wäre. So bin ich halt auf meine geheimen Quellen angewiesen.«

»Die Sie natürlich nicht verraten.«

»Nicht mal meinem besten Freund. Nicht mal unter Folter. Greifen Sie zu. Die Essiggurken kommen aus dem eigenen Garten, hat meine Frau eingemacht. Das Brot ist selbstgebacken.«

»Dass Sie sich die Mühe machen!«

»Muss man ja, wenn man was Vernünftiges essen will. Bei dem Brot weiß ich, was drin ist, nämlich nichts als Mehl, Wasser und Sauerteig. Beim Bäcker weiß ich nicht, welche optimierte Fertigmischung er gerade verwendet. Wissen Sie, das ist eigenartig. In meiner Jugend wurde immer selber gebacken, und wenn es zwischendurch mal ein Bäckerbrot gab, war das wie Geburtstag. Heute ist es gerade umgekehrt. Ein Gutes hat es ja, und das hat nicht erst mit der Herrschaft der Veganer angefangen, die hat die Situation nur verschärft: Man besinnt sich wieder auf das Althergebrachte. Sicher, selber was anzubauen und zu verarbeiten macht mehr Mühe, als im Supermarkt ins Regal zu greifen, aber dann weiß man wenigstens, was man hat.«

»Ich wohne in Schwäbisch Hall. Ich habe keinen Garten. Ich kann nichts selbst anbauen.«

»Wo kaufen Sie Ihr Gemüse? Beim Discounter?«

»Auf dem Haller Wochenmarkt natürlich. Nur.«

»Eben. Wir auf dem Land haben einen großen Vorteil. Wir sind näher dran an den Produzenten. Wir kennen sie vielleicht sogar. Wir können uns aussuchen, wo wir einkaufen, wir wissen, wo die Produkte herkommen.«

»Ich kannte mal einen, der ist für die beste Brezel weit und breit fünfzig Kilometer gefahren.«

»Das meine ich. Das macht man nicht jeden Tag. Aber für ein gutes Produkt muss man auch mal was investieren.«

»Dann kaufe ich mein Gemüse in Zukunft bei Ihnen.«

»Ich verkaufe nur an die Fabrik und die Supermärkte. Wunderschönes Gemüse. Gerade gewachsen. Groß gewachsen. Passt in die genormten Transportkisten wie eigens dafür gemacht. Hält ewig. Hält alles aus. Mit den Tomaten können Sie Fußball spielen. Sieht alles toll aus. Schmeckt nach nichts. Das sind alles nur Gemüseattrappen.«

»Sagt ausgerechnet der Gemüsebauer.«

»Sagt gerade der. Wissen Sie, wir sind schon lange in der Hand weniger Großkonzerne, die das Saatgut liefern. Monsanto kennt ja jeder. Die diktieren, was wir anbauen. Genormtes Gemüse. Wir können ja nicht mal sagen, das ist bei mir gut gewachsen, das kam bei der Kundschaft gut an, das will ich wieder haben. In der nächsten Saison kommt der Vertreter mit seinem Katalog und zeigt mir schon wieder andere Sorten, die noch besser optimiert sind. Wir können nicht mal selber nachziehen, wie das jeder Bauer früher gemacht hat, denn das sind Hybridsorten, bei denen geht das nicht, die sind nur für den einmaligen Anbau gezüchtet. Außerdem ist es verboten, die Konzerne haben ein Patent drauf. Die haben mittlerweile auf alles ein Patent. Selbst wenn sie nichts anderes tun als das, was jeder Bauer früher gemacht hat: zwei Sorten zu kreuzen.«

»Plagt Sie als Bauer da nicht das schlechte Gewissen?«

»Mich plagt höchstens mein Bankkonto.«

»Damit wären wir beim Thema.«

Der Bauer stand auf und öffnete eine weitere Büchse Wurst. Nach meinen gestrigen Ess-Eskapaden hatte ich heute Morgen einen guten Appetit.

»Die Büchsenwurst ist ganz ausgezeichnet«, sagte ich. »Und das Brot auch. Ich überlege die ganze Zeit, wie ich Sie bestechen kann. Oder zu welchem Preis ich Ihnen die Wurst abkaufen kann.«

»Bei der Büchsenwurst haben Sie keine Chance. Beim Brot müssen Sie mit meiner Frau reden. Ich kann mir schon vorstellen, dass sie etwas mehr bäckt und dann verkauft. Keine schlechte Idee übrigens, danke. Könnte ein Zusatzeinkommen werden. Welches Thema meinen Sie?«

»Als wir uns neulich getroffen haben, da haben Sie geschimpft, dass Ihnen die freigelassenen Kühe das Feld zertrampeln und abfressen.«

»Kann man sich auch drüber ärgern, oder?«

»Bringt Ihnen das große wirtschaftliche Einbußen? Ich meine jetzt nicht unbedingt den direkten Schaden, der wird ja ersetzt, sondern weil Sie Ihre Lieferverpflichtungen nicht einhalten können?«

»Ach was, das stecke ich weg. Ich habe genügend Fläche, um Verluste auszugleichen. Ich bin hier der Großbauer. Krisengewinnler.«

Ich sah ihn fragend an.

»Hier in der Gegend gab's einen Bauern«, sagte er. »Schweinezüchter. Der hat einen Stall gebaut, nach den neuesten Erkenntnissen. Da waren die Sauen nicht mehr eingezwängt in so enge Boxen, dass sie sich nicht mehr drehen konnten. Die konnten frei laufen, die hatten was zum Wühlen und Suhlen, die hatten sozusagen auch eine eigene Entbindungsstation. Alles gut durchdacht. Er hat sich das wirklich was kosten lassen, weil er wegwollte von der üblichen grausamen Massentierhaltung. Fünf Millionen hat er investiert. Kurz vor der Wende war der Stall fertig. Und das war's dann. Mit der Quote, die man ihm zugestanden hatte, war der Stall nicht abzubezahlen. Ein Stall dieser Größenordnung braucht eine gewisse Menge an Absatz.«

»Die Bank hat ihm die Kredite gekündigt?«

»Die haben ihm weiter die Zinsen abgebucht. Vom leeren Konto. Und für die Miesen hat er die teuren Kontokorrentzinsen bezahlt. Da bist du schnell in einem Loch, aus dem du nicht mehr rauskommst. Ich habe ihm den größten Teil seines Landes abgekauft.«

»Zu Dumpingpreisen.«

»Ziemlich unter Marktpreis, ja. Ich habe auch keinen Geldscheißer in der Scheune stehen. Es hat für ihn trotzdem nicht gereicht. Er war pleite.«

»Was macht er jetzt?«

»Kommt drauf an, woran Sie glauben. Er hat sich aufgehängt. Damit seine Familie wenigstens die Lebensversicherung hat. Er hat das so gedeichselt, dass die Gläubiger da nicht rankommen. Seinen hochmodernen, teuren Schweinestall können Sie übrigens kaufen. Zu einem Spottpreis. Die Bank wäre froh, wenn sie ihn endlich loshätte. Tja, wie heißt das so schön? Neue Zeiten verlangen Opfer. Er ist bestimmt nicht das einzige. Aber ich habe jetzt genügend Äcker, um solche Ausfälle zu verkraften. Bei kleinen Produzenten kann das sicher kritisch werden. Wenn mal ein schlechtes Jahr ist, trifft das alle. Aber so … Da gibt's genügend, die nur darauf warten, dass sie die Kontingente übernehmen können.«

»Warum schützt ihr Bauern euch nicht, indem ihr eure Felder bewacht? Oder wenigstens die Tierweiden?«

»Das funktioniert nicht. Woher sollen die vielen Leute kommen? Und dann ist das mit der Solidarität unter den Bauern auch so eine Sache, da ist wohl der Leidensdruck nicht groß genug. Aber Sie werden lachen, kürzlich war so ein Clown bei mir, der mir so etwas Ähnliches andrehen wollte. Er könnte dafür sorgen, dass meine Felder verschont bleiben. Kostet natürlich was.«

»So eine Art Schutzgeld?«

»So klang es.«

»Wie viel wollte er?«

»So weit sind wir nicht gekommen. Ich habe ihn am Kragen gepackt und ihm gesagt, dass er was erleben kann, wenn er sich noch mal hier sehen lässt. Deshalb die freundliche Begrüßung vorher, ich habe gedacht, er hat's nicht kapiert. Ich lasse mich doch nicht von so einem Windei über den Tisch ziehen. Ein Betrüger, der das schnelle Geld machen wollte.«

»Haben Sie ihn seitdem noch einmal gesehen?«

»Nein. Sein Glück.«

»Hat er die Masche auch bei jemand anderem versucht?«

»Keine Ahnung.«

»Wird nicht darüber geredet?«

»Vielleicht sind andere wirklich darauf hereingefallen. Aber die werden sich hüten, das an die große Glocke zu hängen. Man muss ja nicht jedem sagen, wie dämlich man ist. Dann hätte sich das Wort von den dummen Bauern bestätigt.«

»Und wenn sie gar nicht so dumm waren? Wenn der eine oder andere tatsächlich dafür bezahlt hat, dass seine Äcker verschont bleiben? Oder seine Herde?«

Der Bauer dachte nach und nickte dann. »So rum wird ein Schuh draus. Der würde dann erst recht nichts sagen, sondern sich beglückwünschen, dass er klug investiert hat. Im Gegensatz zu den anderen dummen Bauern.«

Ich zog meine beiden Fotos aus der Tasche. »Kennen Sie einen von denen?«

»Den da.« Ohne zu zögern, deutete der Bauer auf Rüdiger Zack. »Das war der Clown. Was ist mit dem?«

»Ich hätte ein paar Fragen an ihn«, sagte ich.

Die hatte ich tatsächlich. Nur musste ich die Antworten woanders suchen.

Zum Abschied gab mir der Bauer einen halben Laib vom selbstgebackenen Brot mit.

»Sie können in Ihrem Freundeskreis ja mal herumfragen, wer Interesse an so was hat«, meinte er.

Man musste es ihm lassen, geschäftstüchtig war er. Aber anders wurde man auch kein Großbauer.

Anton Moser sah unglücklich aus. Wie jemand, der einen schweren Verlust verkraften musste. Zum Beispiel eine Scheune.

Ich kam gleich zur Sache. »Ihr Alibi hat sich bestätigt. Das war ja zu erwarten. Trotzdem sind Sie nicht aus dem Schneider. Für ein paar Scheine findet sich immer irgendwer, der das Streichholz anzündet. Und solange das nicht endgültig geklärt ist, zahlt die Versicherung nicht. Nicht mal unter Vorbehalt. Weil sie nämlich nicht sicher sein kann, dass sie ihr Geld wieder zurückbekommt, falls Sie doch was mit der Sache zu tun haben.«

»Aber so war es doch nicht!«, rief er verzweifelt. »Ich habe damit überhaupt nichts zu tun! Verdammte Scheiße, wie will man denn beweisen, dass man etwas nicht getan hat?«

»Ihre geheimnisvolle Freundin ist Juliane Bierbaum, stimmt's?«

Er nickte.

»Warum haben Sie das nicht gleich gesagt? Irgendwann wäre Ihre Affäre doch herausgekommen.«

»Sie verstehen das nicht.«

»Dann erklären Sie es mir.«

Er wurde bockig. »Warum sollte ich? Mein Privatleben geht Sie nichts an.«

»Stimmt. Aber vielleicht können Sie was zur Klärung beitragen.«

»Vielleicht ist ja auch das Gegenteil der Fall. Verdammt, das wird mir alles zu viel! Ich halte das nicht mehr aus! Ja, es stimmt, aber es ist mehr als eine Affäre. Wir wollten weg, woanders neu anfangen. Ich wollte alles verkaufen. Und wie sieht das denn aus, wenn gerade jetzt meine Scheune abbrennt? Nach Abzug meiner Schulden bleibt noch was übrig. Wäre doch ein nettes Startkapital, nicht wahr? Und ich muss mich nicht mit dem Verkauf herumplagen, bleibt die Ruine halt so stehen. So denken Sie doch, Sie und die Polizei. Aber so war es nicht, ich schwöre. Bei allem, was mir heilig ist.«

Was das wohl war? Seine Juliane? Oder doch vielleicht die hohe Versicherungspolice?

Ich legte wieder mal meine beiden Fotos auf den Tisch. »Kennen Sie die?«

Er zeigte auf Christoph Glick. »Den da! Ist das der ...«

»Wie kommen Sie darauf, dass das der sein könnte, der ...?«

Er atmete tief durch. »Er muss uns beobachtet haben, Juliane und mich, obwohl wir immer äußerst vorsichtig waren. Am Sonntag stand er bei mir auf der Matte und wollte mich erpressen. Sonst würde er alles Bierbaum erzählen.«

»Ich bitte Sie! Wegen einem gschlamperten Verhältnis kann man doch heutzutage niemanden mehr erpressen!«

»Sie kennen Bierbaum nicht. Er hat sie behandelt wie ein Stück Dreck. Wie eine Leibeigene. Und wenn er einen in der Krone hatte, auch verprügelt und vergewaltigt. Das konnte ich um Julianes willen nicht riskieren.«

»Sie haben bezahlt?«

»Ich habe gesagt, dass ich zahlen will. Am Montag. Ich musste das Geld ja erst holen.«

»Wie viel wollte er?«

»Fünftausend.«

War das jetzt viel oder wenig für eine Geliebte? Aber es wäre ja wahrscheinlich nur die erste Rate gewesen. Erpresser geben sich selten mit einer Einmalzahlung zufrieden.

»Im Vergleich zu Ihnen war der Typ nur eine halbe Portion«, sagte ich. »Sie hätten ihm ohne Probleme eine Abreibung verpassen können. Sie hätten ihn sogar umbringen, ihn in die Scheune legen und die dann anzünden können.«

»Ich habe ein Alibi, schon vergessen? Er hatte Fotos. Ein paar hat er mir gezeigt. Sie seien sicher verwahrt, hat er gesagt. Ich bin lieber mal davon ausgegangen, dass das stimmt. Bierbaum hätte Juliane vielleicht umgebracht in seinem Jähzorn, verstehen Sie? Ich kann mich gegen Bierbaum schon wehren, aber Juliane? Ich wollte sie nur schnell in Sicherheit bringen. Ein Freund von mir hat eine Ferienwohnung am Bodensee. Dort ist sie jetzt.«

Er schwieg.

Das war noch nicht die ganze Geschichte, ich spürte es.

»Wie haben Sie Juliane kontaktiert?«, fragte ich. »Wie ist sie aus dem Haus gekommen, ohne dass Bierbaum es gemerkt hat?«

»Wir haben uns über WhatsApp verständigt, davon versteht Bierbaum nichts. Er hebt abends gern einen und ist schwer zu bremsen, wenn er mit dem Saufen mal angefangen hat. Juliane hat die liebende Ehefrau gespielt, damit er keinen Verdacht schöpft, und hat ihn abgefüllt, bis er vom Stuhl gefallen ist.«

Moser stand auf, ging zum Fenster und schaute hinaus.

Ich ließ ihm Zeit.

»Als Juliane so um Mitternacht aus dem Haus kam«, fuhr er fort, »hatte sie in der linken Hand eine Reisetasche und in der rechten einen Bolzenschneider. Sie ahnen, was jetzt kommt. Ja, wir haben die Schweine freigelassen.«

»Mit dem Bolzenschneider?«

»War nicht das richtige Werkzeug für diesen Zaun. Wir sind schnell bei mir vorbei und haben meine Flex geholt. Damit ging's einfacher.«

»Das war aber ein ziemlich kleines Loch.«

»Das habe ich auch gemerkt, als wir die Schweine hinausgetrieben haben, aber ich wollte nicht noch mal von vorn anfangen.«

»Sie waren das also. Warum?«

»Juliane wollte es so. Sie hatte natürlich auch von diesen Tierbefreiungen gehört und stand voll dahinter. Sie hat sich zur Veganerin gewandelt und fand es unerträglich, dass die Schweine, mit denen sie es täglich zu tun hatte, geschlachtet werden.«

»Das weiß man eigentlich, wenn man einen Schweinezüchter heiratet.«

Er zuckte mit den Achseln. »Menschen ändern ihre Ansichten.«

»Sie auch?«

»Was ich auch?«

»Sind Sie auch Veganer?«

»Ich bemühe mich. Ihr zuliebe. Jedenfalls habe ich ohne große Skrupel mitgemacht. Nicht aus Überzeugung. Ihr zuliebe. War ja auch mehr so ein Streich. Die Schuld konnte man diesen Tierbefreiern in die Schuhe schieben, und die Schweine hätte man leicht wieder einfangen können. Das habe ich ihr aber nicht gesagt, sie war da etwas naiv. Es wäre ja kein wirklicher Schaden entstanden, Bierbaum hätte nur Ärger gehabt.«

»Aber die Schweine wurden nicht wieder eingefangen. Sie sind spurlos verschwunden.«

»Das habe ich auch gehört. Ich kann's mir nicht erklären. Normalerweise gehen diese Viecher nicht weit. Würde mich nicht wundern, wenn Bierbaum die Situation ausgenutzt hat.«

»Inwiefern?«

»Ist doch kein Problem, Schweinefleisch unter der Hand zu verkaufen. Da gibt's genügend Abnehmer.«

»Das haut aber zeitlich nicht hin. Bierbaum hat mich sehr früh am Morgen angerufen. Wenn er sich bis Mitternacht zugesoffen hat, ist er bestimmt nicht schon ein paar Stunden später wieder raus, hat seine Schweine gesucht und abgegriffen.«

»Sie kennen Bierbaum nicht. Der ist hart im Nehmen. Ich habe das oft genug erlebt. Während andere noch ihren Kater gepflegt haben, war er schon lange aktiv.«

»Trotzdem. Das waren zwölf Muttersauen und vierundzwanzig Jungschweine. Die kann er nicht in einer Nacht schlachten.«

»Muss er auch nicht. Er wird sie irgendwo geparkt haben.«

»Das ist ja alles schön und gut. Aber mit der gekreuzigten Susi haben Sie's übertrieben. Warum musste die arme Sau dran glauben?«

»Das ist eine verrückte Geschichte. Die ist einfach umgefallen. Tot. Lag da und hat alle viere von sich gestreckt. Ich weiß ja auch, dass Schweine stressanfällig sind, aber so etwas habe ich noch nicht erlebt.«

Ich erinnerte mich. Bierbaum hatte gesagt, seine Susi sei eine ganz Sensible gewesen. Vielleicht hatte sie ein schwaches Herz. Soll's ja auch bei Schweinen geben.

»Sie hätten sie liegen lassen können«, sagte ich.

»Wollte ich auch. Liegen lassen und nichts wie weg. Aber Juliane war auf einmal wie verwandelt. Wie im Blutrausch. So habe ich sie noch nie erlebt. Sie wollte das so. Das war ihre Rache an Bierbaum, weil er sich immer mehr um seine Schweine gekümmert und gesorgt hat als um sie. Manchmal ist sie etwas melodramatisch, wissen Sie? Vielleicht ist das ihre slawische Seele, ich weiß es nicht.«

»Mehr als melodramatisch. Geradezu absurd. Vor allem für eine Veganerin.«

»Ich war auch überrascht. Ich konnte es mir nur so erklären, dass auf einmal die ganze Wut über die Demütigungen ausgebrochen ist. Und außerdem war die Sau ja schon tot.«

»Sie hätten auch nein sagen können.«

»Hätte ich, ja. Habe ich auch zuerst. Aber Juliane hat mich bedrängt. Erpresst, könnte man auch sagen. Verliebte Männer werden manchmal zu Trotteln, vor allem im fortgeschrittenen Alter.«

»Das hat nach professioneller Arbeit ausgesehen. Sind Sie Metzger?«

»Ich bin Jäger. Wenn ich ein Reh aufbrechen kann, kann ich auch eine Sau. Und wenn Sie jetzt nach den technischen Details fragen: Ich habe mein Messer immer dabei, und eine Werkzeugkiste ist auch immer im Auto. War nicht einfach, die Sau da hochzuwuchten, aber zu zweit haben wir es geschafft. Juliane hat unwahrscheinliche Kräfte entwickelt.«

»Und das Herz?«

»Julianes Idee. Ein Symbol dafür, dass Bierbaum ihr das Herz gebrochen hat. Ich habe ja schon gesagt, dass sie manchmal etwas melodramatisch ist. Wir haben es in den Wald geworfen, irgendein Tier wird es geholt haben.«

Er setzte sich wieder an den Tisch, ein erschöpfter, gebrochener Mann.

»Aus der Nummer kommen Sie nicht mehr raus«, sagte ich.

»Ich weiß. Was glauben Sie, weshalb ich Ihnen das alles erzählt habe? Das sollte ein Streich sein, aber der ist völlig aus dem Ruder gelaufen. Und dann ist noch meine Scheune abgebrannt, und ein Mann ist dabei ums Leben gekommen. Das alles macht mir zu schaffen. Ich kann nicht mehr.«

»Wenn wir jetzt mal davon ausgehen, dass der Mann, dessen Leiche gefunden wurde, das Feuer auch gelegt hat – warum sollte er das tun? Doch in Ihrem Auftrag?«

»So ein Quatsch! Ich habe nicht geringste Ahnung, warum. Vielleicht hat er uns wegfahren sehen und gedacht, wir hauen ab und er kriegt sein Geld nicht und hat sich dafür rächen wollen? Vielleicht ist er ja von jemand anderem beauftragt worden. Vielleicht ist er doch zu Bierbaum gegangen. Ich nehme Bierbaum die Frau weg, er mir die Scheune. Alles ist möglich. Und fragen können wir den Kerl nicht mehr.«

Darauf war ich auch schon gekommen. War das nicht ungemein praktisch? Als Täter kam nur einer in Frage, als Auftraggeber gleich mehrere. Aber die würden den Teufel tun und das zugeben. Und Tote reden nicht mehr.

Ich stand auf. »Sie müssen das bei der Polizei zu Protokoll geben.«

Er nickte. »Klar, mach ich. Keine Sorge, ich laufe Ihnen schon nicht weg.«

»Und Sie müssen das Bierbaum sagen.«

»Auf keinen Fall! Ich bin vielleicht ein Trottel, aber nicht lebensmüde. Sie gehen ja jetzt ohnehin zu ihm, oder?«

»Wie ist eigentlich Ihr Verhältnis zu Bierbaum? Ich meine, bevor Sie mit seiner Frau angebandelt haben?«

»Wie soll's schon sein? Wie's halt ist, wenn die Familien schon seit Generationen hier leben. Man kennt sich, man sieht sich bei verschiedenen Gelegenheiten. Dicke Freunde waren wir nie, aber wir hatten auch nie Stress miteinander. Und von mir und Juliane hat er bestimmt nichts gewusst. Wir waren immer vorsichtig.«

»Offenbar nicht vorsichtig genug. Christoph Glick hat euch auch beobachtet.«

Er schüttelte den Kopf. »Bierbaum nicht. Der hätte sonst Juliane die Hölle heiß gemacht. Und mir auch.«

An der Tür drehte ich mich noch einmal um.

»Sind Sie sich sicher, dass Sie mit dieser Frau den Rest Ihres Lebens verbringen wollen?«

Um seinen Mund spielte ein bitteres Lächeln. »Nicht mehr«, sagte er.

Vor Bierbaums Hof lungerte hinter einem Gebüsch mit böser Miene Scheuerle herum, ein Fernglas und einen Fotoapparat um den Hals.

»Na, suchen Sie immer noch Ihren Bello?«, fragte ich.

Er schaute mich mit waidwundem Blick an. »Ich befürchte das Schlimmste. So ein Hund kann doch in der Wildnis nicht überleben. Er ist bestimmt schon von einem Jäger erschossen worden. Man hört ja dauernd Schüsse. Und wenn nicht, ist er verhungert. Wo soll er denn seine veganen Leckerli herkriegen? Er ist doch nichts anderes gewohnt.«

»Machen Sie sich mal keine Sorgen. Ich habe ihn gesehen, und er war putzmunter. Hat eine Karotte gekaut.«

Ich zwinkerte ihm zu, aber er bemerkte die Ironie nicht. Er fasste sich mit theatralischer Geste ans Herz und sagte: »Mein Gott, mir fällt ein Stein vom Herzen! Der arme Bello! So allein da draußen!«

»Es geht mich ja nichts an, aber was machen Sie eigentlich hier? Bierbaum beobachten?«

Er ereiferte sich. »Aber selbstverständlich! Ich möchte wissen, was er mit seinen Schweinen gemacht hat, und ich finde das auch heraus, und dann wird er mich kennenlernen. Da steckt eine Riesenschieberei dahinter, das weiß ich. Das wird ein Präzedenzfall. Dann ist endgültig Schluss mit der Tierhaltung. Dann sieht auch der Letzte, wohin das führt. Nein, nein, mit dieser nachsichtigen Haltung kommen wir nicht weiter, das sieht man ja jetzt, wir müssen unbarmherzig durchgreifen, das sind wir unseren Überzeugungen schuldig. Radikal, ganz radikal! Die Umerziehung muss endlich zu Ende geführt werden!«

Ich wusste inzwischen die Wahrheit, aber ich war nicht gewillt, sie ihm zu sagen. Er würde sie noch frühzeitig genug erfahren.

»Wie weit sind Sie mit Ihren Ermittlungen?«, fragte ich stattdessen. »Haben Sie irgendwas Interessantes beobachtet?«

»Nein«, gab er widerwillig zu. »Aber das hat nichts zu sagen. Bierbaum weiß, dass ich ihn beobachte. Der wartet, bis ich aufgebe, aber da kann er lange warten, ich habe ja sonst nichts zu tun.«

Meine beiden Fotos kamen wieder mal zum Einsatz.

»Schon mal gesehen, die zwei?«, fragte ich.

»Den da!«, antwortete er wie aus der Pistole geschossen. Christoph Glick. »Der war am Montag bei Bierbaum.«

»Wann genau?«

Eigentlich wollte ich ihn auf den Arm nehmen, aber er zog einen Notizblock aus der Tasche und blätterte darin.

»Exakt um fünfzehn Uhr einunddreißig. Und zwölf Minuten später ist er wieder gegangen.«

»Worüber haben sie geredet?«

»Das habe ich natürlich nicht gehört.«

»Zu dumm, was? Das hätten wir beide doch zu gern gewusst.«

»Ich habe sogar Fotos. Wollen Sie sie sehen?«

»Natürlich.«

Er fummelte an seiner Kamera herum und zeigte mir die Aufnahmen. Christoph Glick, wie er an der Haustür klingelt. Bierbaum in der offenen Tür. Wie Christoph Glick hineingeht. Bierbaum, wie er die Tür wieder schließt. Christoph Glick, wie er herauskommt und weggeht.

»Mensch, Herr Scheuerle, das ist ja eine richtig professionelle Observation. Ist Bierbaum danach noch mal weggefahren?«

»Garantiert nicht. Das hätte ich gesehen. Es ist auch niemand gekommen. Außer Ihnen. Soll ich die genaue Uhrzeit sagen?«

Ich klopfte ihm auf die Schulter. »Gut gemacht, Herr Scheuerle! Halten Sie weiter die Augen offen! Was wäre die Bewegung ohne Leute wie Sie!«

Er strahlte wie ein Honigkuchenpferd. Endlich einer, der seine Bedeutung anerkannte. Es gab nun mal Menschen, die waren auf bemerkenswerte Weise ironieresistent.

Bierbaum saß am Küchentisch, eine Flasche Bier vor sich. Er schien aber noch nüchtern zu sein.

Ich überlegte, mit welcher Tür ich ins Haus fallen sollte, doch er nahm mir die Entscheidung ab.

»Hast du meinen Scheck dabei?«, fragte er ruppig.

Ich schüttelte den Kopf. »Heute denkt anscheinend jeder, ich bin der Geldbriefträger. Mit deinem Scheck könnte es Schwierigkeiten geben.«

»Wieso das denn?«, brauste er auf. »Die Schweine sind weg, also muss die Versicherung zahlen.«

Genau die Diskussion wollte ich führen, aber auf meine Weise.

»Seit wann weißt du von dem Verhältnis zwischen Juliane und Moser?«, fragte ich.

»Was geht dich das an? Hier geht es nicht um meine Ehe, sondern um einen Versicherungsfall.«

»Ich fürchte, das gehört zusammen. Es war deine Frau, die die Schweine freigelassen hat. Moser hat ihr geholfen, weil er sie nicht davon abhalten konnte.«

»Sagt wer?«

»Sagt Moser.«

Er schüttelte den Kopf. »Dillinger, Dillinger! Ich wusste gar nicht, dass du so leichtgläubig bist!«

Dann brüllte er: »Juliane!«

Und Juliane stöckelte herein, x-beinig und berückend schön, ein Lächeln auf den knallrot geschminkten Lippen.

Jetzt verstand ich gar nichts mehr.

Bierbaum lehnt sich zurück, grinste und sagte: »Mein Schatz, erzähl doch mal dem Superdetektiv, wie das gelaufen ist.«

»Da gibt es nicht viel zu erzählen«, sagte Juliane in ihrem gutturalen Deutsch. »Moser war wie von Sinnen. Er wollte

Sepp ruinieren. Ich habe ihn angefleht, das nicht zu tun, aber ich konnte ihn nicht zurückhalten.«

Ich war verdattert. »Da steht Aussage gegen Aussage«, sagte ich lahm.

Bierbaum beugte sich vor. »Angenommen, es käme zu einem Prozess, wem würde man mehr glauben, Moser oder einer zarten, jungen Frau, die nicht mal die Kraft hat, den Zaun zu durchschneiden? Geschweige denn, eine Sau aufzuhängen?«

»Immerhin hat dich Juliane wegen Moser verlassen.«

Er lachte schallend. »Verlassen? Wie sieht's denn aus? Juliane ist hier. Bei mir. Sie hat mich nie verlassen!«

Juliane setzte sich auf seinen Schoß und schlang die Arme um seinen Hals.

»Was wird hier gespielt, Bierbaum?«

Er nahm einen Schluck aus seiner Bierflasche und sagte: »Vor vielen, vielen Jahren gab es drüben in Nesselbach eine hübsche, junge Frau. Annalena. Wir waren zusammen, wir wollten heiraten. Moser hat sie mir ausgespannt. Und mich dann auch noch zur Hochzeit eingeladen.«

»So etwas passiert. Aber das ist doch ewig her!«

»Moser hat behauptet, ich hätte Annalena betrogen, was nicht stimmte. Annalena hat mir nicht geglaubt. Moser hatte ein paar Kumpels überredet, dass sie seine Version bestätigen.«

»Das ist gewiss nicht die feine englische Art, aber so lange trägt man doch keinen Groll mit sich herum!«

»Moser ist schuld an Annalenas Tod.«

»Aber sie hatte doch einen Autounfall?«

»Die beiden hatten davor einen Riesenkrach. Es lief schon lang nicht mehr gut zwischen ihnen. Annalena war bei mir und hat sich ausgeweint, wir hatten uns in den letzten Jahren wieder angenähert. Sie wollte ihn verlassen, aber er hat sie mit irgendwas unter Druck gesetzt, ich weiß nicht, womit, das wollte sie nicht sagen. Sie war völlig aufgelöst, als sie von hier weggefahren ist. Danach ist dann der

Unfall passiert. Annalena war eine sehr emotionale Frau. Sie konnte ihre Gefühle nicht einfach abschalten, als sei nichts gewesen. Ich hätte sie nicht fahren lassen sollen.«

Er schwieg einen Moment und fuhr fort.

»Ich habe mir geschworen, dass Moser dafür büßen muss. Ich habe nur auf die passende Gelegenheit gewartet. Und dann hat sich dieser Drecksack an Juliane herangemacht. Will er mir zum zweiten Mal die Frau wegnehmen! Juliane hat mir gleich davon erzählt, und dann hatte ich sie, meine Gelegenheit. Juliane ist zum Schein auf seine Avancen eingegangen. Und jetzt ist Moser erledigt. Für die Schweine muss er zahlen. Der kommt nie wieder auf die Beine. Vielleicht muss er sogar ins Gefängnis. Das wünsche ich ihm.« Befriedigt lehnte er sich zurück.

Ich war fassungslos.

»Und Sie haben da mitgespielt?«, fragte ich Juliane.

Sie zuckte mit den Schultern, so gelangweilt, als ginge sie das nichts an.

»Hab ich in mein Leben schon müssen machen Schlimmeres«, sagte sie.

»Und wo sind die Schweine jetzt?«

»Was weiß ich? Vielleicht hat sie jemand geklaut?« Bierbaum lachte schallend.

Vor meinem geistigen Auge entstanden überscharfe Bilder, was ich mit Bierbaum jetzt gerne gemacht hätte. Aber ich beherrschte mich. Ich war mir nicht sicher, ob ich gewinnen würde.

Ich atmete tief durch und holte meine Bilder hervor. »Fällt dir dazu noch was ein?«, fragte ich.

»Den einen habe ich draußen bei der Weide gesehen, das habe ich dir schon gesagt. Der andere?« Er zeigte auf Christoph Glick. »Nie gesehen.«

»Dafür, dass du ihn noch nie gesehen hast, war er am Montag ganz schön lange im Haus. Zwölf Minuten.«

»Wer behauptet das?«

»Ein Zeuge.«

»Der Scheuerle, was? Meinst du, ich habe nicht bemerkt, dass er die ganze Zeit draußen herumlungert?«

»Was wollte der Typ von dir?«

»Abkassieren. Er wollte mir verraten, mit wem es meine Frau treibt. Gegen eine kleine Aufwandsentschädigung, wie er das nannte.«

»Und du hast ihn rausgeworfen.«

»Aber nein! Ich war durchaus geneigt, mit ihm in Geschäftsverhandlungen zu treten.«

»In zwölf Minuten? Scheuerle hat die Zeit gestoppt.«

»Der Scheuerle nimmt das ganz genau, was? Und weil ich das wusste, habe ich mich mit dem Typen woanders getroffen.«

»Scheuerle hat dich nicht wegfahren sehen. Und laut Scheuerle kam Christoph Glick auch nicht wieder.«

»Natürlich nicht. Dieser Schwachkopf hat nicht bedacht, dass es auch einen Hinterausgang gibt. Ehrlich gesagt, brauchte ich etwas Zeit, um nachzudenken. Ich hatte einen spontanen Einfall, musste aber überlegen, ob er auch funktionieren würde. Und er hat funktioniert. Ich habe dem Typen sein Geld gegeben, habe den wütenden Ehemann gespielt und ihm einen Vorschlag gemacht. Noch mehr Kohle, wenn er Mosers Scheune abfackelt. Ich wusste ja, dass keiner da war. Das war doch die ideale Gelegenheit, um Moser endgültig den Rest zu geben. War das nicht genial?«

»Es war vor allem dumm. Der hätte dich in der Hand gehabt.«

»Das habe ich mir auch gedacht. Wir haben uns später getroffen, hinterm Hof, wo uns Scheuerle nicht sieht. Wir sind mit seinem Wagen zu Mosers Scheune, ich habe ihm die Anzahlung gegeben, und er ist mit seinem Benzinkanister rein. Tja, und dann muss irgendwas schiefgelaufen sein. Kann ja passieren, wenn man mit Benzin hantiert. Wer weiß, vielleicht hat auch die Tür geklemmt, als er wieder rauswollte.«

Mir blieb der Mund offen stehen. »Du meinst …«

»Ich meine gar nichts. Und was du dir zusammenspinnst, ist deine Sache.«

»Moment mal! Kurze Zeit vor dem Brand war ich noch bei dir. Und du warst stockbesoffen, als ich gegangen bin.«

Er beugte sich vor und grinste. »Ich habe früher im Gesangverein an Weihnachten Theater gespielt. Und meine Paraderolle war, was glaubst du wohl? Der betrunkene Bauer. Glücklicherweise wolltest du von meinem Schnaps nichts haben, das war nämlich nur Wasser. Und Bier vertrage ich eine Menge. Ich saß übrigens wie auf Kohlen. Fast wäre der Deal geplatzt, weil du ewig nicht gehen wolltest. Und wenn ich mir's recht überlege, habe ich doch tatsächlich Moser mit diesem Jungen zusammen gesehen. Bestimmt haben sie da beredet, wie sie die Versicherung übers Ohr hauen können. Der steckt ganz schön in der Scheiße, der Moser.«

»Du auch. Damit kommt ihr nie durch.«

»Komm, Dillinger, das ist doch eine rührselige Geschichte. Ein grober Bauer verführt eine unschuldige und – Verzeihung, meine Liebe – etwas unbedarfte junge Frau, verspricht ihr das Blaue vom Himmel. Und falls das nicht reicht: Ich habe ein wunderschönes Filmchen. Ich habe draußen auf der Weide eine Wildkamera installiert. Mit Schwarzlichtblitz, unsichtbar für das menschliche Auge. Und was sieht man darauf? Moser, wie er tätig wird. Juliane steht daneben und macht nichts. Ist das nicht ein glasklarer Beweis?«

Er grinste selbstgefällig.

»Warum hat die Spurensicherung die Kamera nicht gefunden?«, fragte ich.

»Weil ich sie natürlich abmontiert habe, bevor ich dich angerufen habe. Ich bin doch nicht blöd.«

»Trotzdem. Du hast mir alles erzählt. Willst du mich jetzt auch umbringen, weil ich zu viel weiß?«

»Aber das ist doch gar nicht nötig, Dillinger! Aussage gegen Aussage. Beweisen kannst du gar nichts. Und Juliane hält den Mund, das kannst du mir glauben.«

»Was hast du mit Glicks Auto gemacht?«

»Ich habe eine alte Scheune auf einem meiner Felder. Dort habe ich es zwischengelagert und am nächsten Tag verkauft. Juliane kennt ein paar Typen, die nicht nach Papieren fragen.«

Ich stand auf. An der Tür drehte ich mich um. »Meine Hälfte der Susi kannst du behalten, Bierbaum. Möge sie dir im Hals stecken bleiben.«

Wenn das so weitergeht, dachte ich, werde ich auch noch Veganer.

Den Türgriff schon in der Hand, drehte ich mich abermals um. Diese Columbo-Masche gefiel mir.

»Noch eins, Bierbaum. Sei nicht zu selbstgefällig. Manchmal haben die Wände Ohren.«

Draußen vor der Tür zog ich mein Smartphone aus der Tasche. Gut, dass Bierbaum von diesen Geräten nichts verstand, sonst hätte er draufkommen können, dass man sie auch als Audiorecorder benutzen konnte.

Ich spulte etwas zurück und hörte meine wohlklingende Stimme. Keine Hifi-Qualität, aber verständlich genug. Ich lud die Datei hoch in meine Cloud wie vorhin die Aufnahme, die ich bei Moser gemacht hatte. Es war doch schön, dass manche Menschen sich an ihrer eigenen Genialität berauschen konnten und redeten wie ein Wasserfall.

Gerichtsverwertbar waren die Aufnahmen wahrscheinlich nicht, aber Keller hatte damit genug Material an der Hand, um die Bande weichzukochen.

Ich atmete erst einmal tief durch.

Scheuerle kam auf mich zugerannt. »Und? Haben Sie es geschafft?«, fragte er. »Hat er gestanden, was er mit den Schweinen gemacht hat?«

»Noch nicht. Aber ich erwarte jeden Moment den entscheidenden Durchbruch. Sie müssen die Stellung halten,

Herr Scheuerle. Und wenn sich was tut, geben Sie mir sofort Bescheid, ja?«

»Jawoll!« Es hätte nicht viel gefehlt, und er hätte salutiert.

Ich fuhr langsam aus Zottishofen hinaus, hielt an einem Feldweg an, starrte in die Ferne und sah doch nichts, dachte nach. Auch ich brauchte einen Plan. Und dafür zunächst mal eine Idee.

Die Sache mit der gekreuzigten Sau und dem Scheunenbrand war geklärt. Sollte sich Bierbaum ruhig in Sicherheit wiegen, das böse Erwachen würde noch bald genug kommen. Ob er sich darüber im Klaren war, dass er sich völlig in die Hand seiner offensichtlich skrupellosen Juliane begeben würde, wenn er mit seiner Inszenierung durchkäme?

Aber was war mit Rüdiger Zack?

Das Totenkopfpärchen hatte sich nicht nur in aufopfernder Weise um den Tierschutz gekümmert, sondern unter diesem Deckmantel Geschäfte gemacht.

Rüdiger Zack hatte es beim Gemüsebauer Bergel versucht, Christoph Glick bei Moser und Bierbaum, wenn auch aus anderen Gründen, und er war zudem einschlägig vorbelastet.

Bei wem noch? Und bei wem waren sie erfolgreich gewesen?

Eigentlich sollte ich sämtliche Bauern in der Umgebung abklappern, die Gemüsebauern wie die Tierzüchter. War einer dieser beiden Burschen bei Ihnen? Was wollten sie? Haben Sie bezahlt? Und wenn Sie nicht bezahlt haben, was war dann? Sind Ihre Tiere freigelassen worden? Sind ausgerechnet neben Ihrem Feld Tiere freigelassen worden?

Das war unmöglich, das war nicht zu schaffen. Und es war sinnlos. Die Chance, dass jemand plauderte, war gering. Und gleich null, wenn erst einmal die Identitäten der beiden Toten bekannt waren, die Keller bisher zurückgehalten hatte.

Einen Strohhalm hatte ich, nach dem ich greifen konnte: Jechtinger, den die kecke Wirtstochter aus Braunsbach zusammen mit Rüdiger Zack gesehen hatte. Zumindest Kontakt hatten die beiden also gehabt.

Welchen?

Ich ging mal von der schlimmstmöglichen Wendung aus, das machte die Sache einfacher. Übers Wetter hatten sie sich sicher nicht unterhalten. Jechtinger hatte finster geguckt, hatte Gesa gesagt, und Rüdiger Zack auf ihn eingeredet.

Als ob er meine Gedanken geahnt hätte, rief Jechtinger an. Er hatte auf meiner Mailbox schon mehrere Nachrichten hinterlassen und nach seinem Gewehr gefragt, ich hatte nur noch nicht zurückgerufen.

»Endlich erreiche ich Sie«, sagte er mit deutlichem Ärger in der Stimme.

»Ich bin ein vielbeschäftigter Mann.«

»Haben Sie mein Gewehr gefunden?«

»Selbstverständlich. Was Dillinger finden will, findet er auch.«

»Warum haben Sie es mir nicht schon längst zurückgebracht?«

»Keine Zeit. Keine Sorge«, sagte ich, »das liegt sicher in meinem Auto.«

»Dort nützt es mir nichts. Ich brauche es hier.«

»Verstehe. Aber ich habe wirklich viel zu tun. Vielleicht morgen. Oder übermorgen.«

»Spinnen Sie?« Er wurde laut. »Ich brauche es jetzt!«

»Warum denn diese Eile?«

»Ich bin Jäger, kapiert?«

Ich kannte keinen Jäger, der nicht mehrere Waffen hatte. Und ich war mir absolut sicher, dass er bei unserer allerersten Begegnung ein anderes Gewehr in der Hand hatte als jenes, das in meinem Auto lag. Der Künstler in mir rührte sich und verlangte eindringlichst eine gut inszenierte Vorstellung.

»Ich hab's kapiert«, sagte ich. »Hören Sie, ich habe viel um die Ohren, ich schaffe es nicht auf Ihren Hof. Treffen wir uns beim Lietenholz.«

»Was soll ich denn dort?«

»Liegt auf meinem Weg. Entweder jetzt dort oder morgen bei Ihnen. Oder übermorgen.«

Er war nicht begeistert, aber er stimmte zu.

Die Idee war bizarr.

Ich dachte an das merkwürdige Verhalten des Hundes. Er hatte Jechtinger angegriffen, als der geschossen hatte. Er hatte die Waffe mir gebracht und mich angekläfft, als ob er mir etwas sagen wollte. Ausgerechnet mir, obwohl ich eine Abneigung gegen Hunde hatte. Hunde spüren das doch.

Ich fuhr über Nesselbach, am Camp vorbei, ohne dort anzuhalten, damit ich aus der anderen Richtung kam als er. Ich sah auf die Felder, die verstreuten Wäldchen und ab und zu in den Rückspiegel. Ich hatte den ganzen Morgen schon den Eindruck, dass mir ein Auto folgte, aber das war paranoid. Das Straßennetz in dieser Gegend war überschaubar, viel Verkehr herrschte nicht, alle Autos, abgesehen von meinem, sahen ungefähr gleich aus, weil die Designer entweder bekifft oder unfähig waren. Da konnte man schon den Eindruck bekommen, man sei von Verfolgern umzingelt.

Jechtinger war schon da und lehnte an der geöffneten Tür seines Pick-ups. Entspannt sah er nicht aus.

»Wo ist mein Gewehr?«, blaffte er.

»Gemach, gemach. Kommt Ihnen dieses Wäldchen nicht bekannt vor?«

»Was soll der Blödsinn? Natürlich kenne ich es. Ich bin hier aufgewachsen. Mein Gewehr!«

»Gemach, gemach. Ich wollte Sie was fragen. Kennen Sie diese beiden?«

Ich zeigte ihm meine beiden Fotos.

Er warf nur einen flüchtigen Blick darauf. »Nie gesehen.«

»Sie sind ein schlechter Lügner, Jechtinger. Zumindest mit einem der beiden haben Sie geredet. Dafür gibt es Zeugen.«

»Kann schon sein. Ich treffe viele Leute, wenn der Tag lang ist. Kann mir die nicht alle merken.«

»Das ist der, dessen Leiche man in diesem Wäldchen gefunden hat.«

»So? Wann geben Sie mir endlich mein verdammtes Gewehr zurück?«

»Ach ja, das Gewehr. Wissen Sie, ich habe mir Folgendes überlegt. Die Polizei wird ja bald damit anfangen, alle Gewehre in der Region zu beschießen, Vergleich der Projektile oder was immer die da machen. Und da habe ich gedacht, ich bringe Ihr Gewehr gleich bei der Polizei vorbei, dann wäre das schon mal erledigt.«

Gespannt wartete ich auf seine Reaktion. Lange musste ich nicht warten. Er griff neben sich in sein Auto und holte ein Gewehr hervor.

Wusste ich's doch. Er hatte noch eine Waffe. Aber er musste sie mir ja nicht unbedingt unter die Nase halten.

»Das werden Sie schön bleiben lassen.«

»Weil man feststellen würde, dass Rüdiger Zack mit Ihrer Waffe erschossen wurde?«

»Sie halten sich wohl für sehr klug, Dillinger.«

»Reicht so für den Hausgebrauch. Was ist passiert, Jechtinger?«

Er hielt das Gewehr ganz locker in den Händen. Es sollte eigentlich kein Problem sein, es ihm zu entreißen. Ich musste nur den Abstand zwischen uns verringern. Ich machte einen Schritt nach vorne.

»Denken Sie nicht mal dran, Dillinger«, sagte er. »Einige Schritte zurück, wenn ich bitten darf.«

Was blieb mir anderes übrig?

»Was war mit Rüdiger Zack?«, fragte ich.

»Der Kerl stand eines Tages bei mir auf dem Hof und hat gesagt, er könne dafür sorgen, dass meine Kühe nicht freigelassen werden. Kostet allerdings eine Kleinigkeit.«

»Wie viel?«

»Dreihundert Euro im Monat.«

»Nicht wenig.«

»Nicht viel, wenn man bedenkt, was ich mir dadurch erspare. Der ganze Aufwand, die Viecher wieder einzufangen. Der Ärger mit den Nachbarn. Der Ärger mit der Versicherung, die mir die Prämie erhöht oder gar den Vertrag kündigt. Erst wollte ich ihn davonjagen, aber dann habe ich mir's doch überlegt und eingeschlagen und bezahlt.«

»Und trotzdem sind Ihre Kühe freigelassen worden.«

Er nickte. »Und trotzdem ist dieser Arsch zu mir gekommen und wollte die nächste Rate kassieren. Die hat er auch bekommen, aber anders als gedacht. Ich bin ausgerastet.«

Und ich verstand.

Diese Aktion hatte Bille angeordnet, obwohl Christoph Glick Jechtinger für tabu erklärt hatte. Christoph hatte nichts davon gewusst. Und als er es erfuhr, hatte er wohl keine Möglichkeit mehr gehabt, seinen Kumpel Rüdiger Zack zu verständigen.

»Ich will nichts von Ihnen, Dillinger«, sagte Jechtinger. »Ich hole jetzt mein Gewehr aus Ihrem Auto und lasse es verschwinden, Sie halten den Mund und alles ist gut.«

Ich überlegte fieberhaft. Ich brauchte dringend einen Plan B. Möglichst auch noch C und D. Wenn er das Gewehr verschwinden ließ, gab es keinen Beweis, der ihn mit dem Mord an Rüdiger Zack in Verbindung brachte. Sicher, es gab noch meinen Mitschnitt unseres Gesprächs, aber vielleicht war er bewandert genug und durchsuchte mich.

»Jetzt treten Sie schon auf die Seite und lassen Sie mich an Ihr Auto. Sonst …«

Er hob das Gewehr.

Der Hund und die Kuh lagen träge im Wäldchen. Der Hund verdaute den letzten Hasen und fand, dass ein bisschen mehr Abwechslung auf dem Speiseplan auch nichts schaden könnte. Die Kuh holte irgendwas aus ihren vier Mägen und kaute darauf herum.

Draußen hörte er Stimmen. Es war ihm egal. Er war satt, faul und zufrieden. Er wollte nur seine Ruhe.

Plötzlich hob er den Kopf und witterte.

Da war er wieder, dieser Geruch, unverkennbar. Derselbe Geruch wie damals, als ein Schuss gefallen war und sie beobachtet hatten, wie der Mann etwas in sein Auto geladen hatte. Und wie neulich, als er mit den Hasen gespielt hatte. Und jetzt erinnerte er sich, als sie den anderen Mann in dem Wäldchen gefunden hatten, diese tote Leiche, da war auch ein schwacher Hauch dieses Geruches spürbar gewesen.

Ein Hund vergaß niemals einen Geruch.

Niemals.

Er schlich zum Waldrand und spähte hinaus.

Er sah einen Mann.

Er sah ein Gewehr.

Er sprang.

Diesmal pfiff er auf seine gute Erziehung und biss richtig kräftig zu.

Der Hund kam wie der Blitz herangeschossen und verbiss sich in Jechtingers rechten Unterarm. Dort, wo er immer noch den Verband trug. So, wie er schrie, musste es ziemlich wehtun.

Er ging zu Boden. Sofort war der Hund über ihm und packte ihn an der Kehle. Er packte ihn nicht richtig, es war mehr die Androhung eines Packens.

Das war so schnell gegangen, dass ich mich erst sortieren musste.

Ich bückte mich nach dem Gewehr, das Jechtinger entfallen war, als ich hinter mir eine Bewegung wahrnahm.

Ein Schuh stellte sich auf die Waffe. Sneaker. Nike Free. Schwarz. Ungefähr Größe achtunddreißig. Eine zarte, manikürte Hand griff nach dem Gewehr und nahm es an sich.

Ich richtete mich auf.

Schon wieder sah ich in den Lauf.

»Schwein gehabt, Dillinger«, sagte Bille und trat einige Schritte zurück. »Aber so eine Glückssträhne hält nicht ewig. Und spiel nicht den Helden, ich kann mit so einem Ding umgehen.«

»Was hast du mit Christoph Glick und Rüdiger Zack zu tun?«

»Die Nummer mit dem Schutzgeld ist ein gutes Geschäftsmodell. Wir expandieren in andere Regionen. Keinem tut es weh, alle haben etwas davon.«

»Zu was Veganer so fähig sind …«

»Veganer? Wenn ich vom Camp heim nach Öhringen komme, gehe ich als Erstes an die Döner-Bude. Aber du hast recht, ohne die vegane Bewegung hätte das Modell so nicht funktioniert. Seitdem bin ich leidenschaftliche Veganerin, sofern ich weiterhin mein Fleisch essen darf.«

»Und was ist mit den Leuten im Camp? Ihren Idealen? Ihr habt sie benutzt.«

»Ideale! Wollen wir jetzt einen geschichtsphilosophischen Diskurs anfangen, unter welchem Deckmäntelchen was gemacht worden ist? Wo fangen wir an? Bei den Kirchen? Es geht immer nur um Macht, Dillinger. Und um Geld. Wer Visionen hat, sollte zum Arzt gehen, hat mal jemand gesagt.«

»Warum wolltest du Christoph Glick und Rüdiger Zack loswerden?«

»Ich wollte sie nicht loswerden, ich wollte sie an die kurze Leine nehmen. Die sind zu gierig geworden und haben auf eigene Rechnung gearbeitet, das hat unser gesamtes Geschäft gefährdet. Nun, es kam etwas anders. Ich weiß nicht, warum Christoph die Scheune angezündet hat, aber was passiert ist, hat er sich selber zuzuschreiben.«

»Aber du hast gewusst, dass Jechtinger bezahlt hat. Und du hast Rüdiger Zack nicht daran gehindert, trotzdem nochmals bei ihm zu kassieren.«

»Ich habe es nicht gewusst. Das waren die kleinen Nebengeschäfte der beiden. Christoph hat nur gesagt, dass Jechtinger ein Kandidat ist. Ich hatte einen Verdacht und wollte etwas Druck machen, um zu sehen, wie die beiden reagieren. Und wie Jechtinger reagiert. Dass er ausrastet und Rüdiger abknallt, war nicht vorherzusehen.«

»Selbst, wenn es so war, was ich nicht so recht glauben kann, du hast mindestens ein Menschenleben auf dem Gewissen.«

»Mein Gewissen ist strapazierfähig.«

»Und welche Rolle hast du mir zugedacht?«

»Oh, ich war ganz ehrlich zu dir, Dillinger. Ich wollte tatsächlich nur wissen, was du weißt. Und ich weiß jetzt, dass du entschieden zu viel weißt.«

»Was hast du vor?«

»Es wird jetzt Folgendes passieren. Es wird ein Gerangel zwischen dir und Jechtinger geben, in dessen Verlauf sich auf unglückliche Weise ein Schuss löst, so etwas kommt ja immer wieder vor. Exitus Dillinger. Jechtinger muss sich halt eine Geschichte einfallen lassen, worüber es bei dem Streit ging. Vielleicht um eine Frau? Das macht sich doch immer gut. Vielleicht bin sogar ich die Frau? So ein kleines Techtelmechtel kriegen wir doch hin, nicht wahr, Jechtinger? Jedenfalls komme ich gerade dazu und werde Zeugin dieses schrecklichen Unfalls, und obwohl ich völlig aufgelöst bin, werde ich natürlich sofort den Notarzt rufen. Doch leider wird er dich nicht retten können.«

»Damit kommst du nicht durch, Bille.«

Ich glaube, ich hatte das heute schon mehrmals gesagt. Und es war immer noch wahr.

»Es gibt einen wirklichen Zeugen«, sagte ich. »Jechtinger.«

»Jechtinger wird den Mund halten. Schon deshalb, weil ich das Gewehr, mit dem er Rüdiger Zack erschossen hat, sicher verwahre. Ohne Gewehr kein Beweis, nicht wahr, Jechtinger?«

Jechtinger stöhnte, und er hatte dafür mehr als einen Grund. Sein Arm blutete und musste fürchterlich schmerzen, und die scharfen Zähne des Hundes dauernd am Hals zu spüren, stellte ich mir auch nicht angenehm vor.

Bille achtete nicht auf ihn und fuhr fort: »So ein Unfall kostet ihn juristisch gesehen nicht viel, im Gegensatz zu Mord. Alle werden schweigen, weil sonst jeder in Verdacht gerät. Nur einer würde nicht stillhalten, der Versicherungsvertreter Dillinger, der immer seine große Klappe aufreißen muss. Aber den wird man ja nicht mehr fragen können, weil er für immer seine Klappe hält.«

»Wer bist du, Sibylle Breiteich? Für wen arbeitest du? Wer steckt wirklich hinter diesen Tierbefreiungen? Ihr mit eurem Schutzgeld seid doch nur Trittbrettfahrer.«

Sie lachte. »Wer ich bin? Ich bin das ewig ungelöste Rätsel Frau. Deine Irene Adler. Die anmutigste Person auf diesem Planeten mit einem Gemüt aus Stahl. Die Heilige und die Hure.«

»Anmutig? Das stimmt. Aber Anmut steht in einem umgekehrten Verhältnis zur Intelligenz. Das kannst du dir nicht allein ausgedacht haben.«

»Netter Versuch. Aber so einfach kannst du mich nicht provozieren, dafür reicht meine Intelligenz gerade noch. Für wen ich arbeite? Wie wär's denn damit: für mich selbst? Diese vegane Wende ist doch ein riesiges Geschäft für viele. Ich wollte auch meinen Anteil. Das ist dir zu einfach? Also gut, hecheln wir ein paar Verschwörungstheorien durch. Wer könnte ein Interesse daran haben, dass es mit der Viehzucht endgültig vorbei ist? Die radikalen Veganer und Tierschützer natürlich, die gehen ja sogar über Leichen, wenn es der Sache dient. Erinnerst du dich an diesen Fall vor der Wende? Als Tierschützer heimlich die Zustände in einer Putenmastfabrik gefilmt haben? Die haben es in Kauf genommen, dass die Puten sich in ihrer Panik gegenseitig zu Tode getrampelt haben.«

Lass sie reden, ermahnte ich mich. Irgendwann ist sie so berauscht von sich selbst, dass sie nachlässig wird. Vielleicht hast du dann eine Chance. Oder der Hund rettet dich ein zweites Mal. Doch der machte keinerlei Anstalten, Jechtinger loszulassen.

»Wer käme denn noch in Frage? Die ganze Agrarindustrie natürlich. Damit sie noch mehr von ihrem patentierten Saatgut verkaufen kann, noch mehr von ihren Pestiziden und Düngemitteln. Nicht zu vergessen solche Lebensmittelfabriken wie die drunten im Tal. Dann können die noch mehr produzieren, noch mehr hineinpanschen, Hauptsache, es ist billig. Die Verbraucher schlucken ja alles. Hauptsache, es ist billig. Spinn dir zusammen, was du willst, ich habe keine Lust mehr auf dieses Spielchen. Verabschiede dich von dieser Welt, Dillinger, die nächste kann nur besser sein. Du hast dann viel Zeit, über alles nachzudenken.«

Sie hob das Gewehr und zielte.

Der Hund jaulte anhaltend.

Ich sah, wie hinter Bille Rosie den Kopf senkte, mit den Hufen scharrte und schnaubte. Dann stürmte sie los. Wie es der Herr Hund ihr zugerufen hatte.

Bille wurde hochgewirbelt und landete mit einem schrillen Aufschrei auf dem Rücken. Das Gewehr flog durch die Luft, der Hund schnappte es sich im Flug, legte es mir zu Füßen und hechtete wieder zurück zu Jechtinger.

»Schon wieder Schwein gehabt«, sagte ich. »Danke, Rosie.«

Die Kuh brummte.

Ich hob das Gewehr auf und hielt es im Anschlag. Doch ich brauchte es nicht. Gemächlich ging Rosie zu Bille hin, schleckte ihr mit ihrer rauen Zunge übers Gesicht und stellte das rechte Vorderbein auf Billes Brust. Ganz vorsichtig, zärtlich fast. Sie berührte sie kaum. Eine halbe Tonne Lebendgewicht schwebte drohend über Bille.

»Scheiße, Scheiße, Scheiße!«, fluchte sie.

Es sah so aus, als hätte sie sich mindestens den Arm gebrochen, vielleicht auch mehr. Jechtinger stöhnte vor sich hin.

»Hund, Kuh, lasst die beiden los«, sagte ich. »Die machen nichts mehr.«

Sie taten tatsächlich, was ich gesagt hatte, blieben aber wachsam neben den beiden stehen.

Ich ging zu Jechtinger. »Dumme Frage: Wo haben Sie Rüdiger Zacks Auto gelassen?«

Er war ziemlich blass um die Nase. »Steht hinter Langenburg im Wald.«

»Und wie sind Sie dann wieder nach Hause gekommen?«

»Ich habe meine Frau angerufen.«

»Und die hat keine Fragen gestellt?«

»Meine Frau weiß, wann sie den Mund halten muss.«

Ich rief Keller an.

Als dann endlich der Blaulichtkonvoi aus Polizeiautos und Krankenwagen heranraste, waren der Hund und die Kuh auf einmal verschwunden.

Als Bille auf die Trage geschnallt wurde, hatte das Zittern in meinen Beinen fast aufgehört.

Sie rief nach mir.

»Deine Salatsauce war wirklich gut«, sagte sie mit schmerzhaft verzogenem Gesicht. »Mehr Gutes lässt sich über dich nicht sagen, du Schlappschwanz. Gute Heimfahrt! Aber wie heißt es so schön? Augen auf im Straßenverkehr.«

Ich sah dem Krankenwagen nach, wie er davonfuhr. Das Leben spielte seltsame Streiche. Da traf man schon mal auf eine Veganerin, die gar keine war, und dann …

»Hast du's wieder mal hingekriegt«, brummte Keller neben mir.

»Wenn man gute Freunde hat«, sagte ich.

»Welche Freunde?«

»Lass gut sein. Du würdest es doch nicht glauben.«

Das Adrenalin pumpte immer noch in meinem Körper, als ich über die Straßen bretterte. Die Braunsbacher Steige kam in Sicht. Jetzt machst du bei Gesa Halt, sagte ich mir, vielleicht gibt es eine aufmunternde Geschichte vom Grapscher.

Die erste Kurve nahm ich mit kreischenden Reifen, bei der zweiten wollte ich es wirklich wissen. Die Rallyefahrernummer. Volles Tempo, hart in die Eisen und kontrolliert um die Kurve geschleudert. Ich hatte das schon lange nicht mehr gemacht.

Ich gab Gas und mein gelber Porsche machte einen Satz. Ich wartete auf den richtigen Moment und stieg dann voll in die Bremse.

Nichts.

Ich trat die Bremse durch bis zum Bodenblech.

Nichts.

Scheiße, dachte ich, da hat jemand meinen Wagen manipuliert. Bille? Oder wurde er doch allmählich altersschwach?

Ich flog.

Flog und schrie.

Schrie wie noch nie in meinem Leben.

»Was ist?«, fragte eine verschlafene Frauenstimme neben mir.

»Nichts«, sagte ich außer Atem und schweißnass. »Nur ein Alptraum. Ein einziger verdammter Alptraum. Von vorn bis hinten ein Alptraum.«

»Da wir gerade dabei sind«, sagte die Stimme neben mir, »ich bin schwanger.«

Gehörte das auch noch zum Alptraum oder war es schon real?

Ich wälzte mich aus dem Bett. Ich zitterte am ganzen Körper. Ich schenkte mir einen Whisky ein, Single Malt natürlich, einen Talisker, setzte mich ans Fenster und sah hinaus.

Es war mitten in der Nacht. Die Straßenlampen beleuchteten die Gasse schummrig, nirgendwo in den Häusern war Licht.

Mir schien, als zögen eine Kuh und ein Hund einträchtig nebeneinander durch die Gelbinger Gasse.

Aber das war natürlich Unsinn. Ich lebte mitten in Schwäbisch Hall. Da gingen keine Kühe spazieren. Auch nachts nicht.

Rosie und der Hund waren auf ihrer Wanderung nach Braunsbach viel herumgekommen. Gelegentlich hatte Rosie den Herrn Hund gefragt, ob sie auf dem richtigen Weg seien, und er hatte sie beruhigt.

»Vertrau mir«, sagte er. »Ich gehe einfach meiner Nase nach.«

Sie hatten unterwegs viel gesehen und erlebt. Als sie die Steige überquerten, die hinunter nach Bächlingen führte, trafen sie auf einen Motorradfahrer. Als vor ihm plötzlich eine Kuh auftauchte, erschrak er so sehr, dass er sich mit seiner Maschine hinlegte. Ihm selber passierte nichts, aber sein Bike musste er den Rest des Weges schieben. Das Erlebnis erschütterte ihn dermaßen, dass er, bislang ein überzeugter Carnivor, umgehend zum rechten Glauben fand.

Sie wanderten das idyllische Jagsttal entlang, wobei es dem Hund im dritten Anlauf gelang, eine Wildente zu erlegen. Ein leckeres Essen, musste er zugeben. Überhaupt machte es ihm Spaß, im Wasser herumzuplanschen, es war eine ganz neue Erfahrung für ihn.

Gelegentlich ärgerten sie ein paar Wanderer, die des Wegs kamen. Sie waren mittlerweile ein eingespieltes Team. Rosie scharrte mit den Hufen, brüllte kräftig, senkte den Kopf und rannte los, der Hund folgte laut kläffend in einigem Abstand. Dann sahen sie zu, wie die Wanderer die Beine in die Hand nahmen.

Doch meist zogen sie sich in die Wälder am Hang zurück, wenn sie Menschen sahen.

Zwischendurch plagten den Hund gewisse Zweifel an seinem Orientierungssinn, aber solange Rosie nicht meckerte beziehungsweise muhte …

Vor Oberregenbach gingen sie wieder hinauf auf die Höhe und streiften durch die Felder. Rosie war froh, dass es wieder richtiges Essen gab, ein Leben als Frutarier, der sich nur von Waldfrüchten ernährte, war nicht so ihr Ding. Der Hund hatte viele Begegnungen mit sich weiter rasant vermehrenden Hasen, die für die Hoppeltiere nicht so erfreulich verliefen.

Als sie Zottishofen umgingen, sagte der Hund: »Die Gegend riecht mir bekannt. Rosie, wir sind auf dem richtigen Weg. Immer geradeaus.«

»Der Herr Hund wird es schon wissen«, brummte Rosie.

Sie streiften durch den Wald und hatten eine merkwürdige Begegnung. Sie trafen auf eine Rotte Schwäbisch-Hällischer Landschweine, lauter prächtige junge Muttersauen.

Die Verständigung war etwas mühsam, weil die Schweine breitestes Hohenlohisch redeten. Echt hällisch eben.

Soweit sie es verstanden, waren die Schweine eines Nachts aus ihrem Gehege gejagt worden, hatten sich im Wald verlaufen und nicht mehr zurückgefunden. (Obwohl Schweine viel intelligenter sind als Hunde. Aber das übersetzte der Herr Hund nicht.)

Inzwischen allerdings gefiel es ihnen hier viel besser. Es gab mehr Eicheln als auf ihrer Wiese, und sie hatten wahnsinnig nette Wildschweinjungs getroffen, die sich intensiv um sie kümmerten. Das war doch etwas ganz anderes als der Tierarzt mit seiner Spritze.

Anmerkungen

Die genannten Orte gibt es, aber natürlich hat nichts von dem, was in diesem Buch beschrieben ist, dort stattgefunden. Alle Personen, Namen und Ereignisse sind frei erfunden, jedwede Ähnlichkeit könnte nur ein Zufall sein. Das ist schließlich ein Roman. Manches, was gut erfunden klingt, ist dennoch real.

Was ist gesunde Ernährung?

Eine alte Frage. Eigentlich die Menschheitsfrage schlechthin. Zu allen Aspekten, die Landwirtschaft und Ernährung betreffen, gibt es unzählige Studien, die sich häufig widersprechen. Man kann sich also herauspicken, was einen in seinen eigenen Überzeugungen bestätigt. Ich halte es natürlich genauso.

Die menschliche Biochemie ist ein komplizierter, bei jedem Menschen individueller Prozess, der zudem ständigem Wechsel unterworfen ist. Was dem einen gut bekommt, verträgt der andere nicht. Und wer noch gelernt hat, auf seinen Körper zu hören, wird an sich selbst oft genug feststellen können, dass er nicht immer alles gleich gut verträgt.

Unter den (meiner Meinung nach) ernst zu nehmenderen Wissenschaftlern schält sich allmählich die Erkenntnis heraus, dass man nicht einzelne Stoffe oder Produkte für irgendetwas verantwortlich machen kann.

Die Gesundheitstipps, mit denen wir überflutet werden – und die oft einhergehen mit entsprechenden Produkten der Industrie – sind unter diesem Gesichtspunkt kritisch zu sehen. »Jede Form einseitiger Ernährung ist eine Mogelpackung. Die Mitte ist das Maß«, sagt der Diabetes- und Stoffwechselexperte Martin Reincke von der Ludwig-Maximilians-Universität München (»Süddeutsche Zeitung«, 20.11.2015). Der ausgewogene Mix also macht es.

Die Krise der Wiese

Die »Krise der Wiese« ist seit langem belegt. Täglich verschwinden in Deutschland 70 Hektar unbebaute Fläche, und Wiesen werden in Ackerland umgewandelt. Zwischen 2003 und 2012 beispielsweise gingen Wiesen und Weiden um fünf Prozent zurück und damit wichtige Speicher klimaschädlicher Treibhausgase.

Mit den Wiesen verschwinden Pflanzen und Insekten, Vögel verlieren ihre Nahrungsquellen. Der Bestand an Kiebitzen etwa ist innerhalb von zwanzig Jahren auf ein Viertel geschrumpft. Der Herr Hund kann deshalb mit einigem Grund sagen, dass die Vögel verschwunden seien.

Der großzügige Einsatz von Pestiziden und Insektiziden in der modernen industriellen Landwirtschaft tut ein Übriges. In der Kritik stehen Neonicotinoide, die in etwa einem Drittel aller Schädlingsbekämpfungsmittel enthalten sind. Das Nervengift verschwindet zu 94 Prozent im Boden und Grundwasser, bleibt drei Jahre wirksam und macht keinen Unterschied zwischen »guten« und »bösen« Insekten, zerstört aber die Lebensgrundlage vieler Vögel. Überdies soll es die Fruchtbarkeit, das Wachstum, die Immunabwehr und das Nervensystem vieler höherer Arten beeinträchtigen. (»Süddeutsche Zeitung«, 27.3.2014, 3.7.2014, 10.7.2014)

Nährstoffvergleich

Nie davon gehört? Ich zitiere die Landwirtschaftskammer Nordrhein-Westfalen: »Es dürfen den Pflanzen immer nur so viele Nährstoffe bereitgestellt werden, wie sie auch für einen standort- und sortentypischen Ertrag sowie Qualität benötigen. Das heißt, es soll immer ein Gleichgewicht zwischen Angebot und Verbrauch gewährleistet sein. Damit dieses Gleichgewicht gewahrt bleibt, muss fast jeder Betrieb jährlich einen sogenannten ›Nährstoffvergleich‹ anfertigen und bei einer Prüfung vorlegen können. In diesem Nährstoffvergleich wird jedes Jahr gegenübergestellt, was in seinem letzten Düngejahr zum einen an Dünger auf die landwirtschaftlich genutzten Flächen aufgetragen wurde und was die verschiedenen Kulturen auf der anderen Seite verbraucht haben. Bei dieser Rechnung darf der Landwirt in einem mehrjährigen Mittel ganz bestimmte Salden bei den zwei umweltrelevanten Nährstoffen Stickstoff und Phosphat im Betriebsdurchschnitt nicht überschreiten.«

Alles klar? Die Hauptarbeit heute hat der Landwirt nicht auf dem Acker, sondern am Schreibtisch.

Pestizide und Dünger

»Roundup« ist der Handelsname eines Pestizids der Firma Monsanto, dessen Wirkstoff Glyphosat ist. Roundup macht nun wirklich alles platt, was in der Erde wachsen könnte, und in der Folge davon auch die Kleinlebewesen. Deshalb kann Roundup nur vor oder unmittelbar nach der Aussaat eingesetzt werden, es sei denn, es werden gentechnisch veränderte Pflanzen verwendet, die gegen Roundup resistent sind. Die kommen, hätten Sie's gedacht, ebenfalls von Monsanto.

Die Weltgesundheitsorganisation WHO ist der Ansicht, dass Glyphosat krebserregend sei, das Bundesinstitut für Risikobewertung (BfR) sagt das genaue Gegenteil. Das ist kein akademischer Streit, sondern hat gravierende Auswirkungen: Die BfR-Studie ist die Grundlage dafür, ob Glyphosat für die nächsten zehn Jahre in der EU neu zugelassen wird. Derzeit ist Glyphosat noch bis Mitte 2016 erlaubt. Kritiker werfen dem BfR vor, dass es sich zu sehr auf die Studien der Industrie verlasse – ein Schelm, wer Böses dabei denkt. Bei dem Streit geht es um handfeste wirtschaftliche Interessen: Fast alle Pestizide enthalten Glyphosat – ein Milliardengeschäft. Sie müssten verboten werden, falls sich der Krebsverdacht bestätigt. Wie Glyphosat in Verbindung mit anderen Stoffen wirkt, ist noch nicht untersucht; das dürfte die nächsten Diskussionen auslösen.

Mittlerweile gibt es Roundup auch für den Hobbygärtner in vielerlei Variationen. Ein Landwirt, der ein Pestizid wie Roundup ausbringt, braucht dafür einen speziellen Befähigungsnachweis. Ein Hobbygärtner nicht.

Schlagzeilen machte im August 2015 ein Brand in der Lobenhausener Mühle bei Kirchberg, bei dem mit dem Löschwasser falsch gelagerter Kunstdünger in die Jagst gelangte und ein verheerendes Fischsterben auslöste. Niemand hat sich allerdings Gedanken darüber gemacht, dass der Kunstdünger normalerweise auf die Felder gelangt wäre und damit auch auf unsere Teller und ins Grundwasser.

Kunstdünger, Pestizide und Herbizide sind unverzichtbar, wenn man den Bedarf an Nahrungsmitteln decken will. Mehr Bedarf bedeutet logischerweise allerdings mehr Einsatz von Kunstdünger und Pestiziden.

Gentechnik

Die Gentechnik hat uns längst im Griff. Bei Soja beträgt der Anteil transgener Pflanzen über 70 Prozent, bei Mais 85 Prozent. Produkte, die gentechnisch veränderte Organismen (GVO, so der Fachbegriff) enthalten, müssen entsprechend gekennzeichnet werden.

Das gilt allerdings nicht für Zusatzstoffe, Aromen und Vitamine, die mit Hilfe gentechnisch veränderter Mikroorganismen hergestellt werden (etwa Süßstoff, Geschmacksverstärker wie Glutamat, Verdickungsmittel wie Xanthan), ebenso wenig für Stoffe, die nicht auf der Zutatenliste von Lebensmitteln deklariert werden müssen (etwa Enzyme).

Auch Fleisch, Wurst, Milch, Eier können ohne Kennzeichnung von Tieren stammen, die gentechnisch verändertes Futter erhalten haben.

Eine neue Methode, die sich »Oligonukleotid-gesteuerte Mutagenese« nennt, verwischt die Grenze zwischen Züchtung und Gentechnik. Dabei werden künstlich erzeugte DNA-Abschnitte in eine Pflanzenzelle eingeschleust, wodurch eine gezielte Mutation ausgelöst wird. Herkömmliche Züchter, sofern man den Begriff überhaupt noch verwenden kann, nutzen dazu Chemikalien oder radioaktive Strahlen und müssen sich vom Ergebnis überraschen lassen (»Süddeutsche Zeitung«, 14.7.2015). Deshalb kann Gemüsebauer Bergel davon sprechen, dass seine Karotten höchstens »ein bisschen« genmanipuliert seien.

Auch bei der üblichen Züchtung kommt indirekt Gentechnik zum Einsatz. Man vergleicht die Gensequenzen verschiedener Pflanzen und entscheidet auf dieser Grundlage, was gekreuzt werden soll. Smart Breeding nennt sich das (»Süddeutsche Zeitung«, 18.10.2014).

Die Gentechnik macht auch vor Tieren nicht halt. Das Klonschaf Dolly dürfte noch in Erinnerung sein. Geklont und genmanipuliert wird seitdem breitflächig und allenthalben.

Die Firma AquaBounty hat einem Lachs zwei Genabschnitte anderer Lachsarten hinzugefügt, wodurch der Fisch doppelt so schnell wächst. Nach zwanzig Jahren Prüfung hat die zuständige amerikanische Behörde FDA ihr Okay gegeben: Der Fisch darf auf den Teller. Gefahr für andere Fischpopulationen bespielsweise durch entflohene Genfische besteht nicht, denn es werden nur sterile Weibchen, so wörtlich in dem Zeitungsartikel, »hergestellt« (»Süddeutsche Zeitung«, 21.11.2015).

Die Wortwahl ist so erschreckend wie entlarvend: Lebewesen, ob Pflanzen oder Tiere, können nicht mehr wachsen und sich entwickeln, sie werden »hergestellt«. Die Denkweise, die dahintersteht (und die Profitgier), ist für die Zukunft der Menschheit vielleicht gravierender als jeder Klimawandel.

Dazu passt, dass in China von 2016 an eine Fabrik pro Jahr eine Million Tiere klonen soll, vorwiegend Rinder, um den rasant gestiegenen Milchbedarf zu decken, aber auch Haustiere. Ethische Bedenken? Keine.

Neue Züchtungen

Dass Obst und Gemüse heutzutage nicht mehr so schmecken wie früher, ist zunächst mal ein subjektiver Befund – und gleichsam ein alter Hut: Genau solche Beschwerden waren der Anlass für die Entwicklung der biologisch-dynamischen Landwirtschaft (Demeter) in den 1920er Jahren.

Seitdem haben die Züchter Enormes geleistet. Jegliches Gemüse wächst schnell, groß und gleichmäßig. Der legendäre Krümmungsgrad der Gurke war ja kein Witz eines ironiebegabten EU-Beamten, sondern hatte schlichtweg logistische Gründe: Gerade Gurken lassen sich leichter in eine Kiste packen und sicherer transportieren.

Ach ja, der Transport. Da Gemüse und Obst mittlerweile lange Wege zurücklegen, bis sie zum Verbraucher (oder in die Lebensmittelfabrik) gelangen, müssen sie lange halten und robust sein. Sehr robust, ansonsten würden sie die Vollernter nicht überstehen. Solche Vollernter, wie im Buch für die Tomaten beschrieben, gibt es mittlerweile für fast alle Gemüsesorten.

Die Tomate. Sie ist geradezu das Symbol der modernen Züchtungen: außen rot, innen nichts. Das Symbol für Geschmacklosigkeit.

Dazu eine nette Anekdote.

Eine Marktbesucherin bekommt auf dem Haller Wochenmarkt vom Händler ihres Vertrauens eine alte, besonders wohlschmeckende Tomatensorte empfohlen und wird bei ihrem nächsten Besuch nach ihrer Meinung gefragt. Sie sei sehr enttäuscht gewesen, sagt die Frau, die Tomate habe so gar nicht nach Tomate geschmeckt. Erstaunt erkundigt sich der Händler, wie denn eine Tomate nach ihrer Ansicht schmecken müsse. Nun, antwortet die Kundin, natürlich nach gar nichts.

Das haben mittlerweile auch die Tomatenzüchter erstaunt festgestellt.

Erstaunlich daran ist allenfalls, dass es sie erstaunt. Sie hätten das Ergebnis ihrer Züchtungen nur mal probieren müssen. Mittlerweile versucht man, in die Tomaten wieder Aroma hineinzuzüchten. Viel Spaß damit: 400 Aromastoffe enthält eine Tomate, 28 davon sind bislang erforscht (»Süddeutsche Zeitung«, 18.10.2014).

Es gibt die interessante These, dass die nach ungefähr 1980 Geborenen nicht mehr wüssten, wie Produkte wirklich schmecken. In der Tat ist bei der produktoptimierten Züchtung der Geschmack verloren gegangen, teils absichtlich (Bitterstoffe werden systematisch weggezüchtet), teils unvermeidlich. Deshalb kann der Bauer Frieder Bergel von Gemüseattrappen reden.

Unter den Tisch gefallen sind nicht nur der Geschmack, sondern auch viele sekundäre Pflanzenstoffe, die ein Gemüse zu dem machen, was es eigentlich sein soll: nämlich gesund. Tomaten aus dem Gewächshaus (und aus dem Gewächshaus kommen die meisten) wachsen nicht mehr auf Erde, sondern auf Steinwolle und Kokosmatten und werden vollautomatisch gedüngt. Das ist etwa so, als würden wir uns nur noch von Nahrungsergänzungsmitteln ernähren. Ist ja auch alles drin, was der Mensch so braucht.

Apropos: Nahrungsergänzungsmittel und Vitamine scheinen nach neuesten Studien das Krebswachstum zu fördern (»Süddeutsche Zeitung«, 16.10.2015).

Aromen

Wenn die Ausgangsprodukte nach nichts schmecken, ist das zumindest für die Lebensmittelindustrie kein Problem. Dazu gibt es ja die Aromen. Ein gigantisches Geschäft. Die Schweizer Firma Givaudan, einer der Marktführer im Geschäft mit Aromen, erwirtschaftete 2013 einen Umsatz von 4,4 Milliarden Franken. Zugegeben, nicht nur mit Aromen für die Lebensmittel-, auch für die Kosmetikindustrie.

Es ist doch ein faszinierender Gedanke, dass das, was an meinem Körper so gut duftet, auch in meinem Fertiggericht enthalten ist. Und im WC-Reiniger.

Das Aroma aus der Sprühflasche, das jedes misslungene oder sowieso geschmacklose Gericht veredelt, gibt es tatsächlich. Es wird selbst in der Spitzengastronomie eingesetzt (siehe Jörg Zipprick: In Teufels Küche – ein Restaurantkritiker packt aus).

Wer wissen möchte, was die Industrie sonst noch so alles in ihre Produkte packt, dem seien die Bücher von Hans-Ulrich Grimm empfohlen.

Syntho-Food

Da die Fertigprodukte aus dem Supermarkt ohnehin mit Chemie vollgestopft sind, ist der nächste Schritt nur logisch: Lebensmittel, die vollständig synthetisch hergestellt werden – Syntho-Food. Nur mag's niemand mehr so nennen, weil das vielleicht doch zu abschreckend wirkt. Heute redet man lieber von Imitaten.

2009 wurde in Hongkong ein erstes rein synthetisches Gericht vorgestellt, ausgerechnet von dem Drei-Sterne-Koch Pierre Gagnaire. Die Präsentation fand erstaunlicherweise wenig Widerhall in den Medien.

Die Entwicklung ist fortgeschritten und wird uns in der Zukunft viel Köstliches bescheren. Der Amerikaner Rob Rhinehart hat »Soylent« erfunden: Pulver ins Glas, Öl und Wasser dazu, umrühren, fertig ist die Mahlzeit (»Süddeutsche Zeitung«, 20.5.2014), Josh Tetrick ein Labor-Rührei mit viel Vitaminen und ohne Cholesterin (»Süddeutsche Zeitung«, 1.2.2014). Nur zwei Beispiele von vielen. Überall auf der Welt, vor allem im Silicon Valley, wird in den Labors gemixt und extrudiert auf Teufel komm raus. »Food-Hacker« nennen sie sich selbst. Da gibt es beispielsweise einen fleischlosen Burger, aus dem bei Druck sogar »Fleischsaft« aus Roter Beete fließt. Milchersatz soll durch gentechnisch veränderte Hefezellen und verschiedene Fette und Mineralien der Kuhmilch nahe kommen (»Süddeutsche Zeitung«, 26.11.2015).

Willkommen in der neuen Welt des Essens.

Extruder
Extruder werden in der Nahrungsmittel- und Tierfutterindustrie tatsächlich eingesetzt, etwa für die Produktion von Cerealien, Snacks, Brot, Kuchen. Aus vermahlenem Bruchreis werden z. B. im Extruder »Reiskörner« geschaffen, die von natürlichen Reiskörnern kaum zu unterscheiden sind und deren Farbe, Form und Größe nach Belieben beeinflusst werden kann. Auch Fleischimitate aus Sojamehl werden so hergestellt.

Als Grundlage für alles Mögliche können tatsächlich zermatschte Karotten genommen werden, wie es im Buch der Bauer Bergel erzählt (»Der Spiegel«, 14/2007). Oder auch Lupinen, in der veganen Szene seit langem gut bekannt. Das Fraunhofer-Institut für Verfahrenstechnik und Verpackung hat eine Methode entwickelt (und dafür den Deutschen Zukunftspreis bekommen), wie aus Lupinensamen ein Pulver gewonnen werden kann, das sich nach Belieben zu Lebensmitteln weiterverarbeiten lässt. Das Pulver ist geschmacksneutral, aber das macht nichts, dafür haben wir ja die Aromaindustrie.

So kann man aus jedem geschmacklosen Brei ein wunderbar duftendes und schmeckendes Gericht machen.

Drohnen
Drohnen finden in der Landwirtschaft zunehmend Verwendung. Sie kontrollieren Wachstum und Schädlingsbefall, spüren Rehkitze im Getreide- oder Maisfeld auf und dienen der Schädlingsbekämpfung und Düngung. Sie fliegen ferngesteuert wie ein Modellflugzeug oder mit Autopilot nach vorgegebenen GPS-Daten. Der Maschinenring Schwäbisch Hall beispielsweise setzt auch solche Drohnen ein.

Vegane Hundenahrung
Vegane Nahrung für Hunde (und Katzen) gibt es wie beschrieben, ich habe lediglich den Markennamen verändert. Und es gibt Hundebesitzer, die ihre Lieblinge vegan ernäh-

ren und die der Meinung sind, dass es den Vierbeinern an nichts mangelt. Der Deutsche Tierschutzbund sieht das allerdings kritisch (»taz«, 2.7.2011).

Auch der Schauspieler Joaquin Phoenix, selbst Radikalveganer, ernährt seine Hunde vegan. Aber »sein Mädchen« darf dafür auch auf einer orthopädischen Matratze schlafen.

Hasen

Die Geschichte mit den Hasen hat sich tatsächlich ungefähr so abgespielt (auf Schloss Unterlind in Thüringen), bis hin zum Einbruch (»Chrismon« 10/2015). Alles Weitere ist meine Erfindung.

Tierleasing

Tierleasing geht so: Der Kunde kauft beim Bauern ein Rind oder Schwein, der Bauer zieht es auf und bezieht vom Kunden ein monatliches Futtergeld, der Kunde bekommt später das geschlachtete Fleisch.

Das hat für beide Seiten Vorteile: Der Bauer hat einen garantierten Absatz und ein festes Einkommen, der Kunde kann jederzeit »sein« Tier besuchen und sich davon überzeugen, wie es aufwächst. Früher nannte man das Lohnmast.

Das Konzept kommt an. Es gibt mittlerweile Agenturen, die Tierleasing vermitteln. Natürlich nicht aus altruistischen Gründen, versteht sich.

Das Seelenleben der Pflanzen

Über das Seelenleben von Pflanzen hat schon Roald Dahl eine bitterböse Geschichte geschrieben (»Der Lautforscher«, 1949). Neuere Studien geben ihm recht. Sie legen nahe, dass Pflanzen in der Tat miteinander kommunizieren: Per Ultraschall, durch luftgetragene Emissionen oder Wurzeln pflegen sie »regelmäßige Zwiegespräche und alarmieren sich sogar gegenseitig bei Angriffen von Pflanzenfressern oder drohender Dürre« – so »The Scientist Magazine« (zitiert im »Philosophie Magazin« 4/2014). Die Wissenschaftler schließen daraus, dass Pflanzen spüren, wenn sie gegessen werden.

Pflanzenfresser sind auch wir Menschen, allerdings lassen sich gegen diese Art von Fressfeinden nicht so leicht Abwehrmechanismen entwickeln. Eine interessante Überlegung: Bekanntermaßen stoßen Tiere bei der Massenschlachtung Stresshormone aus, die den Geschmack des Fleisches nachhaltig beeinträchtigen – macht das auch eine Karotte, wenn sie aus der Erde gezogen wird?

Nach einer Emnid-Umfrage glauben 49 Pozent der Bundesbürger, dass Pflanzen Gefühle haben. Es ist nicht bekannt, wie hoch der Anteil der Veganer unter den Befragten war.

Emma Öchsle
Auch Emma Öchsle gibt es – siehe »Wenn Oma Öchsle zweimal klingelt« (Silberburg-Verlag).

Da heutigentags auch literarische Zitate unter den Generalverdacht des Plagiats fallen, sei warnend darauf hingewiesen, dass dieses Buch Zitate enthält, teils im Original, teils paraphrasiert, und zwar von Arthur Conan Doyle, Friedrich Dürrenmatt, Immanuel Kant, Helmut Schmidt, Mark Twain, Ludwig Wittgenstein.

Wer alles korrekt herausfindet, wird von Dillinger bekocht. Sogar vegan, wenn's beliebt.

Dank an Rosie und den Herrn Hund. Wir sehen uns wieder, bestimmt. Vielleicht in Braunsbach?